———— 阅读之前 没有真相

午夜文库

肖像画

[日] 依井贵裕 著
赵滢 译

新 星 出 版 社　NEW STAR PRESS

目录

1	序幕	
6	第一章	低着头的侧脸
34	第二章	仅剩的画作
53	第三章	没有意义的替代品
77	第四章	仓促的搜查
95	第五章	是过失还是蓄意
120	第六章	再次挑战礼物的含义
151	第七章	杀猫的意义
176	第八章	充满暗示的大纲
204	给读者的挑战	
205	最终章	没有偶然的余地
265	终幕	

序　幕

果然没错。

胡乱翻着写真杂志的手突然停下，翻回上一页，彩濑瑞穗非常肯定。她死死盯着照片，焦躁的情绪涌上心头。

单薄的木门下方发出微弱的声响，一股邪风吹了进来。

瑞穗把破烂的被子拉到脚边，仰头喝了一大口在自动贩卖机上买的罐装酒。身体很快就暖和多了。

不是错觉，那个女人的的确确曾是自己的女儿。容貌虽然发生了很大的变化，但那双像猫眼一样散发着妖媚光芒的双眸和记忆中的样子丝毫不差。由于时间过于久远，记忆早已模糊不清，就像是蒙了一层纱，只能隐约看到轮廓。她以为自己抓住了什么，下一个瞬间又从指缝中溜走，想往回拉，最终却溶解到雾气之中失去了形状。尽管抓住了那么短短的一刹那，却还是没能想起那个女人的名字。

瑞穗躺下，来回打量这个狭小的房间。四叠半大小的公寓里什么都没有。正因为什么都没有，缺点才变得更加显眼。发黑的榻榻米被磨得起了毛边，坑坑洼洼的没有一处平整。灰色的墙皮脱落，到处都是大裂缝。天花板被雨水浸透的痕迹好似一张地图。

现如今连学生都不会住这么破旧脏污的房子。门口的荧光灯不停闪烁，显得整栋房子很昏暗。一般来说，进入房间要脱鞋，但走廊上全是沙子，不穿鞋根本没法走在上面。旁边有一栋高层建筑，导致这边长年见不到阳光，潮乎乎地，两栋建筑之间还有一条飘着臭味的河。稍微大一点的雨就会让已经腐朽的窗框积水。

她呆呆地看了一会儿，那个时候的片段一点一点从记忆的泥沼中浮了上来，但就是想不起名字。其实只要看一眼杂志上的报道，马上就能知道照片里的人是谁。可是，那么做就好像是现在的悲惨生活把当时的记忆封印了起来，相当于承认自己的人生真的跌到了谷底。那样的话，跟直接看练习册的答案有什么区别？瑞穗不想这么简单得知那个名字。

宣告冬天来临的寒风穿过木板随时会脱落的走廊。房间里除了这条棉花已经失去弹性的被子，就没有其他可以保暖的东西了。瑞穗扭动身体半坐起来，把剩下的罐装酒倒进嘴里。顺着嘴角滴下的液体很快渗入榻榻米。

瑞穗叼着烟，再次拿起写真杂志，故意不去看上面的报道。她从未想过，自己会像现在这样如此认真地去看男人留下的杂志。男人扔下这本杂志时的态度，和把它丢在电车的行李网架上没什么两样。

这本杂志主要刊登演艺圈的花边新闻，上面罗列着各种各样低俗的话题。说明文字部分在整个版面上占的比例极低，光看照片就能明白是在说什么。难怪那个跟混混儿差不多，只会索取钱财的废物也能看得懂。

瑞穗点燃香烟，吸了一口后慢慢闭上眼睛。或许是受到了其他报道的刺激，与现在截然不同的生活记忆渐渐苏醒。那是一段随心所欲、如梦如幻的生活记忆。

瑞穗邂逅通过炒股获得大量财富的片仓义弘，给他做情人的时候还不满二十岁，现今已经过去十五年了。片仓的发妻意外死亡时，瑞穗跟他四个女儿的年龄相仿，而她正是以这样的年纪顺利嫁给片仓，成了他的第二任妻子。令人难以置信的是，继发妻之后又失去小女儿的片仓在那之后不久也去世了。瑞穗成了继承庞大遗产的年轻寡妇。她翻脸不认人，甩掉了剩下的三姐妹，在青山开了一家时装店。

结果她遇人不淑，店铺被渣男骗走，人生也就此急转直下。正所谓爬得快跌得更快。她不愿想起那段往事。总之，她只能过着眼下这种日子，更不愿相信自己还欠着用普通方法一辈子也还不起的巨额债务，但现实就是如此。

一阵恶寒突然袭来，瑞穗把被子搂到胸前。留下杂志的男人离开时用力摔门的声音还残留在耳畔。两三天之后，那个男人还会来要钱吧。就像蛇一样吐着信子的男人……也不知道现在感觉到的这股恶寒，是因为天气寒冷还是现实的冰冷。

才下午两点，透过用纸箱修补的窗户看向外面，有些昏暗，好像随时都会下雨。由于公寓旁高层建筑的遮挡，从这里看不见天空，不过想必这会儿正被厚厚的乌云笼罩吧。窗户隔一阵就会发出咔嗒咔嗒的声响，说明风很大。外面肯定很冷。冬天就要来了。冬天，冬，冬……

突然，瑞穗想起了照片中女人的名字。

弥冬……

是自己曾经的丈夫片仓的二女儿。有了弥冬这个引线，其他女儿的名字也接连被牵扯了出来。片仓一共有四个孩子，都是女儿。大女儿叫初音，二女儿就是照片中的弥冬，三女儿结花，还有意外身亡的小女儿史织。

想起弥冬的名字，瑞穗总算安心了，决定看看杂志上那几句报道。她再次打开刊登着照片的那页。

标题是美女推理小说作家。照片中的弥冬的确很美，会让人翻杂志的手不由自主地停下来。那是一张细长的脸，脸颊的线条很柔和，给人温柔的印象。飘忽不定的眼神好像在抓挠人心。白皙细腻的皮肤更衬托出眼眸中的妖媚光芒。没记错的话，她应该已经三十多岁了，却跟瑞穗认识她的时候一样充满魅力，半分未减。

笔名用的是本名，"片仓弥冬"。因为作者是个大美人，小说的销量好得出奇，虽然最近才引起媒体的注意，但很早以前就得到了一部分狂热粉丝的支持。报道的最后写着"今后预计会参加各种电视节目"。

瑞穗看完少得可怜的报道，把杂志丢到房间的角落，不由得笑了。一想到自己终于找到办法逃离这泥沼般的生活，她就忍不住想笑。

片仓四姐妹中最小的史织在十六年前的确死于一场意外。至少当时负责调查的警察，在记录上写的是"人和轮椅一起意外从悬崖跌落"。但那真的只是一次意外吗？真的不是有人故意诱导，让人误以为发生了那样一起事故吗？事实上，相当于是她们三个杀了史织，不是吗？

可她手上没有确凿的证据，而且就算真的是一起谋杀也已经过了追诉时效。不过，只要将包括弥冬在内的三人联手杀害史织这件事透露给媒体，弥冬就会失去作家这个社会地位，更不可能再去参加什么电视节目。眼下的问题不是她过去是不是真的杀过人，而是有没有新闻价值。相信走到今天这一步，弥冬肯定非常舍不得她积累的那些人气吧，所以她只能接受自己的恐吓。

接下来是写信慢慢威胁呢，还是突然去她家来个出其不意呢？就好比用丝绸勒脖子，可以慢慢吓唬她。不按套路出牌，搞个突然袭击也不错。不，不，多下点功夫想一个周密的计划或许会更有趣。先让她精神崩溃再恐吓，效果肯定更佳。

那三姐妹现在住在哪儿呢？还住在曾经一起生活过的伊豆的房子里，还是东京的家里？也有可能三个人都已经结婚，住在不同的地方。考虑到年龄，这是最有可能的答案。无论如何一定要找到她们。这件事应该没什么难度。重要的是怎么才能更有效地威胁……

大概是酒精起了作用，身体终于暖和了。瑞穗兴奋地思考着恐吓计划，最后沉沉地睡去。

第一章　低着头的侧脸

走出乡土气息浓郁的检票口后就始终有种不好的预感。原本只有零星的几个雨点从乌黑天空的裂缝中掉落，现在却越下越大，倾盆大雨敲打着山峰、树木和二人行进的道路。富冈秀之停下脚步，用手抹了把脸，重重地喘了口气。雨太大了，再加上周围很暗，几乎看不到前面的路。肩上的行李越来越重，仿佛陷到了肉里。

"我劝您还是别这么做。"

好心的乘务员的脸和他说过的话一起浮现在秀之脑中。下午刚过六点，二人在不是预计要下车的车站下了车。

"有通往国道的路吗？"

乘务员看到多根井理一只手拿着地图，表情中掺杂着怀疑和困惑，但还是热情地答道："有的。不过那条路很窄，只能勉强供一辆车行驶，行人是禁止上路的哦。而且路程比较远，还要翻过一座山。"

虽然对方的回答不太理想，但理似乎已经预料到了，轻轻点头表示感谢，说："也就是有，是吧？"

天色像是被墨色浸染，逐渐浓重，乌黑的雨云在黑暗来临之前将天空覆盖。很明显，如果现在出发，走到一半肯定会下雨。而且外面的寒风像刀子一样划过皮肤，山上的树木被吹得左摇右摆，沙沙作响，实在难以想象现在已经是三月末了。即便如此，理依然面带孩子般的笑容看着乘务员浮现担忧之色的眼睛，把车票交给对方，出了站。秀之也只得硬着头皮跟上去。

"你还好吗？"大概是察觉到身后的人停了下来，理停下脚步转过头来问。

他还是走出车站时的表情。已经走了很长一段时间，从他脸上完全看不出疲惫的样子。就像失明的人听觉会尤其灵敏，坐不了车的人就特别擅长走路吗？脚下的路不好走，周围还没有路灯，但这些因素对理似乎一点影响都没有。

"都说你可以坐公交了，就是不听。"

饥寒交迫的秀之只能苦笑。"我怎么能那么做。"

逐渐接近的汽车的前照灯照亮了周围的风景。理和蔼可亲的脸上露出五月春风般的温暖笑容。

"我只是一时兴起，你没必要陪着我受罪啊。"

二人这次乘坐的是单轨电车，两列对向行驶的电车错车时，会短时间停靠在中途的车站。秀之被理的举动吓到，询问的时候，理已经拿着行李站起来了。

"你要下车吗？"

理似乎是在取出同邀请函一起寄来的地图复印件后，临时做了这个决定。

"地图上不是写了吗？在伊豆高原下车后还要坐十五分钟的公交，肯定会经过很多蜿蜒崎岖的山路。但如果在这里下车的话走着就能过去。看，这里不是有一条连接国道的小路吗？"

看来理是连十五分钟的车都不想坐了。他晕车很严重。

"可这真的是一条路吗？"秀之看了看地图，不得不提出质疑。

"我会找乘务员确认一下。走路的话从这里出发是最近的,两个小时左右应该就能到。你按照原计划到伊豆高原去坐公交就好。"

话虽如此,也不能真的让理一个人走着去。走下站台仰望天空的下一秒,秀之就有种不好的预感,但还是默默跟在理后面出了站。所以,当他们走到半路开始下雨,原本就很昏暗的山路变成漆黑一片的时候,秀之甚至产生了放弃的想法。不过好在只有这一条路,倒是不用担心迷路。

"等上了国道应该有可以休息的地方,到那里再避雨吧。"说完,理继续朝前走去。

不知是不是因为站了一会儿,之前积攒的疲劳一股脑儿地冒出来,秀之暂时不想动了。"还有多久才能到国道?"

理头也不回地指了指远处的山,说:"我也不知道,大概是对面可以看到光的地方吧。"

透过漆黑的山间缝隙,可以看到忽隐忽现的微弱灯光。从这里看还有很远一段路程。光亮像城市夜空中的星星断断续续,只能看到类似汽车前照灯的光。一想到接下来还要在雨中走那么远,秀之绝望了。

"等等我。"

听到秀之的声音,理没有放缓脚步,走在漆黑的山路上如履平地,越走越远。秀之担心跟丢,赶紧迈步追上去。

每走一步都会溅起小水花,能明显感觉到泥水从湿透的袜子被挤出,再从鞋子里渗出来。雨水落下的方向不停变换,雨伞根本不管用。利用偶尔经过的车灯的亮光能看清雨的大小,这是一场不合时节的暴风雨,狂风像野兽般怒吼。秀之埋头向前走着,脑子里只有一个念头,那就是尽快抵达目的地。

他们的目的地是一栋别墅。一月上旬，正月的氛围还没有彻底散去，理收到了一份邀请函，上面的地址正是这栋别墅。

每到年末，各大学都会聚集在一起举办推理大赛，当红推理作家片仓弥冬也会以嘉宾身份到场。弥冬有很多狂热的粉丝，理也是其中之一。一般来说，人家是大作家，不可能会注意到他，但理利用自己大赛主办方在校生的身份，多次以招待为借口增加接触的机会，让对方记住了自己的长相和名字。付出还是有回报的，弥冬很喜欢理，当理提出要寄照片给她的时候，她很爽快地告诉了他地址。借着寄照片的机会，理写了一封信，委婉地表达了想在夏季集训的时候登门拜访的意愿，当时只收到了感谢信。理便又寄去了贺年卡，这次收到的回礼就是派对的邀请函，里面还附了一封信，邀请理去伊豆的别墅玩。

"说是派对，其实只有几个亲戚参加，应该没有多少人。你要不要跟我一起去？"

接到理的邀约，春假没有出行打算的秀之心想，好久没去伊豆了，便应承了下来。在东京的时候两人每年都会相聚，但上大学之后就没有了这种机会，所以在这之前，他们两个已经很长时间没有见过面了。途中去泡个温泉也不赖——当时的想法很天真，完全没想到居然要在大雨里徒步几个小时。

终于下了国道，进入几乎没有车的大马路，理用总算卸下肩上重担般的语气说："雨好像小了，而且也不用担心被车撞到了。"

此时，距离两人提前下车出站已经过去三个小时了。

"之前我觉得什么时候死掉都不奇怪。"秀之极尽讽刺之能事地表达了自己的抗议。

"的确。"理也苦笑着承认了这个事实。

虽然走完跨越山峰的漫长山路来到了国道上,但这条横穿谷底的国道显然不是为徒步者建造的。不要说人行道了,连供人行走的区域都没有,行人基本上要在汽车前照灯的催促下被迫赶路。两人随时注意身后,为了让司机看到而选择走在路中央,一旦发现有车通过就赶紧贴着护栏躲避。两人重复这样的流程,被溅得一身脏污,走了一个小时左右才终于发现一家餐厅。正准备进去,店家却以他们浑身是泥满身是水为由拒绝了。不但没能歇歇脚,连吃顿饱饭的愿望都没能实现。最后店家只答应让他们在屋檐下避会儿雨,雨小了就要离开。

"那根本不是人走的路,特别是那个立体交叉的路口。我们大概是第一个走着穿过那里的人。"

大概是终于松了口气吧,不满的情绪慢慢涌了上来。再加上目的地就在眼前,令人安心了不少,秀之开始毫不顾忌地抱怨起来。

宽阔的道路两侧是配合着倾斜路面建造的一排排别墅,家家户户温暖的灯光透过玻璃照射出来。多亏了这些光亮,周围才没那么暗。雨水顺着铺着柏油的斜坡往下流,整条路仿佛变成了一条浅浅的小溪。看着雨点溅起的水花,雨好像小多了。倒映在流动的雨水中的白色街灯随着水流微微晃动。

"这周我的旅行运特别好,不可能发生意外,放心吧。"理大概也放下心来了,满不在乎地找着借口。

"哦,身为逻辑派,你居然会相信占卜,真是意外。你不是从来不求签吗?"

"因为求签是在正月啊,"理订正道,"我不喜欢在年头就决定当年的运势。要是上面写着干什么都会不顺,那一整年都会没奔头。"

"原来你是担心这个啊。"秀之感觉自己看到了理的另一面。

"倒也不是,那种情况我当然只会相信好的部分,但还是会忍不住在意不好的那部分不是吗?我不想被那种东西束缚一整年那么久。"

"这样啊,那我就只把好的部分告诉你吧。"秀之边笑边故意用吊胃口的口吻说道。

"这话说得真让人不舒服。"

"用名字占卜的可是一生的运势。"

理露骨地皱起眉头。"你是想说我的笔名吧。"

"计算机公司的展销厅里有个电脑占卜专区。里面有占卜名字的软件,我就把你的笔名'依井贵裕'输了进去。"

理有些不高兴。"不许乱用别人的名字做这种事。"

"结果很惊人哦。原本只是为了合辙押韵取的这个名字,占卜的结果却显示,最适合你的职业是作家。"

公交车从二人身旁呼啸而过,在前面不远处吐着白烟停了下来。那里原本就是车站。从那个位置进入大路旁边的狭长小路,就能通往别墅了。一位穿着西装裤的年轻女子从车上走下来后,司机按了一声喇叭,驾车爬上坡道,公交车很快不见了踪影。打破街道寂静的只有再次响起的微弱雨声。

"吓到了吧?"

秀之想要戏弄一下理,理却没有说话,直直地盯着前方。

从公车上下来的女人没有上大路,撑着伞立在原地。大衣搭在胳膊上。白衬衫外面套着亮棕色的开襟毛衣,跟裤子配套的接近黑色的深蓝色短外套。鞋子的颜色很朴素。长长的大波浪卷发的发梢被雨水打湿,朝乱反射着街灯的光。虽然只瞥到一眼侧脸的轮廓,但感觉她很年轻,应该也就二十出头。

女人从包里拿出一张叠起来的纸，不知是不是地图，确认之后毫不犹豫地走进岔路。手上拿着雨伞、外套和皮包，也丝毫不影响她敏捷的动作。

"搞不好那个人的目的地跟我们一样。"

二人加快脚步紧随女人之后拐入岔路。岔路上没有铺沥青，而且非常狭窄，只能容一辆车通过。走了一会儿，出现一段相当陡的下坡路。道路两旁的树木很茂盛，没有经过修剪，完全看不到有类似别墅的建筑物。

"真是个美人啊。理，你看过这周的恋爱运势吗？"秀之想知道理看到美女时的反应，试探着问。

理就只是笑了笑，没有作答。

又走了十分钟左右，两人终于在右手边看到了他们要去的别墅。别墅里几处亮着灯光，烟囱里飘出缕缕青烟，看起来很是温暖。走在前面的女人果然站在别墅前按响了门铃。秀之二人也想一起进去，便快步朝着别墅的方向走去。女人看到二人满身是泥也没有表现出惊讶，只是舒展立体的五官对二人报以微笑。

雨基本上停了，狂风也像没有来过一样销声匿迹。周围非常安静，甚至能听到雨滴从树枝上掉下来的声音。天空漆黑一片，连云的走向都看不见。不知从哪里传来令人毛骨悚然的猫叫声。那个瞬间，秀之似乎闻到了异样的臭味，但他当时并不知道那是不是某种预示。

☆　☆　☆

小野慧子没能抵御住让人不禁发抖的寒冷，理也赶忙把端上来的杯子送到嘴边。红茶非常烫,感觉舌头都要烧着了。惠子顾不了那么多,还是喝了半杯。下嘴唇好像被烫伤了,但也正因为烫才让快要冻僵的身子稍微好受了一些。体内的寒气正在渐渐散去。

房间里有暖气,但大概是因为客厅太大了,对从外面进来的人来说温度算不上舒适。与客厅相接的阳光房都是玻璃,总觉得那里会有风吹进来,看着就冷。在这个房间等候期间,体温反而更低了。慧子双手捧着杯子,缩着肩膀,默默地啜饮烫嘴的红茶。

"公交车居然停运了,看来这场雨真不小啊。"弥冬看着漆黑的窗外,似乎不知道刚刚下过雨,漫不经心地说道。

或许在男人看来,这种马虎的性格更有魅力吧。她那猫一样的眼睛将轮廓并不是很分明的五官衬得很柔和,如果盯着那双眼睛看,总感觉会被吸进去。不知是不是脖子上的围巾不舒服,弥冬调整了好几次。

"刚过六点开始下的,到车站的时候已经变成暴雨了。本打算在七点前乘上公交车,结果等到九点车都没来,最后搞到这么晚……"

慧子说起迟到原因的时候,总算吃完饭的理和秀之走进客厅。坐公交都那么辛苦,何况他们两个还是跋山涉水走来的,怪不得刚见面的时候样子那么狼狈。吃饭之前,他们应该是先去洗了个澡,换了衣服,现在表情清爽多了。在弥冬的引荐下,二人点头示意,坐在了慧子对面的沙发上。

门又开了,杉木久子端着茶壶走了进来。经弥冬的介绍得知,她是这栋别墅的管理员,她的丈夫也是。久子包揽所有家务,还没有露过面的久子的丈夫末男,听说是负责修缮等杂活的。夫妇二人侍奉片仓家已经有很多年了，一直住在这栋别墅里。

"看样子总算缓过来了。"

待久子给每个人斟满红茶，弥冬看着理说道。她那带有黏性的声音就像猫撒娇时的叫声。

"托您的福。"

理的回答非常冷淡，似乎完全没有察觉到弥冬眼中浮现的那抹诱惑。真是个迟钝的男人。

"说起来，你为什么想走着过来呀，地图上不是写着怎么搭公交吗？"

大概知道理不会回答弥冬这个问题，秀之插嘴道："他晕车。"

弥冬就像看不见秀之似的，完全不理会他，继续问理："才十五分钟的车程哦，多根井君。你走了三个小时吧？"

拢起自己长长的直发，弥冬探过头去，从下往上看着理的眼睛。或许是忘记了久子还在房间里，她像猫儿一样把头靠在理的肩膀上，左手放在他的膝盖上。看到这一幕，慧子不愿相信，眼前这个人就是自己崇拜的推理作家。

"嗯。"

只是在理看来，弥冬这样的举动真的是猫在撒娇吧，所以他才毫不在意她的行为。反而是秀之有些不知所措。

"他晕车特别严重，不是普通的那种晕车。他半规管异常发达，是重度眩晕症患者……"

话还没说完，二人刚刚进入客厅时走的那扇门对面的门开了，一个戴着黑框蛤蟆镜的女子走了进来。大概是知道会有客人来，她看见慧子等人并没有感到惊讶。

"这是我妹妹结花。"

弥冬介绍的同时，若无其事地从理的身上离开。

"这位是小野小姐，在高中教英语。很漂亮吧？这二位男士是多根井君和富冈君，大三的学生。他们都是我的粉丝。"

眼镜也掩盖不住结花的美。高挺的鼻梁，紧致的嘴角，清晰的面部轮廓。齐肩的短发只有鬓角编成了麻花辫。只是她的美就像精致的人偶，没有一点生气。过瘦的身材，看上去白得有些透明的皮肤，给人留下病态的印象。整个人流露出一种虚无感。她一直低着头，脸上没什么表情。最主要的是，从她那垂下的双眼中感觉不到一点气力。

看到慧子点头示意，结花只是清冷地笑了笑。

"看到那里挂着的画了吗？那是结花画的。"

弥冬说的那幅画很引人注目，一进入客厅就会注意到。大幅的油画占据了大部分墙面。那是一幅肖像画。画中是一名少女，脸上还残留着孩子般天真烂漫的表情。慧子不太懂画，不过以肖像画来说，尺寸算是大的那种。长将近两米，画框的上沿贴着天花板，下沿贴着地板，高应该不止两米。不知是不是因为画框过于华丽，原本平面的画看起来特别有深度，是那种只有在美术馆才能看到的有魄力、有格调的画作。

"结花凭借这幅画获得了安冈龙太郎奖呢。当时她才十六岁。"

慧子怀疑自己听错了，追问道："您说的安冈奖是被誉为'具象美术领域的龙门'的安冈奖吗？"

虽然不懂画，但连慧子都知道，这是个非常著名的奖项。评选对象是新人，却有着画坛芥川奖的美誉，对具象派的画家来说是最高荣誉。正所谓鲤鱼跃龙门，得了这个奖前途就有了保障，不是那种以十六岁的碧玉年华就能够轻松拿到的新人奖项。考虑到安冈奖的含金量，结花获奖实在令人难以置信。

"当然了。"

只是不知为什么，弥冬继续用讽刺的语气说着这段原本应该让她备感骄傲的佳话。紧握着拳头立在原地的结花看上去变得渺小了很多，好像随时都会消失一样。

"当时可是名噪一时呢。都说她是史上年龄最小的超级画坛新星。父亲活着的时候，甚至单独建造了一间画室呢，可是专门为了结花而建的哦。"

"那是给史织建的。"结花的语气死气沉沉的。她坚决不肯朝得奖的那幅肖像画的方向看。

"请问史织是？"慧子原本想问，明明得了奖为什么要用这种语气说话，但她强忍着没有问出口，而是问了这个问题。

弥冬看向结花，盯着她答道："也是我的妹妹，最小的妹妹。十五岁那年死了……"

"死了……"

"嗯，连人带轮椅从悬崖上掉下去摔死了，就在从画室回家的路上。"

话音刚落，结花就捂着嘴朝房门的方向跑了出去。那是通往厨房和餐厅的门。她好像突然感到不舒服，没过多一会儿就传来了哗哗的水流声。久子像是要追上去，拿着茶壶离开了客厅。

是想起了什么不愿回忆的事吗，还是说……

"说起来，这幅肖像画里的人是谁啊？"一阵沉默过后，几乎没怎么说话的理开口问道。

真人大小的少女伫立窗边，手上抱着折尾的黑猫。猫的表情很是满足，好像随时都会发出舒服的咕噜声，和少女的表情有些相似。虽然还有些稚嫩，但画中人已出落得亭亭玉立，从小孩子蜕变成大人时轻微的不协调感反而是其魅力所在。外面的雨，灰色的天空，被雨水淋湿的花朵，古老的建筑，黯淡的装潢，黑色古董大时钟，所有的这些小道具无不在衬托少女身上散发出来的光芒。

"说是弥冬小姐也可以，说是结花小姐也可以。"理像是在自言自语。

"要是见到我姐姐，你大概又会觉得是她了吧。"说完，弥冬微微眯起猫一样的眼睛，饶有兴致地笑了。

慧子见过弥冬的姐姐初音。自己的同事，同时也是前辈的某位音乐老师在音大就学时跟初音是朋友。自己现在能出现在这里也是通过这层关系。经前辈介绍，慧子曾经见过一次初音。在慧子的记忆中，初音虽然已经年过三十五岁，但如果说这是她少女时期的肖像画，的确有几分相似。

"也就是说，不是你们三个，对吗？"

"对，就是这么回事。不愧是多根井君。画里的人是史织。"

可以感觉到弥冬的话里带着刺。或许她嫉妒那个好像能从画里走出来、栩栩如生的少女吧。

"玄关门厅正面也挂着画。那张画里的人也是史织小姐吗？"

"不，那是我。"弥冬抿着嘴笑了，"稍后我会带你们去参观，除了我的，也有姐姐和结花的。不过画画的人不是结花，是史织。"

理皱起眉头。"这是什么意思？"

弥冬似乎并不打算解释，故意岔开话题说："我的意思是，史织也很擅长画画。"

就在这时,门开了,一个黑影从慧子脚下掠过,那个瞬间她有种不祥的预感。那是一只真猫,跟画中那只猫一模一样的折尾黑猫。

"它叫迷冬。"

黑猫跑向沙发,跳上弥冬的大腿,发出的声音跟主人有些相似,都是那么甜腻。弥冬抚摸着猫背,把跟自己同名的猫介绍给众人认识。

"跟那只猫很像。"慧子指着画的方向说出了自己的真实想法,确认猫还在画里这才放心。

"因为它是室织的孩子。"推着餐车进来的久子面露喜色地解释道。

久子体形丰满,双下巴已经藏不住了,眼睛也几乎被眼皮盖住,给人很和善的感觉。再加上手脚勤快,应该是个很喜欢照顾人的人。别看胖,她做起事来却很麻利,肯定是因为没有多余的动作吧。就像现在,嘴上滔滔不绝,手上也没闲着,娴熟地将蛋糕挨个摆在大家面前。

"史织小姐很喜欢画里那只叫室织的黑猫,它虽然死了,但留下了三个孩子。那段时间所有人都搬到东京的家里去住,这边一下就冷清了许多。于是我就用三位小姐的名字给它们取了名字,也就是出音、迷冬和节花,导致现在家里有了三只名字让人混乱的黑猫。"

理用手帕擦了擦额头上的汗。房间里并不热。虽然没有之前那么冷,但还是更接近于冷。很想再来几杯红茶暖和暖和。

"一共有三只那么多吗?"理叹了口气。

"你怕猫吗?"秀之也是头一次听说。

"说不上怕,就是有过不好的回忆,所以不太喜欢。"

"你对人不也是这样吗,不喜欢长着猫脸的人。"

就在弥冬转换话题的时候,结花回来了。她大概还是不太舒服,正在拜托久子拿些药来。听名字是感冒药。刚刚去吐有可能不单单是因为恶心。

结花重重吐了口气,强打精神地说:"早知道今天就不在献血之后还去健身房游泳了。"

大概是先入为主吧,结花的气色看起来不太好。沉默寡言,看起来有些单薄的嘴唇,总是朝下看的眼睛,更让人觉得她是个病人。

"还去蒸了桑拿。"

"笨死了,谁让你要在这么冷的天去献血。"弥冬抚摸着猫,语气完全不像是在担心结花的身体。

"我也有在冬天献血然后感冒的经历,裸着上半身检查还是不太好。"停下吃蛋糕的手,理插嘴道。看来他不讨厌甜食,吃得很干净。

"是在献血站之类的地方献血的时候吗?"结花似乎没什么自信,慢条斯理地回问理。

"不是。是开到学校里的献血车,献血都是在户外。"

"结花,你是想说你是在红十字血液中心献的血吧?房间里有暖气,也不用裸着上半身。"弥冬一边整理围巾,一边不耐烦地说。

"对,检查和抽血,两条胳膊都要抽,所以顶多是把袖子卷上去……"

"我的意思是,是不是抽血导致体力下降,所以才感冒的。"

"有可能。"

结花低着头,用几乎听不到的声音表示同意。不只是因为身体不舒服，结花整体给人的感觉就像是被严重的虚脱感和无力感支配着。

"好了，吃完蛋糕我带你们参观别墅。这里的构造与众不同，很有趣哦。刚才提到的肖像画也顺便给你们介绍一下吧。"

听到弥冬这么说，慧子赶忙把最后一口蛋糕塞进嘴里。秀之也把杯子里的红茶一饮而尽。只有理不知道什么时候把蛋糕和红茶都解决了，连渣都没剩，吃得非常干净。

久子开始手脚麻利地收拾碗碟。弥冬拍了拍猫的后背。小猫迷冬从她腿上跳下，顺着门缝跑出客厅。慧子看着猫离开，这才突然意识到，刚来别墅的时候闻到的那股异味大概就是猫身上的。

☆　☆　☆

秀之目不转睛地盯着挂在走廊尽头的结花的肖像画。

画的尺寸很小，跟客厅里的那幅比起来只能说是小作品。不过，单以人物画来说，这幅肖像画包含的内容过于多了。单色背景上涂满了各种各样的颜色，非常显眼，看久了会与周围的空间同化，渐渐就会分不清那到底是画还是现实。周围风景消失的同时，悬浮感和无重力感袭来，有种正在与少女时代的结花面对面的奇妙感觉。这幅画仿佛充满魔力，扭曲了画周围的空间，现实世界反而变得模糊，好像一个不留神就会被拉进画中的世界。

"下面是地下一层的玄关。这栋别墅建在斜坡上，那里跟我们目前所处的位置还有门厅相差一层的高度。"

走廊很长，走到与楼梯相接的尽头，弥冬背对着结花的肖像画进行了说明。这里位置不好，灯光很昏暗，除了秀之以外没人看画。小画挂在这里起不到什么装饰作用，位置跟挂在门厅正面的弥冬的肖像画比起来差远了。

猫在后面跟着弥冬。应该是刚刚在客厅出现的那只吧，那灵活的动作就好像是在模仿主人，简直一模一样。理大概是为了躲避黑猫，站在离弥冬很远的地方。他还有个怪癖，如果地上铺着地毯，他就必须光脚，否则就会浑身难受，所以即便是这么冷的天他也没穿拖鞋，冻得腿直抖。慧子把深蓝色的短外套披在身上，双手环抱着胳膊倚靠在墙上。

"最初是想把这里当别墅，后来在这里住过一段时间。就是我母亲和史织遭遇意外，史织只能坐轮椅的那段日子。"弥冬边走下楼梯边为我们讲述，"在东京的话坐轮椅没法出门，就算待在家里也很不方便。于是我们就改造别墅，搬了过来。看，前面就是通往地下的斜坡。"

走廊笔直地延伸到楼梯的位置，中途变宽，比前面要宽出一倍，左半边是个缓坡。往斜坡那边看去，由于比较黑看得不是很清楚，但好像有楼梯。右半边的尽头就是下去的楼梯。这两段楼梯大概是连在一起的吧，肯定是为了方便轮椅移动才设计了那个斜坡。

"有车辙。"不知什么时候蹲下身子的理指着斜坡说。

慧子也单膝跪地看着他手指的地方。这里如此昏暗，地毯又是茶色系的，亏他能发现。经他这么一说，慧子才看清，地上的确残留着两条平行的车辙印，比起土印更接近泥印，已经非常不清晰了。看起来像是轮椅留下的。

"奇怪，没人会用轮椅啊。"

虽然不解，但弥冬似乎不是那种会刨根问底的性格，直接走下斜坡。猫蹑手蹑脚地跟了上去。秀之有些犹豫，最终还是丢下理和慧子追上弥冬。斜坡一直延伸到地下一层。下来后的那一瞬间，之前只是觉得很轻微的异味强烈袭来。由于时间太短，无法确定到底是什么发出来的味道。

"末男……"

弥冬突然停下，眯起猫一样的眼睛看着对方，似乎很诧异这里会有人。秀之也看向前方，一个留着短发、五十岁上下的男人任凭自己干瘦的身体靠在楼梯上，立于黑暗之中。一对剑眉和从眼底深处射出锐利光芒的眼睛让人觉得害怕，从他那用力抿着的嘴唇可以看出，这个人非常固执，让人联想到固执己见的老一辈手艺人。

"你在这里干什么？"

在出乎意料的地方遇到末男，弥冬感到很可疑。或许她和秀之一样，闻到了那股异味。

末男生硬地指了指轮椅留下的车辙印，伴随着酒气吐出一个简短的词："打扫。"

经他这么一说，秀之这才注意到旁边放着像是商用的大型圆筒吸尘器。他手上还拿着脏抹布和水桶。只是，这些并不能说明刚刚那股强烈的异味是怎么来的。藏在身后的水桶里肯定有什么秘密。

"这个时间打扫？"

弥冬想听他解释，末男却闭口不说。像是为了打破突然降临的沉默，猫轻轻叫了一声。

"一楼走廊上没有留下车辙印。他肯定没有注意到斜坡上的痕迹，所以只打扫了走廊吧。"

"真的很难看出来。如果看到了肯定会连坡道一起打扫的。"

理和慧子边说话边往下走，楼梯前一下变得拥堵起来。末男默默打开库房的门，把手上的抹布和水桶都收了进去，按下吸尘器的开关，开始清理坡道上残留的车辙印。嗡嗡作响的马达声在狭小的空间中低鸣。

"这里是史织的房间。虽然在地下一层，但透过窗户能看到外面。"弥冬放弃追问末男，在吵闹声中继续带着几人参观。

"被封起来了啊。"慧子摸着钉在门上的板子。

"是末男弄的。他说史织死后谁都不准进去。虽说是管理员，但怎么说也是我们的长辈，而且已经在我家干了二十五年，有些事不容我们插嘴。"

看到刚才那一幕的秀之对弥冬的话表示赞同。从立场上来说，年龄差太多的话有些话也说不出口。特别是这种不容易接近、沉默寡言的男人，让人很难违背他的意思。性格如此奔放的弥冬都说不出口，其他人更不行了。

"末男是史织的信徒，光看笔触就能分辨出是不是史织的画。或许他现在依然认为史织还活着吧。他还把已经摔坏的轮椅修好，送回了史织的房间。"

板子上的钉子锈迹斑斑，碰一下就会掉很多铁锈。看来这个房间已经封了很多年，但依然坚固，秀之晃了晃门，纹丝不动。由此可见，自末男钉上木板后，就再没有人拆下木板进入过史织的房间了。

"看，从这里可以看到地下一层的玄关。右手边最里面的房间就是末男和久子的房间，刚好在我父母房间的正下方。"

构造实在是复杂，秀之渐渐分不清房间与房间的位置关系了。弥冬却毫不在意，走上楼梯开始上楼。迷冬紧随其后，慧子也跟了上去。秀之等猫走远后和理一起负责殿后。

回到一层左转，弥冬指着正对面的房间。来到这里后，吸尘器的声音就变小了。

"这是我的房间哦，多根井君。"

弥冬用仿佛能把人吸进去的眼睛再次露骨地发出邀请。理只是报以微笑，没有表态。那带有黏性的声音或许让理联想到了猫，使得他对弥冬产生了反感。

"初音小姐已经睡下了吗？"慧子似乎是为了缓解沉默带来的尴尬，一脸无奈地询问道。

弥冬摇了摇头，说："大概还没睡吧。还是在今天之内介绍你们认识比较好。"

背对客厅的门，右手第一间是弥冬的房间，里面那间就是初音的房间。通往二楼的楼梯在左手边靠外的位置，再旁边是结花的房间。走廊尽头有扇门通往外面，应该是后门。

"姐姐，可以打搅你一会儿吗？"弥冬说着就去拧门把手，但门好像从里面锁上了。

"是谁？弥冬？"

金属质感的尖锐声音透过门传了出来。语气就像是在警惕骚扰电话，很是慎重。里面还传来了猫叫声。理大概是担心门一开猫就会窜出来，站远了一些。

"出什么事了，能不能不要锁门。"

门开了，弥冬表示了自己的抗议，语气中带着不满。

初音从门缝里探出头，透过镜片可以看到她眼神中的怯懦之色。她五官清秀，消瘦的双颊让她看起来有些神经质。戴着金属框架眼镜，烫着职业女性风格的披肩卷发。身材很匀称，但看上去却没有什么魅力，大概是因为太瘦了吧。

"我决定以后都锁门了。"

初音话音刚落，迷冬就从门缝钻了进去。房间角落蹲着一只跟迷冬非常像的黑猫，那肯定是出音吧。

"哦。"弥冬冷冷地应了一声，没等初音同意便走进房间。

整个房间以木纹为基调，营造出轻松舒适的氛围。地上铺的不是地毯而是地板。不知是不是因为平时不住在这边，很大的房间却没什么家具，只有床、床头柜、衣柜和磨砂玻璃门的书架。

弥冬把三人叫过来，站在那里为初音介绍。

"小野小姐应该之前就认识我姐姐吧？她在乐团吹横笛。"

"嗯。"慧子微微点了点头。

秀之感觉，初音的职业跟外表和声音的质感很是匹配。

"哦，初音小姐是搞音乐的，弥冬小姐写小说，结花小姐擅长绘画。真是被艺术眷顾的三姐妹啊。"理站在远离猫的位置感叹道。

初音胡乱动着交叉在一起的手指，表情就像刚吞下了某种很苦的药。她说："史织也被艺术眷顾着。"

突然提到史织的名字，令秀之相当不解。初音给人的印象是神经质且胆小，她平时就这样吗？现在的她看起来非常不淡定，好像随时会陷入恐慌。慧子大概也有同样的感觉，一直盯着初音的脸看。

"是啊。"弥冬似乎不愿意承认这个事实，撇着嘴说。

"而且她还是我们四姐妹中最漂亮的。"初音的视线飘向远方，像是在自言自语。

"对，史织的确漂亮，但她已经不在了。"

听到弥冬冷冷的声音，初音又露出开门时那种胆怯的眼神，声音颤抖地问："真的吗？"

"当然是真的啊。史织早在十六年前就连同轮椅一起从悬崖上掉下去摔死了。"

"你确定吗?"初音睁大双眼,语气中带着一丝祈求,"我感觉史织还活着。当时她可能没死,就算死了也有可能会复活,对不对?"

这些话太不正常了,弥冬一时间不知道怎么回答。

初音用食指敲着床的一端,就像被什么附身了似的继续说:"我感觉挂在客厅的那幅肖像画,跟之前看到的有些不同。我也说不上来到底是哪里不同,可就是不对劲。我的意思不是说换成了另一幅,就是跟之前看它的感觉不一样。"

"咦?"

"该不会是画里的史织跑出来又回去了吧……"

"你在说什么傻话啊。"弥冬的声音里充满无奈。她似乎认为初音并不是真的在害怕,一点担心的样子都没有。

"看上去真的不一样。"初音的眼神就像是看到了什么原本不可能看到的东西。

"这么说来,斜坡上不是留下了车轮的痕迹吗,那是史织小姐的轮椅留下的车辙印吗?"

听到理的话,初音的脸上渐渐变了颜色,肉眼可见地失去了血色。

"轮椅还在史织的房间里,那里已经被钉死,没人能拿出来用。"

弥冬已经厌烦了初音胆怯的样子,用严厉的语气甩下这句话后率先走出了房间。理和慧子紧随其后。秀之最后走出房间,担心地看着初音关上了房门。迷冬大概是想留下跟同类玩,没有跟出来。走出房门时打扫斜坡的声音已经消失了。

"她就这么个人，敏感且神经质。"像是为了找借口，弥冬扭过头来小声说。

秀之瞥了一眼理的脸，他只是默默点了点头；又看了看慧子，只见她动了动嘴唇，好像要说什么似的。但最后没有出声，似乎是改变了主意。

"我在二楼给你们准备了房间，上去看看吧。"

弥冬再次走在最前面开始上二楼。楼梯平台的墙上挂着初音的肖像画，跟弥冬和结花的肖像画大小相同。画中人物很是娇艳，用很多色彩叠加出来的单色背景，跟其他肖像画的笔触非常相似。这幅画同样营造出了奇妙的空间感，不可思议的魅力诱惑着看画的人，仿佛只要把手伸进去就能进入画中的世界。

"小野小姐住这个房间，多根井君住这边的这间，富冈君住远处那间。你们的行李已经拿到各自的房间里了。"

到了二楼，弥冬为每个人指了指安排好的房间。房门敞着，可以看到在玄关交给别墅主人保管的行李。大概是开了暖气，在走廊上都能感受到从房间里流出来的温暖空气。二楼也有很多房间，看样子都是为暂住的客人准备的。

"参观到此为止，好好休息一下吧。等明天下午人到齐了再去看画室。"

"好的，谢谢。"慧子礼貌地低头表示感谢。

"早晨几点下去比较好？"

听到不爱早起的理这么问，弥冬点亮那会发出妖媚光芒的瞳孔，发出甜腻的声音："多根井君，稍后要不要来我房间？那样你想几点起床都可以，根本不用担心时间的问题。"

理露出惹人喜爱的笑容，说："今天我要在没有猫的房间里睡。"

"跟猫睡不是也挺好的吗?"留下一句充满诱惑的抱怨,弥冬迈着猫步走下了楼梯。

秀之愣了一会儿,目送她的背影离开。

"走吧。"

被理拍了一下肩膀,秀之才终于回过神来,直接走进了理的房间。二人并排坐在床边。大概是不太好意思就这么直接走掉,慧子也走进理的房间。这里的夜晚非常安静,连关门声都格外响亮。

"你很受欢迎啊。"

并不是讽刺的语气,慧子边脱下披在肩上的短外套边说。房间里的暖气给得太足了。

"我从小就特别受小孩子和大妈的喜爱。"理的语气中没有一丝开心。

"大妈?人家多漂亮啊……"

实际上,慧子那双充满智慧的、目光深邃的眼睛也非常有魅力,一点也不输弥冬。作为年轻的象征,她的皮肤充满弹性,非常水嫩。立体的五官知性而稳重,侧脸肯定更好看。嘴角泛起的微笑也十分优雅,给人留下有涵养的印象。

"要不要坐下再说?"

理拉过桌子旁边的椅子,放在床前,邀请慧子坐下。慧子微微低下头表示感谢,坐在了椅子上。

"我记得您说自己是高中老师。"

见面至今,几个人还没有相互做过自我介绍,对于慧子的了解仅仅是从弥冬那里听来的信息。理选择了不会冒犯到对方的话题。

"是的。不过我去年四月才刚刚当上老师,还是个新手。"

理好像听到了什么开心的事,露出人畜无害的笑容。"学校那边请假了吗?"

"请假了。现在学生正在放春假,请假很容易。"

惠子语气明快,比外表给人的印象要开朗活泼一些。

"既然小野小姐也是片仓弥冬的粉丝,也就是说,您喜欢推理小说吗?"

"我自认为看了不少解谜的读物……"慧子末了说得很含糊,淡淡地笑了。

在秀之看来,她露出微笑的举动是想结束这个话题。

理站起身,把窗户稍微打开一点儿透透气。吸收了雨水的潮湿的风,顺着小小的缝隙缓缓地吹了进来。

"容我冒昧地问一句,您没觉得不舒服吗,就是感觉平静不下来或者说哪里不对劲?"

理重新坐回床的一端,有些突然地转换了话题。对于慧子的微笑,他跟秀之的理解大概是一样的。

"你是指别墅里那股奇怪的氛围吧?"

慧子聪慧的双眼闪闪发光,点了点头。她似乎就是想聊这个话题才进入理的房间的。

"对。"理重重点头,"我更愿意称呼这里为宅邸。我也说不好,但就是觉得哪里不对劲。"

"夸张点说,总觉得会发生点什么似的。"

看来慧子跟理有同样的感觉。

"那姐妹几人之间的关系也很奇怪。"

"嗯,我实在不理解为什么要用那种挖苦的语气说获得安冈奖的结花小姐。"

说话条理清晰,语调也让人觉得很舒服。慧子果然也抱有同样的疑问。

秀之对二人的疑问表示赞同，对理说："说起来，结花小姐一次都没提过让我们看看她的获奖作品。"

"就是说啊，而且获奖的明明是结花小姐，整栋房子里装饰的却都是史织小姐的画，太奇怪了吧。"

"嗯，理问原因的时候，弥冬小姐搪塞过去了。"

"对，按理说应该挂满结花小姐的画才对吧？"慧子点头同意理的看法，停顿了一下，慢慢张口道，"或许是剽窃。"

"剽窃？"理重复着慧子的话，反问道。

"对，实际上那些都是史织小姐画的，之后以结花小姐的名义把挂在客厅的大肖像画拿去参赛。结果好巧不巧得了奖，只得一直骗下去……"

慧子的话还没有说完，秀之静静地摇了摇头。在鉴赏画作这方面他还是有一点自信的。

"我认为不是。客厅里挂着的那幅大的和另外三幅小的肖像画笔触完全不同。只要不是隔了很多年的作品，肯定是不同的人画的。"

"或许问问管理员末男先生就知道了。"理也委婉地否定了慧子的意见。

"可是，你们不觉得结花小姐跟史织小姐的意外肯定有关系吗？"慧子也没有很坚持，马上换了另外一个话题。

"的确，在提到史织小姐去世的时候，她因为不舒服去吐了。如果只是身体不舒服，时机未免也太凑巧了。"理不停点头，认同慧子的意见。

"史织小姐的那次意外或许有什么疑点。初音小姐怕成那样肯定不寻常。虽然弥冬小姐说她就是那样的人，但我当初见到的初音小姐可没有神经质到这个地步。"

"这样啊。"理也赞同,"也许是有什么隐情,因为她相信史织小姐还活着。提到车辙印的时候,她好像觉得是史织小姐坐着轮椅回来了。"

"可是,那个痕迹真的是轮椅留下的吗?虽说已经被管理员末男先生清理掉了,无法查证,但也有可能是别的东西留下的痕迹吧?"秀之不相信什么鬼神之说。

"弥冬小姐说,轮椅放在被钉死的房间里,但不一定就只有一部轮椅吧。"

"我觉得问题不在于那是什么留下的痕迹,而是为什么会留下那样的痕迹,或者说,是什么人出于什么理由留下的痕迹。"理明确了疑点,却没有得出相应的答案。

"是不是跟末男先生有关系?"

慧子对秀之的发言表示赞同。"他究竟是去做什么的?虽然他的确是在打扫,但也不用非得在那个时间吧?"

"水桶里的东西很可疑。"

秀之把自己闻到强烈臭味的事讲给二人听。味道只在刚刚走下斜坡的一瞬间出现,马上就消失了。

"跟别墅外面那令人恶心的异味是一种吗?"

听到理提出的疑问,秀之很惊讶,没想到他也闻到那微弱的气味了。

"虽然只有一瞬,不是很确定,但我想应该是同一种。"

"我还以为是猫的味道呢。"慧子谨慎地陈述了自己的想法。

"所以当我看到末男先生把水桶藏到身后的时候,我就猜测臭味的源头是不是就藏在水桶里面。"

"可是,他并没有盖盖子,只是放到身后,味道并不会消失吧?"理提出的问题很是尖锐。

"那他为什么要藏?"

"是错误引导吧。"理轻描淡写地答道,"那么做是为了吸引我们的注意力。臭味的源头是别的地方,所以他才让我们关注水桶。"

"也有可能留下车辙印的东西就在水桶里面,所以才想要藏起来。"从慧子的意见可以听出,她更倾向于秀之的想法。

"总而言之,末男先生做了什么要画上一个大大的问号。"理总结了一下。问题很多,却都没有答案。

"有太多地方解释不通了。"慧子嘟囔了一句。

理点头表示赞同,但什么都没说。线索太少了,根本解释不清。

看了看挂在墙上的钟,已经十二点多了。几人说话期间时间已经来到了第二天。

"我该回房间了。"慧子说完,站起身穿上短外套。

朴素的色调反而衬托出她的美。

"明天见。"

听她的语气,仿佛是在说,明天再聚在一起聊。

慧子走了。秀之也觉得是该回房间了,站起身。理不知道在思考什么,目不转睛地盯着床的一端。走了三小时山路的疲惫突然袭来,秀之连晚安都没说便走了出去。

☆　☆　☆

是什么声音?

慧子醒来时,已经浑身是汗地从床上爬起来了。

好渴。不该因为冷就开着暖气睡觉的。房间里非常干燥，呼吸的时候胸口都会跟着疼。

慧子用手擦了擦汗，思考着刚刚的声音是现实中听到的还是梦里听到的。听起来像是悲鸣，又像是猫发情时的叫声。是现实中的声音把自己吵醒的吗？也有可能是从梦中惊醒。只是，自己梦到了什么？

不记得了。即便刚刚醒来，慧子也没能想起梦的内容。

等了一会儿，之前的声音没有再次出现。一直保持这个姿势太累了，慧子躺下沉沉睡去。

第二章　仅剩的画作

　　布置完派对会场，已经是下午三点了。画室中央半月形的桌子上铺着白色桌布，包括秀之在内的八名男女围坐在四周。
　　"之前说是画室，我还以为会很特别呢，结果就是一间比较宽敞的小屋嘛。感觉完全没必要。"
　　说话的堀广一操着一口浓重的大阪腔，嘴噘得像章鱼。乱糟糟的头发加上眼镜，让人联想到Q太郎里爱吃拉面的小池先生。他那看起来色眯眯的眼睛，宽宽的额头，鸡胸，短腿，胖乎乎的体形，全身上下没有一处招女生喜欢，可他居然是弥冬在大阪的男人。不知是看起来不是很检点的弥冬饥不择食，还是堀有着从外表看不出来的独特魅力。不过他在布置会场时一直在偷懒，到处走来走去，人品应该不怎么样。
　　"因为好长时间不用了才变成小屋的，对吧，结花？"
　　弥冬用别有深意的口吻把问题甩给结花。结花垂着眼皮紧咬嘴唇，低着头一句话都没说。
　　画室里并排摆着两个画架，但看起来已经相当旧了，一看就是很久没有用过，已经沦为了置物架，调色板、颜料还有好几种笔被随意丢在上面。刚刚为了布置会场，画架被挪开并盖上了布。现在回想起来，做这项工作的时候结花非常抵触，就跟从肖像画上移开视线时的表情一样，远离绘画工具做别的工作。

"可以开窗吗？"大概是觉得有些憋闷，慧子指着窗户问。得到许可后她开了一条缝。

一改昨日的寒冷，温和的风从秀之身后吹了进来。

"在别墅外面单独建一间画室，真是奢侈啊。"牧本成俊脸上挂着从容的微笑，用低沉的嗓音说道。

尽管他已经三十五岁了，也只有眼睛能看出年龄，除此之外，就是态度比较沉稳。他在大学里专攻几何学，年纪轻轻就评上了副教授。在他身上完全看不出数学家应有的敏锐，但毕竟是有真才实学的人，似乎在柔和的外表下藏着精明，不能掉以轻心。而且他的脸上虽然挂着笑容，那双沉稳的眼睛却没有笑，让人无法对他产生信任。

"大概是为了这一片美景吧，所以才没建在别墅旁边，而是选择了这里。"

从别墅到画室，开车需要七八分钟。这间以木材为主料，仿原木小屋形式建造而成的画室，无论从哪个方向看都能够饱览外面的景色。窗户的面积很大，虽然不能直接感受外面的习习春风，但时不时还是能从明媚的阳光和风的味道中窥探到不属于冬天的温暖。画室建在山丘之上，缓缓的斜坡上长满矮草，远处是森林。不知是专门挑选了原本树木就不多的位置还是后来砍掉的，四周都残留着树桩。

"这里又没人用，收拾得还挺好。"垣尾达也挠着胳膊，用刺耳的腔调说道。

他的胳膊看起来比健身教练的还要粗壮，而且感觉脏兮兮的。那双小眼睛，蓬乱的头发，几乎能把人压死的体格，邋遢的打扮，好像稍微靠近就能闻到他身上散发出来的汗臭味，看起来像是个性格幼稚的男人。家里经营私人诊所，他本人在医大就读，但他看起来根本不是那块料。他的年纪应该很小，却在跟结花交往，听闻这个消息的时候，秀之久久不敢相信。

"都是末男在收拾，因为这里留下了很多史织的画。"弥冬说史织名字的时候嘴又撇了一下。

"原来如此。听说末男先生是史织小姐的信徒。"

牧本煞有介事地点点头。大概是才交往没多久，堀和垣尾都不知道这件事，分别看向弥冬和结花的脸上带着质疑的表情。

"没有结花小姐的画吗？"理看着每个人的脸，若无其事地问道。

实际上，来到画室后，理和慧子还有秀之就聊过这个话题，并对此抱有疑问。

弥冬的眼睛浮现出妖媚的光芒，视线有一瞬间投向了结花。

"是的，除了客厅那张肖像画，没有其他结花的作品了。她以前画的那些，包括放在这里的都烧掉了。唯独那幅画在末男的阻拦下保留了下来，因为画的是史织。"

"把画都烧了？"慧子惊讶地反问。

弥冬并不打算继续解释，就好像没听见慧子的提问似的，整理着脖子上的围巾。结花低着头默不作声，苍白的脸又失去了一层颜色。

"话说回来，初音没事吧？她好像病了。"

一阵沉默过后，牧本抱着胳膊转换了话题。初音称不舒服，没有来画室，独自一人留在了别墅。

"她总是这样，太神经质了。"弥冬把之前对秀之等人说过的理由又说了一遍。

"是吗？"牧本想了想，"是不是出什么事了？我感觉她比平时更加神经过敏。"

弥冬介绍牧本的时候，说他跟初音是认真的。牧本任教的大学的美术老师曾是初音所在乐团的成员，两人通过那个人介绍相识后越走越近，进而开始交往。两人都是三十多岁的年纪，以结婚为前提交往很正常。

"她就是感情太细腻了。"

听到弥冬这么说，堀咧着嘴笑了。"跟你比是个人都很细腻，包括我在内。"

"少来了，你一个大直男，哪里细腻了？"

"好了好了，不要人身攻击。"牧本露出从容的微笑对气势强硬的弥冬说道。

他似乎已经习惯为这二人调停了。看到牧本沉稳的态度，面带怒气的弥冬没有继续说下去。堀也收回好色的笑容，表现出乖巧的样子。

"其实我想带初音去夏威夷散散心。她的确太神经质了，到了能令人放松的南方岛屿，或许能心情舒畅些。"

听到夏威夷，弥冬原本满是怒气的脸突然明朗起来。她发出猫一样甜腻的声音，扭动着身体问："什么时候去呀？"

"预计黄金周的时候。"

"那我也要去。可以的吧？我也想去游泳。好不好嘛。"

"嗯？"

"人多的话姐姐也会比较开心。结花你呢？一起去游泳吧！"

感觉结花偷偷叹了口气，然后抬起脸轻轻摇了摇头，说："那段时间我不太方便……"

"不是去见男人吧？"垣尾把狡猾的小眼睛眯成一条缝，不依不饶地说。

"不是的,我还没有安排。"

"那不就行了吗?结花也去,垣尾君也去,大家都去。"

牧本还什么都没说,弥冬就擅自决定了。

"不知道初音想不想游泳,她背上有小时候被烫留下的伤疤,所以我想我们会以观光为主。"

"没问题的。"弥冬摇了摇头,"不用担心,姐姐喜欢游泳。"

"这样啊,那我也去,可以请年假。"

堀在镜片后面露出好色的眼神。看来,只要是对自己有好处的事,他会用跟对待工作时完全不同的态度,充满热情地去做。

"可以请那么久的假吗?那我不当医生,去当公务员吧。"

垣尾用指甲里藏有污垢的手指挠着鼻头,故意触及对方神经的语气说道。

"你说什么呢?医生可是一本万利的买卖。我接到过很多举报,说医生给老婆开两千万的工资,就让她接接电话什么的。世上哪有做那么点事就给两千万的工作啊?根本就是为了少交点个人所得税。"

受到刺激的堀突然对着垣尾怒吼,气势汹汹得让人害怕,就像是在发泄平日里的积愤。

"那是因为我老妈是护士。"

"问题不在这里!"

堀在区政府的税务部门工作,知道税务结构表里不一的现状,也了解制度上的矛盾。但他却无能为力,只能恨得牙根痒痒。他在窗口肯定接到过类似的投诉,却又不得不为制度辩护。秀之的理想是成为警察,而警察也是公务员,想到自己今后也有可能面临同样的问题，多少能够理解堀的痛苦。

"低薪的公务员都穿得起拉夫劳伦①，证明日本也富裕起来了。"大概是觉得应该换个话题，弥冬突然聊起时尚品牌。

"没错，我这可不是假货。"

衬衫上的LOGO的确是真的，没有POLO CLUB或WORLD POLO的字样。

"有钱人却穿得如此破烂，我可不好意思穿着那样的衣服出门。"

"哼。"

垣尾笑了，厚厚的嘴唇向两侧撇开。他的笑容在别人眼里只觉得下流，他本人应该是想冷笑吧。

"结花说跟我走在一起不觉得丢人，所以穿成这样也无所谓。"

"哦，你们在外面见过面吗？我都不知道。"一直作壁上观的牧本露出很是意外的表情。

"我们经常外出的！"

看到垣尾有些遗憾的表情，秀之才确信，结花怀孕这件事果然不是自己听错了。今早弥冬和久子说话的时候，秀之从旁边路过，听到了她们的谈话内容。这样就能解释为什么结花的脸色那么差，以及之前为什么会吐了。但在这之前，秀之对于这两个人的关系依然是半信半疑。如今看到垣尾的态度，秀之终于确信，肯定没错，结花和垣尾之间存在男女关系。而且，结花肚子里的孩子就是这个男人的。

"两三天前我们还一起去了迪士尼乐园，玩了飞跃太空山呢。"

---

①美国时尚品牌。

垣尾一赌气举出了具体的例子。从不苟言笑的结花的脸上看不出任何表情，实际上她心里很不情愿吧。

"你是说那栋建筑物里的云霄飞车吗？"

"对。"

弥冬少有地露出了害怕的神情。"我坐不了那种的。我天生心脏就很脆弱，遗传自我父亲，所以从来没坐过云霄飞车。"

大概是不生气了，堀露出牙齿笑道："你的心脏要是脆弱，世界上就没有心脏强大的人了。"

弥冬双手按着胸口，反驳道："是真的。我要是受到强烈刺激的话，很可能会突发心脏病而死。"

牧本面带泰然自若的笑容，看着二人争吵的样子，从内兜里掏出烟盒，把细长的香烟在桌子上磕了磕，问弥冬："这里没有烟灰缸，我忍了半天了，可以抽一根吗？"

弥冬还没有回答，理抢先站起身，由于用力过猛，椅子发出很大声响。

"我先回去了。"

听到理突然说要回去，弥冬惊讶地盯着他的脸。理皱着眉头整理着裤子上的褶皱。

"怎么了？我们才刚聊了一会儿不是吗？"

"走回去要用三十多分钟呢，我又坐不了车。"

来的时候理也是提前问好路线走着来的，这次秀之没有陪着他。

"可是，你走了就无聊了。再待一会儿吧。"

弥冬完全不顾忌在场的堀，发出猫儿嬉戏时的甜腻声音挽留理，眼睛像是要把人吸进去。理却完全不理会，鞠了一躬朝着门走去。不知道他离开的真正理由的慧子目瞪口呆。

"理,我也跟你一起走。"

自去年前辈自杀后,理就对香烟的味道变得很敏感。以前明明没问题的,最近他都尽量避开,肯定是一点烟味儿都不想闻到。明白他心情的秀之追在后面,提出要一起回去。

弥冬对牧本解释说,画室里存放着画,所以跟客厅一样都是禁止吸烟的。说罢她无奈地站起身,拿起电话听筒。只见她微微缩着肩膀,肯定是在联系末男,让他来接人。

天快黑了。天空染上火红的颜色,好几朵拖着长尾巴的云悠闲地飘在那里。原本柔和的风开始夹杂丝丝凉意。秀之拉起外套的领子,加快脚步追赶走在前面的理。

☆　☆　☆

"折雪花的方法有很多种,这是我自创的。"牧本嘴角勾起微笑,用低沉的嗓音得意地说。

慧子看着他的脸,感觉他应该很适合留胡子。

客厅中央玻璃面板的桌子上放着一堆大小不一的彩纸。叠好的作品都快把咖啡杯之间的空隙填满了。除了纸鹤、纸气球、纸娃娃、三方这类传统式样,还有螃蟹、蜻蜓、始祖鸟、剑龙等创新式样,种类繁杂。据牧本自己说,只要是有形状的东西都能折。其中研究得最多的就是雪花,他一直强调,其中好几种都是他自创的折法。

"猛犸象唯独牙齿是白色的,真厉害。"

似乎是真的很佩服,理目不转睛地看着折好的作品。他生性单纯,像小孩子一样对任何事都充满好奇,觉得很新鲜,这是好事。理拿起眼睛和腿都惟妙惟肖的螃蟹、后背有四个尖刺的剑龙，开心地笑着。

"那虽然不是我的作品，不过也是钻研了很久才叠出来的。"牧本又叠了一个新奇形状的雪花，清了清嗓子说。

他的表情虽然和蔼，老成的眼睛却依然没有笑意。

猫想进来，被弥冬赶出去了。应该是牧本不想让猫毁了自己的折纸吧。三只折尾的黑猫长得一模一样，完全分不出来谁是谁。刚刚那只猫是出音，还是迷冬，又或者是节花？有谁知道呢。

"大学老师有这样的兴趣挺少见的吧？"见没人说话，慧子硬着头皮找了个话题。

弥冬知道牧本的坏毛病又要开始了，像没兴致的猫继续躺在那里不打算理会。秀之的表情也像是在听大学里的无聊讲义，玩着勺子。理则是盯着折好的作品两眼发光，完全沉浸在自己的世界里。

"嗯，以兴趣来说的话，的确比较少见。"

慧子一直认为，折纸都是一些上了年纪的人在活动中心一类的地方会办的课程，而学折纸的也都是一些带着孩子的主妇和为了预防老年痴呆、需要活动手指的老年人。

"不过，折纸和几何学有着密不可分的关系哦。"

说着，牧本给每个人发了几张彩纸。觉得无聊的堀大概预感到对方会强迫自己做一些麻烦的事，马上皱起眉头。垣尾的脸上带着看不起人的笑容，斜眼看着牧本。初音因为害怕而手抖，连彩纸都拿不稳，掉到了地板上。愣神的结花连接过彩纸的力气都没有，始终垂着眼皮。

"先从简单的一分为二说起吧。折一个这张纸一半面积的三角形，斜着，对，沿着对角线一折就行了。想要长方形就从中间对折。接下来是问题，想要得到一个一半面积的正方形该怎么折？"

正如牧本所说，这个问题不算难。先横向纵向各对折一次留下折痕，再对准交叉的中心点将四个角折上去就好了，也就是纸坐垫的折法。慧子看了看旁边，理和秀之马上就明白了，折出了正方形。而参与的人也就只有他们三个，其他五个人不知是不是没兴趣，完全没有动作。

"接下来是把角分三份。选其中一个边的中点，把这个一百八十度的角平均分成三个角。"

慧子没有立即想到答案，倒是知道怎么分成四个角。看向旁边，理已经一脸清爽地开始折三等分的线了。看来他跟自己大脑的构造不一样。她观察了一会儿，就是不知道怎么才能折成三个六十度的角，只知道如果能让三个角完全重合就成功了。

"只有多根井君折出来了吗？"牧本的声音有些着急。"真够笨的。喂，初音，你在干什么？动脑子想想啊。"

初音神经质地活动着手指，推了推银框眼镜说："我眼神不好……"

"姐姐不擅长折纸，因为她连角都对不上。"

听到弥冬这么说，牧本用从容不迫的态度说："是眼镜的度数不对吧？"

"她裸眼视力太低了，没办法呀。你也知道的吧？要是没有这副眼镜，她就跟个瞎子一样。有次需要她开车，结果她还把眼镜摔碎了。"

"就是弥冬小姐的腿骨折，来我们大学医院看病那次吧。"垣尾插话道。

"对，"弥冬点点头，"就是我滑雪的时候骨折，姐姐送我去医院那次。当时姐姐说要去买东西，下了车进到店里之后过了好久都没回来。结花当时也在，她就代替骨折的我去购物中心里找姐姐。结果你们猜怎么着？姐姐因为眼镜碎了，瘫坐在以前结花工作过的美容院前。"

"是怕得动不了了吧？"垣尾还是那么爱挖苦人。

"到了医院，下了车，姐姐和我都需要扶着结花的肩膀才能走路。"

"这么严重已经不能叫视力差了。"

堀也用开玩笑的语气插了一句，脸上马上有了光泽。

"自那之后，结花出于担心，每次复诊都会跟着，也因此幸运地认识了我。"

听到垣尾一脸得意地说出这种话，堀的脸上露出下流的笑容，没有看着任何一方，说："也不知道是幸运还是灾难。"

看来他是那种对几何学这类难题完全不在行，可一聊起无聊的话题就一定要插句嘴的类型。

堀无视折着雪花、等待时机继续讲解的牧本，露出好色的笑容继续用语言刺激垣尾："穿着有汗臭味衣服的妈宝男，萝莉控，游戏宅。现在也散发着异味呢。"

垣尾却打起了太极，鼻子发出一声冷哼："总比变态大叔强。你不是在收集 AV 封底吗？"

"那不叫变态。"堀像章鱼一样噘起嘴，用浓重的大阪腔反驳道。

自己喜欢攻击别人的痛处，却不喜欢别人对自己说三道四。本质上他就是个自私的家伙。

"算了，懒得理你。"垣尾不再理会堀，少有地露出严肃的表情。"我为了继承老爸的衣钵，放弃了绘画。我曾经很认真地想要成为一名画家,所以从这层意义上来说,不能再画画的结花遇到这样的我是一种幸运……"

"不能再作画了?"理没有放过这个信息,马上反问。

"对。想画却画不了的人的心情,只有同样不能再画画的人才能理解。"

垣尾的话似乎不是在回答理的疑问,完全是一副同病相怜的语气。他靠在沙发上长长舒了一口气,闭上了眼睛。

"结花小姐不能再作画了吗?"理转而询问弥冬,语气像是在强忍着急切的心情。

慧子注视着结花。结花低着头,遮着脸的手微微颤抖。齐肩的黑色短发和黑框蛤蟆镜挡住了一半表情,但还是能看到她的脸色就像昨天一样苍白,感觉她随时都会因为不舒服跑去洗手间。就像一个没有生气的精致的玻璃人偶。

"是的。"

过了一会儿,弥冬才低声回答。不知是不是在犹豫,答完之后,又好一会儿都没说话。

这样就能解释结花之前为什么会从引以为傲的肖像画上移开目光了。慧子能够感同身受地体会到她为什么会把之前的作品都烧掉。结花的画仅剩下一幅也很正常。弥冬为什么对结花获奖的事冷嘲热讽,而结花表现出来的严重的无力感,一切都解释得通了。

大概是无法忍受房间里寂静得只能听到牧本折纸的声音,秀之注意着周围人的反应,轻轻咳了一声。这一声咳就像炸弹掉在地上,之后,整个房间再次蒙上厚重的沉默幔帐。

"对,结花不能画画了。"

似乎是终于下定了决心,弥冬平静地开始讲述。理投去复杂的目光，静静等着她继续说下去。

"结花不是因为眼睛看不见或手不能拿笔这类身体方面的理由，而是精神方面的……自从史织连人带轮椅掉下山崖死掉之后，无论她怎么努力，就是画不出来。"

"自史织小姐那次意外之后就不行了吗？"

弥冬点了点头。

"是的，她每次拿起笔来想作画，眼前就会浮现史织的死状，连一条线都画不了。我也不是很懂，总之就是想画什么都会变成史织凄惨的尸体。"

"因为都怪我……"结花小声嘟囔了一句，那声音就像是在呻吟。

像是为了盖住她的声音，弥冬边整理丝巾边继续说："当时，结花和史织两个人的关系更接近竞争对手，因为她们在绘画方面都很有天赋。"

"可以想象得到。"慧子频频点头。两个人的画就是最好的证明。

"所以结花得奖之后，两个人的关系变得非常糟糕。史织始终认为自己的画更胜一筹，我们也认同。结花表面上死都不肯承认，但我想她心里其实也很明白，她赢不了史织。"

弥冬每次提到史织的名字都会撇嘴的毛病还是没有变。史织的才华还体现在其他方面，除了绘画，她也擅长写推理小说，在音乐方面也很有天分。慧子突然觉得，大概有"赢不了史织"这个想法的不单单是结花一个人。这三姐妹对集美貌与才华于一身的妹妹又是憎恨，又是嫉妒，同时也对她感到畏惧吧。

"当然，史织也不开心。因为事实上，得到安冈奖的人是结花。那时的史织已经不是肖像画中的样子了。之前那次交通事故让她的脸上留下了丑陋的伤疤，而且只能依靠轮椅才能移动。"

理重重点头，说："不久之后史织小姐就意外身亡了。"

"嗯，结花也从那个时候起不能画画了。"

"因为都怪我……"

闭着眼睛低着头的结花，想要抬起头解释什么，却做不到，好像一张嘴呕吐物就会喷出来似的，一个字都说不出来。她忍住突如其来的呕吐感，用手捂着嘴站起身，急急忙忙往洗手间的方向跑去。原本就没什么血色、好像病人一样的脸更苍白了。

"问一个不礼貌的问题，史织小姐意外坠崖身亡跟结花小姐有什么关系吗？"等水流声消失，理直直地看着弥冬问。

这是慧子想问却始终问不出口的问题。

"史织还没死。"

作答的人不是弥冬，而是一个刺耳的声音。像是不愿听到这个名字，初音不住地左右摇头，脸色铁青。

"没死？"

"史织那个时候没死。"

初音尖锐的声音很明显在颤抖。不停交替活动的食指和中指已经影响到其他人的神经了。

"姐姐……"

"因为我收到了史织寄来的信，她果然还活着。那具浑身是伤，已经失去人样的尸体不是史织。"

"信？"

牧本的声音也高了八度，这样的反应在他身上很少见。折彩纸的手下意识地停了下来。看到初音不同寻常的状态，他也失去了平时的从容，差点儿把已经堆成山的雪花折纸推倒。

"对,就在我洗澡的时候,史织没有发出任何声响地走进房间,把恐吓信放在了桌子上。好可怕……"

"你怎么知道是史织小姐放的?"

"因为她穿着肖像画里那身衣服啊。虽然只看到了下半身,但那肯定就是史织。"

金属质感的声音在耳边嗡嗡作响。跟长笛温柔的音色不同,就像是用指甲划过什么东西时发出的那种令人不舒服的声音。

"单凭这些,不能确定那就是史织小姐吧?"

牧本再次开始折纸。他分析过眼下的事态后,很快冷静了下来。眼睛偶尔散发出的锐利光芒的确是数学家该有的,只是之前没有显露出来。

"我就是知道。史织从那幅肖像画里走出来,正在这栋别墅里徘徊呢。"

弥冬挽起长发,用非常轻蔑的语气说:"你又想说那是另外一幅肖像画吗?"

"我没说过那是另外一幅画。我只是说,因为史织进进出出,画会产生微妙的变化,所以看起来像是另外一幅。"

初音的话前后矛盾。假设史织没有意外丧生,而是还活着的话,又怎么进出画中呢?从她连这一点都不明白,始终用坚定的口吻说出这些话来看,恐怕她的精神状态已经失衡了。考虑到这一点,是不是该说些支持初音意见的话?慧子犹豫再三还是开了口。

"这么说来,肖像画好像的确跟昨天不太一样了。但我说不出具体是哪里不同……"

慧子的话令牧本极其不快。他用老成的眼神盯着初音看了一会儿,还是耐着性子问道:"我不是让你把房门锁好吗?史织小姐是怎么进去的？"

"把手自带的锁用万能钥匙就能轻松打开。史织想要进来一点都不难。"

"是不是有人想吓唬你，所以打扮成史织的样子悄悄溜进去了？"

"史织还活着，那个时候死掉的是另外一个人！"

几乎是在尖叫的初音，声音中带着几分疯狂。她的臆想相当严重。语气如此强硬，在别人眼中，这就是被强烈的妄想支配的表现。史织的恐吓信对初音几乎就要崩塌的内心造成了毁灭性的打击。

牧本似乎也认为正常的理论已经无法安抚她了，于是换了个话题。"那，信上写了什么？"

初音没有回答，直接把信拿了出来。应该是一直放在口袋里，都已经皱了。

"我看看。"

没有特征的信封，同样没有特征的信纸，而且只有一张。一些从报纸或杂志上剪下来的文字七扭八歪地贴在信纸上。只有"我要向杀了我的三个人复仇。史织"这几个字。没有感情的非手写字将恐吓信的效果拉高了一个层次。

"上面写着她要来复仇，弥冬。是向我们三个人复仇。"初音盯着弥冬的脸大声叫喊。

听到"三个人"这个词的时候，虽然只有一瞬，弥冬的确皱了皱眉头。

"史织小姐为什么要向你们三姐妹复仇？"

牧本把恐吓信还给初音提出质疑的时候，慧子和理交换了眼神。他们似乎在考虑同一件事。没错，那不是一起意外。史织连人带轮椅从悬崖上掉下去不是一次单纯的过失。

"可是,史织已经死了啊。"

弥冬这句话似乎不是对初音,而是对自己说的。

初音却摇头,就像是被什么人操控着,不停地摇。"已经开始了。"

"开、开始什么?"连弥冬的声音都开始颤抖了。

"史织的复仇。"

"复仇?"

"对,昨天我听到了悲鸣,是活祭品临死前发出的叫喊声。"

初音说这句话的时候,金属质感的声音变得更加尖锐。牧本搂着她的肩膀,依然无法完全抑制住那扩散至全身的颤抖。

"你们应该都察觉到了吧?有一股死猫散发出来的臭味。"

听到初音这么说,慧子不禁想,先不说那是不是动物尸体散发出来的味道,但的确,从昨天开始就一直有股微弱的异味飘荡在空气里。现在味道更加强烈了一些。之前还以为那是垣尾衬衫上的汗臭味呢。如果真的有猫被杀,那么就能解释恶臭是来自哪里了。

"你该休息了,初音。今天你做噩梦了。"

牧本说完,基本上是抱着初音,把她带出了房间。在这个过程中,初音始终用刺耳的声音不停叫喊着"已经开始了""史织的复仇已经开始了"。

看着他们离开,弥冬露出不安的表情,说了一句"散了吧",叫来了久子。看到久子摇晃着胖嘟嘟的身体出现在客厅,慧子才松了口气。

堀和垣尾相互看了对方一眼,一同站起身。大概是因为平时总是相互找碴儿的两个人现在站在了同一立场上,他们不知道这个时候应该做出什么反应，有些不知所措。

堀把大家没吃的闪电泡芙归拢到一个盘子里，打算端回自己的房间。垣尾看了一眼卫生间的方向，结花好像直接回房了。

久子把桌子上的碗碟收拾干净，只留下牧本的折纸。堆积的白色雪花都快把桌面盖住了。

慧子和理、秀之一起走出客厅，最终没把自己也在半夜听到类似的叫声这件事说出来。

☆　☆　☆

刚刚那是什么声音？

跟昨天一样，慧子醒来时，又是已经浑身是汗地从床上爬起来了。

初音的话在脑中盘旋。恐吓信，史织的复仇，活祭品临死前的叫喊声。

慧子觉得嗓子干得冒烟，站起身，犹豫着要不要走出房间。她可以肯定，刚刚的声音是梦里的。是因为初音的话始终挥之不去，所以才会梦到吗？自己从来没听过那样的叫喊声，却宛如听过似的。

可是……

如果那就是悲鸣呢？如果刚刚的声音真的是谁发出的悲鸣呢？

想到这里，慧子很害怕，不想出门了。她没有勇气去确认那究竟是什么声音，一点也没有。

那不可能是人类发出的悲鸣。慧子摇摇头。那是自己在梦中听到的声音。就算不是，也肯定是猫叫声。现在是猫发情的季节，而且这栋房子里可是住着三只猫呢。

可一闭上眼，初音的话就会清晰地在耳边回响。

活祭品临死前发出的叫喊声。

昨天见到的真的是三只猫吗？它们长得一模一样。三只猫不同时出现根本分辨不出来。慧子试着回想，想不起来。因为昨天在画室待了很长时间，回到别墅后没见过三只猫同时出现。可又不能肯定。

那刚刚的声音就是猫被献祭时发出的叫声？昨天那毛骨悚然的声音也是猫发出来的？

慧子感觉头有些昏昏沉沉的，身体很疲劳，却睡不着。虚无缥缈的想法一个接一个浮现又消失，始终介于睡着与恍惚之间，就这样过了很长时间。结果直到天亮也没有再听到类似叫喊的声音。

第三章　没有意义的替代品

本想去一楼的秀之下意识停下脚步。他觉得有种莫名的违和感。

宽大的木质楼梯踏板被擦得闪闪发光。平台处铺着深绿色的地毯，墙上挂着小号装饰画。精雕细刻的扶手给人稳重，或者说庄严的印象。清晨的阳光从高处的窗户照射进来，将外面的景色投射在雪白的墙壁上。

"嗯？"

紧跟在秀之身后的理在下个瞬间发出心情很差的声音。他差点儿一头撞在秀之身上，好不容易才站稳。

"抱歉。"

秀之道歉的同时回过头。理还一副没睡醒的样子，眼睛眯成一条缝，迷迷糊糊地。理不爱早起，还想在床上多睡一会儿吧。他从来不吃早饭，现在下楼肯定是想来一杯热咖啡。认识这么久，秀之知道他需要一些时间才能彻底清醒。

"怎么了？"理冷冷地问。由于刚睡醒，声音还有些沙哑。

秀之支支吾吾地说："没事……"他没有把停下的理由说出来，因为自己也不知道具体是哪里不对劲。

"是画吧？"

走在两人身后跟上来的慧子解开了秀之的疑惑。她指着挂在楼梯平台中央的画，继续说："那里换了一幅画。"

因为前一晚没睡，慧子的眼睛有些红肿。虽然看起来依然那么聪明伶俐，但疲惫的样子还是叫人心疼。

理用好像下一秒就睡着的声音说："画？"语气中带着不耐烦。不过，一大早就能说这么多话，对他来说已经很稀奇了。

"昨天这里挂的还是初音小姐的肖像画呢。可你们看……"

慧子说着，走下楼梯来到画前。秀之也自然而然地跟了下来。理慢悠悠地摸索着扶手跟在后面。看他的表情好像突然活动身体就会晕倒似的。

"你猜上面画的是什么？"

虽然不是抽象画，但至少不像肖像画那样一下就能看出画的是什么。好像是人，因为画的是背面，只能从头发长度判断大概是个女人，除此之外就什么都看不出来了。说画中人是裸着躺在那里也可以，说是摔倒了也可以。看不清是因为有很多条纵向的黑色线条，就像蜘蛛从天花板上拉着丝垂下来，线条前端绑着一个不知道是什么的小东西。

秀之凭直觉说："是在浴室里吗？"

画太小也是看不清的原因之一。只有半张报纸那么大。

"好像是。还有一个地方被雨一样的黑线挡住，不是很清楚……"

慧子眯着眼，一会儿贴近了看一会儿离远了再看。画的内容虽然不同，笔触却和以初音为模特的肖像画非常相似。可能是史织的作品。画面营造出来的奇妙的空间感也跟之前挂在这里的画极为相似。

"好像把头伸到浴缸里了。看，如果只是摔倒，头发不会散得这么开。"

"有道理。"慧子点点头。"这些黑线你们觉得是什么？前端好像吊着什么东西。"

秀之正歪着头思考，一楼房间的门开了，说话声穿过走廊传到几人耳中。

"还是让大夫好好看看吧。用药应该就能搞清楚了。"

是久子银铃般的声音。虽然只是别墅的管理员，但毕竟从上一代就在这里工作，劝说的同时语气中又不失礼貌。

"可是，还不到两个月……"

从没有自信的语气可以听出是结花。她低着头垂着眼皮的样子浮现在眼前。肯定是在聊怀孕的事。所谓药物应该是指可以快速验孕的东西吧。

"总之，今天告诉对方不太好吧？在愚人节这天说，人家会以为你在骗人呢……之后才知道是真的。还是先去医院确认一下比较好。"

紧接着是关门的声音。久子穿过走廊往这边来了。

"到底是谁，出于什么目的做出这种事啊？"

久子发现几人，轻轻点头打招呼的时候，理迷迷糊糊地说了这么一句话。表情还是一副很困顿的样子，脑子已经开始运转了。

"是不是愚人节的玩笑？"秀之笑着随口一说。

理歪着头眨了眨眼睛。"又不是万圣节。"

"也有可能是派对的余兴节目。"慧子提出其他意见。

就在这时，突然传来响彻整栋别墅的大叫声，好像是从一楼最里面的初音的房间里传出来的。

"谁的声音？"

说时迟那时快，慧子已经跑下楼梯。秀之也急忙跟了上去。一次跨好几阶台阶，最后直接跳了下去。只有理不想一大早就活动身体，继续我行我素地一步一摇。

"不太好判断是谁发出的悲鸣，但声音听起来很尖锐，应该是初音小姐吧？"秀之穿过走廊边往楼深处跑，一边气喘吁吁地说。

此时，慧子已经握住门把手了。

"不行，上锁了。"

慧子先是转动，然后是推拉，弄得把手发出咔嚓咔嚓的声响。对面结花房间的门开了。往客厅方向走去的久子大概也听到了悲鸣，惊慌失措地往这边跑来。

"刚刚那是姐姐的声音？"弥冬也在结花房间里，从门缝里露出脸问。猫一样的眼睛炯炯闪烁。

"大概是。"

秀之说完，理才慢慢悠悠地跟上来。接着传来慌忙下楼梯的脚步声。

"麻烦拿万能钥匙来。"

久子对慧子点点头，摇晃着肥胖的身躯穿过走廊往回跑。虽然胖，动作却很灵敏。

弥冬和结花也来到走廊，初音房门前聚满了人。

"出什么事了？"牧本性急地问。

看他的表情，很明显是听到悲鸣之后才下来的。虽然很冷静，但没有露出平时从容的微笑。

慧子大大方方地答道："不清楚，门锁上了，进不去。"

这时，久子回来了，从远处看就像是一颗球滚了过来。她拿来了万能钥匙。跑步这类运动对身材肥胖的她来说很吃力，肩膀一上一下地晃动,不停喘着粗气。

牧本接过钥匙,慢慢插进钥匙孔。拧开锁,轻轻推开沉重的房门。

房间里非常整齐,不像是有什么异常。秀之探着头环视了一圈,跟前天来的时候没什么区别。除了猫不在,没有不对劲的地方。

"初音。"

牧本叫了一声,里面传出啜泣的声音。有回音,声音显得闷闷的。

"在浴室里吧。"理从后面提醒道。

的确像是在狭小房间里才会发出来的声音。

"应该是,眼镜在床头柜上,她每次洗澡都会这么做。"

床旁边的桌子上有手账和便条纸,银框眼镜就放在那上面。初音习惯在这栋别墅洗澡的时候把眼镜放在那里吧。

"初音。"

为了安抚初音,牧本一边喊着她的名字一边进入房间。左手边最里面是通往厕所兼盥洗室和浴室的门。浴室的拉门关着,但里面亮着黄色的灯。声音的的确确就是从里面传出来的。

"初音,你怎么了?"

初音蹲在浴室入口前,抱着膝盖坐在地上。因为打算洗澡,此时的她什么都没穿,衣服和内衣都在脏衣篓里。慧子看到这个情况,从床上拿来毯子。牧本用毯子温柔地包裹住初音的身体。

"是史织,史织回来了。"初音停止啜泣,指着浴室的门主动说道。

不戴眼镜的时候初音看起来没有那么神经质,但她的食指一直在做着弹拨的动作。

"出什么事了？"

牧本边问边探着头从不是磨砂玻璃的地方往浴室里看，下一个瞬间，他像被冻住了似的一动不动。过了一会儿，才发出类似叹息的声音。等牧本转过头来时，他的表情就像是吞了某种很苦的东西，柔和的脸皱成了一团。

"怎么了？"等着听答案的慧子问道。

牧本打开浴室的玻璃门，算是做出了回答。向里看去，放满水的浴缸里飘着折尾黑猫的尸体，脖子被绳子绕了好几圈。

"是史织的复仇。你们都不肯信我，我都说了，听到了叫喊声。出音被当成活祭品杀掉了！"初音用她那金属质感的刺耳声音大喊着。

秀之回想起昨天的情形，很想捂住耳朵。

"那只猫是出音吗？"理问弥冬。

从他冷静的态度可以看出，早起的不适已经一扫而空。

"大概是。"弥冬点了点头。"实际上，迷冬也不见了。我想着猫都是这么反复无常，有的时候出去就再也不回来了，就没太在意，所以说不好那其实是迷冬的尸体。"

听到这话，背对着浴缸的慧子的脸突然失去了血色。

"其实，我也跟初音小姐一样，听到了同样的叫喊声。而且不光是前天晚上，昨天晚上也听到了。"

"那也就是说，出音和迷冬都已经被杀了吗？"秀之本想抑制住兴奋的情绪，却没成功。他自己也没意识到自己的声音高了八度。

牧本不紧不慢地用低沉的嗓音说："也有可能是其中一只出去没回来吧。"从容的态度很有说服力。

"结花小姐,节花在吗?"理冷静地确认道。

名字发音一样实在容易混淆,但结花没有混乱,马上点了点头。

"要不我们一起找找迷冬吧……"

就在慧子提出这个建议的时候,不知道什么时候来到房间的末男走进了浴室。他眼神很严肃,来这里的目的应该就是带走猫的尸体吧,因为他双手都戴着医用的橡胶透明手套。

末男将猫的尸体从浴缸里捞上来,心疼地抱了一会儿,然后压抑着自己的感情说:"出音。"

黑猫的颈骨似乎断了,头和尾巴一样耷拉着。水滴顺着身体滴到地上。眼球上翻,舌头呈紫色,跟人类被勒死时没有什么区别。秀之感觉自己的胃像是被什么东西勒住,一阵阵地恶心,忍不住扭过头去。

抱着出音的尸体,末男用力抿着嘴走了出去。看到他坚定的目光,没人询问他要怎么处理尸体,又要埋到哪里去。久子走进浴室,似乎是打算不留痕迹地把那里彻底打扫干净。

"昨天夜里肯定有人进来过。初音那个人很神经质,绝对不会让别人进入她的浴室。"过了好一会儿,牧本沉着冷静地说出了自己的推论。

分析事情时的表情,的确表现出了数学家才有的敏锐。

"跟上次的恐吓信一样,只要有万能钥匙就能做到。"理也点头表示同意。

"除了球形门锁,有必要把别的锁也锁上。"

牧本话音刚落,初音又开始用尖锐的声音叫喊起来。听到那像是用指甲划黑板时发出的让人从生理上感到不快的声音,秀之下意识地想捂住耳朵。

"我也会变成那样……像那样被杀。"

昨日那一幕再次上演,初音开始全身颤抖,头不停地左右摇晃,就像病人发作。不,或许初音真的是病人。她盯着半空中某一个点,眼睛里闪烁着不正常的疯狂光芒。

"让牧本先生留下来陪她比较好。"

理叹了口气,催促秀之离开房间。牧本把裹着毯子的初音抱到床上,搂着她的肩膀试图让她冷静下来。其他人大概也认为离开比较好,弥冬和结花都出去了。慧子紧随其后,最后离开的是完成打扫的久子。

直到关上餐厅的门,初音的尖叫声才被隔绝在外面。一直在耳边回荡的那带有疯狂色彩的声音,让秀之觉得自己好像也看到史织的亡灵了。

☆　☆　☆

花束送来的时候,众人正在餐厅吃着稍稍延后的午餐。

早晨天气还很好,这会儿天空上的云越来越低,大颗的雨滴砸到地上。花束外面的塑料包装上也散布着零星的雨水。根据收音机播报的天气预报,伊豆地区稍后会下大雨。慧子透过窗户眺望着快速暗下来的景色,突然变得糟糕的天气让她有种不好的预感。

"会是谁送的呢?"久子把花举在面前,漫不经心地说。

花束把完美诠释了胖嘟嘟这个词的久子都挡住了,可以看出数量不少。

拿来好几个花瓶的末男正在默默将花分插进花瓶。非洲菊、雏菊、兰花、勿忘我、蝴蝶兰、香雪兰……不单单是量大,种类也很多。正在用剪子修剪花茎的末男表情看起来很柔和。跟火化猫的尸体那种工作比起来，这也是理所当然的。

"是谁想得这么周到？"弥冬环视着围坐在桌旁的每一个人的脸，应该是想问是谁为了庆祝今天的派对送了花吧。

不是慧子买的。结花慢慢摇了摇头。理和秀之异口同声说没有。牧本有些心不在焉，但还是很明确地否认了。而且可以确定的是，进入别墅之后没有人出去过。

"你应该了解我，我不会把钱花在这种地方。"堀挺起自己的鸡胸，很自豪地说。

大概因为是大阪人的缘故，他非常计较得失，从他把剩下的闪电泡芙拿回房间就可以看出，这个人有多爱占便宜，他不可能做出送花这种事。初音发出悲鸣的时候他也没来，可以说是彻头彻尾的利己主义者。

"也是。垣尾君呢？"弥冬大概是熟知堀的性格，没有多说什么，转而问吃不下饭的垣尾。

"不是我。"垣尾脸色不太好，摇了摇头。

听说他发烧了，中午之前一直在房间里躺着。大家都劝他，不吃东西会更难受，他这才下楼，但喝汤已经是极限了，此时正痛苦地喘着粗气，偶尔用手摸摸额头的温度。

"怎么可能是他，连件像样的衣服都没有。"堀噘着嘴，像在炫耀心爱的拉夫劳伦似的边摸着POLO衫的领子边说。

堀大概是个对穿着比较讲究的人，今天早晨见到秀之的时候，还问他的衣服是不是消费者合作社大甩卖的时候买的。慧子发现，秀之的衣服其实是Agnès b. HOMME的，堀虽然在这方面比较讲究，但不知道这个牌子，还露出让人厌恶的笑容问是不是大荣原创一类的。秀之很明智，没有说真话，只说是在千林商店街买的一千日元三件的水货,用一个充满乡土气息的地名蒙混了过去。

"更不可能是姐姐……"

初音从昨天开始状况更差了,现在还在房间里休息。眼下虽然冷静下来睡了,等再醒来的时候还有可能会大喊大叫。恐吓信和猫被杀这两件事彻底击溃了她脆弱的神经。牧本拜托末男,在初音的房门上装了结实的门闩,防止再有人擅自进入。

"有留言卡。"

久子用银铃般的声音说完,从围裙口袋里拿出留言卡交给弥冬。留言卡有半张明信片大小,上面画着充满神秘色彩的画。

弥冬伸手接过来,翻来覆去看了两三遍。确认没有什么特别之后,打开读出上面的文字:"第一个礼物。"

用勺子跟沙拉战斗的理听到这句话迅速抬起头,眼睛里充满好奇。

"第一个礼物?"慧子歪着头,重复弥冬的话反问道。

弥冬看着久子,似乎是在问,知道是谁送来的吗。久子默默摇了摇头。看来花店的人只是送来花束和留言卡,没有口信一类。

理微笑着用理所当然的口吻问:"第一个的意思是说,之后还会送东西来吗?"

弥冬大概是那种不会深究的性格,若无其事地说:"我怎么知道。"

在斜坡上看到车辙印的时候也是如此,对谜团既没有兴趣也没有好奇心,这一点并不符合她推理小说作家的身份。尤其是弥冬写的还是以解谜为主、逻辑缜密的本格推理小说,她的种种表现与印象中这类小说的作者相去甚远。看到自己崇拜的作家态度如此冷漠,慧子非常失望。

"我回房间了。"

垣尾摇摇晃晃地站起身,似乎是好不容易才挤出这么一句话。结花点了点头,在垣尾耳边说有事要商量,让他傍晚的时候到自己房间去。久子大概也听到了,学着外国人的样子两手一摊,耸了耸肩膀。垣尾大口喘着气,拖着沉重的脚步朝房间走去。

把所有花分插完,末男默默地走出餐厅。留下其中一瓶在客厅,其他的都放在平板车上运走了。

牧本看了看平均分配好的花瓶里的花,抑制着焦躁的情绪,说:"到最后也不知道是谁送的吗?"

因为长时间陪着初音,他脸上都是疲惫之色。

"嗯。"弥冬转动着猫一样的眼睛回答道。"既然不是我们这些人,怎么可能知道是谁送的呢,不是吗?"

牧本皱起眉头,用盘问的语气说:"你不害怕吗?有人给初音写恐吓信,还杀了她的猫。你敢保证这束花不是什么人怀着歹意送来的吗?"

弥冬整理着丝巾,不耐烦地说:"别把事情说得那么复杂。那你说说,该怎么查?连是哪家花店送来的都不知道……"

"用电话簿查出这附近所有花店的电话,一家一家问,应该能找到吧。"理轻轻摇头,用平静的语气说出了自己的意见。

"可就算是不怀好意的礼物,花店的人也不可能知道送花人的信息吧?"

弥冬说得没错。如果真的是蓄意为之,送花人在买花的时候肯定会特别小心不让别人记住自己的样子。也有可能是拜托别人去买的,还会选择客流量比较大的店。这么一分析,店员记住送花人的可能性几乎为零。

"对方接下来可能还会送礼物来,就没有什么头绪吗?"

牧本稍微抬高了声调,看来他已经压抑不住自己焦躁的情绪了。脸上没有了泰然自若的笑容,语气跟平时比不算友好。

"那你的意思是,你能猜到谁是给姐姐写恐吓信的人和杀死出音的凶手?"

弥冬举着勺子,怒视牧本,眼中的怒气就像杀气腾腾的猫。人的头发不可能像猫一样倒竖,可她那长长的直发仿佛卷了起来,连声音都没有平时黏黏的甜腻感了。

"关于这个问题我一直认为必须好好想一想。"为了让自己平静下来,牧本特意放慢了语速。

看来他很想恢复平时的沉着冷静。

"让我想想。恐吓信,杀死猫,换掉画,还有送东西,这一连串的举动是不是同一个人所为还有待商榷。"理不住地点头,插嘴道。

弥冬不再怒视牧本,转而看向理,同时放下手中的勺子。

"对啊。"秀之恍然大悟地拍了一下手,"这么说来,那幅替换的肖像画也有问题。到现在也不知道那幅画到底画的是什么。"

得知楼梯平台处的肖像画被换掉,吃过早餐后,所有人一起去确认了一下。没人承认是自己替换掉的,也没人想出换画的理由。而且那幅画不是画室里的,以前从来没见过。最终也没看出画的内容具体是什么,但从笔触来看,大家都认为是出自史织的手笔。

"搞不懂把画换掉和送这束花的举动有什么意义,更不知道是不是不怀好意,所以这两件事很有可能是两个人做的。但恐吓信和杀死猫都涉及初音,几乎可以断定,就是一个人干的。"牧本用低沉的嗓音缜密地分析道,急躁的表情从脸上消失,渐渐恢复了平时泰然自若的态度。

"外人有可能进入别墅吗?"慧子站在桌子一端寻问久子。

可以看出久子为自己管理员的工作感到自豪,她挺起大肚子答道:"门窗都锁着,都是好锁,应该没有外人进来过。而且第二天也没有发现哪里不对劲。"

"但如果有备用钥匙的话就另当别论了吧?让末男把玄关的锁也换了如何?"

末男来这栋别墅做管理员之前是木匠,换锁这种小事根本不在话下。外面好几间杂物间和小仓库都是末男一个人建的,再加上之前他还给初音的房间加了门闩,弥冬猜到他会帮忙才会这么说的吧。库房常备工具和材料也是为了方便末男做这些工作。

"这个没问题。不过所谓备用钥匙在哪儿?"久子露出不解的表情歪着头问。

"如果没有外人进出这里,那把猫杀死放到初音小姐房内浴室里的就是别墅里的人。"理用无所谓的语气插嘴道,然后把玻璃杯里的水一饮而尽。

"不会吧……"

"还有一种可能,就是某个陌生人在没锁门的时候神不知鬼不觉地进入别墅,藏在了某个房间里。那就另当别论了。"

久子用力摇头否定了这个猜测。"不可能。除了被封起来的史织小姐的房间,所有房间我都会打扫。"

"坡道那里也会打扫?"

理似乎是突然想到这个问题。大概是回想起斜坡上隐约残留的车辙印了吧。

"那倒没有。一层会用一层的吸尘器,地下一层会用地下一层的吸尘器打扫。连接两层之间的斜坡脏了也不明显,所以经常就不打扫了……"

雨点拍打在地面上的声音盖过了久子的说话声。终于要下起来了。此时天空昏暗得一点也不像午后,无数根银线斜织着鲜明地划过再消失。窗户都关着,溅起的水花不会跳进来弄湿地板,可毕竟雨势那么大,感觉雨水随时会溜进来。

"言归正传。既然没人能进来,那么放恐吓信和杀猫,就都是别墅里的人干的了。"理用不会湮没在雨声中的洪亮声音说道。

久子与理形成了鲜明的对比,只见她双手撑在桌子的一端,庞大的身体缩成一团,看着主人弥冬和结花的脸色说:"我、我不是这个意思,我不敢说所有门窗都没问题。而且,或许真的有人偷偷制作了备用钥匙也说不定……"

"不是我,我什么都没做过。"

一直没有加入讨论,默默吃着饭菜的堀只想着自保。大概是敏感地察觉到讨厌的走向不太对劲吧。

牧本的目光从花瓶里的花移到突然变黑的窗外,寻问弥冬:"我觉得问题主要在于恐吓信的内容吧?上次因为初音大喊大叫,没能好好研究一下。上面写的'向杀害史织小姐的三个人复仇'究竟是什么意思?史织小姐不是意外身亡的吗?"

"那、那还用问吗,写信的人肯定是出于威胁才故意这么说的。"弥冬回答时有些慌张。

"史织想独自从画室回来,途中掉下悬崖摔死了。警察已经调查过了,那就是个意外,不是谋杀。"

"你是说，所谓复仇，就是怕她痛恨你们三姐妹，含恨而死的意思吗？"

"对。"

"史织小姐确定已经不在人世了吗？不会像初音说的那样，因为尸体面目全非，就把别人当成史织了吧？"

"当然确定。"弥冬点点头。"不相信的话，让警察再调查一次？"

牧本摇摇头。"如此说来，那封恐吓信就是非常了解这个家的过去的人所写。不但知道史织小姐意外身亡，还知道她恨你们三个。"

"我什么都不知道，我怎么可能知道那么久以前的事。"

就在堀不负责任地自说自话的时候，餐厅门外传来猫叫声。

"是迷冬吗？"听到爪子挠门的声音，久子从桌子边走到房门前，打开一条缝。

"是节花。"

跟之前见到的一模一样的黑猫，温顺地从门缝探进头来。肯定也是折尾吧。结花晃晃悠悠地站起身，走到门口，抱起猫头也不回地走出了餐厅。

不知是不是已经厌烦了讨论，弥冬借着这个机会提出到客厅去。贪婪地想吃到昏天黑地的堀令她感到无语。

慧子几乎没怎么吃东西，感觉胃的入口那里有块疙瘩，堵得不舒服。

吃不下绝不是因为没睡好。漂浮在浴缸里的出音的尸体依然历历在目。火化尸体时的味道经过雨水的冲刷消失了，却仿佛还在周围飘荡着。而且那股味道跟刚到别墅时闻到的异味极其相似。

"我们也走吧。"

理招呼着秀之，站起身。慧子也跟着走出了餐厅。一脸疲惫的牧本没有跟来，好像回自己房间了。

外面的暴雨一直在下，使得不好的预感越来越强烈。异样的黑暗和沉闷的气氛笼罩着整栋别墅。

☆　☆　☆

垣尾知道身体不舒服，但在中午喝第一口汤之前没想到会这么奇怪，完全尝不出味道。

结花坐在床沿，默默地看着门的方向发呆，回避着垣尾的目光。被齐肩的短发和蛤蟆镜挡住一半的脸，还是和往常一样没有什么表情，不过还是多少可以看出有些紧张，似乎是有什么必须说出口的话。主动邀约却一言不发，这令垣尾多少有些烦躁，但他没有催促，只是双手揉着太阳穴想让发沉的头稍微轻松点。

他早晨起来就觉得浑身发冷，眼睑发热，眼球有些刺痛又有些酸痛的奇妙感觉。后背紧绷，不想动，手脚没有力气。无法集中精神，稍微有点什么事就觉得烦躁，无法忍受。这些都是发高烧的症状。冷静地分析完自己的身体状况，面对比平时更加严重的状态，他反而有些开心。

从小就不怕发烧是垣尾引以为傲的事，烧到三十八度顶多也就是行动有些迟缓而已。每次发烧他都会固执地该做什么做什么。他为自己在发高烧的情况下还能表现得像平时一样而自豪。

"好像有了。"结花还是同样的姿势，只有脸面对着垣尾，终于开口了。声音很小,就像在窃窃私语。

只不过这句话让原本就很沉重的头更加沉重了。有什么?现在的垣尾无法做出正确的判断。眼前的东西模糊不清,只能勉强看清轮廓。就像戴着度数不合适的眼镜,不把眼睛闭上就会吐。

"应该没错……"

结花的声音到了垣尾耳中仿佛山谷中的回音。垣尾以为是因为自己一直揉着太阳穴才没听清,但停下动作之后声音依然离自己很远。明明是结花在说话,传到他耳朵里的声音却像是经由别的地方后传过来的。就是从很高的山上快速下降时那种耳朵怪怪的感觉。

"是你的孩子。"

结花说完,垣尾不住地摇头。不是在否认,他现在没精力反驳。是因为头一跳一跳地疼。他只能闭上眼睛,堵住耳朵,阻断一切来自外界的刺激。否则他感觉随时会爆发,控制不住地大喊。

不知道摇了多久。垣尾抬起头,看着结花,她还是同样的姿势用侧脸对着自己。不知是不是因为垣尾没有辩解,结花也不再说话了。过了一会儿,之前发生的事恍如梦境,时间静静地流逝着。终于,垣尾忍受不了沉默,想着要不要回房间。

就在这时,从初音的房间里传出某种乐器的声音,同时伴随着震耳欲聋的悲鸣。连相当于在水里听声音的垣尾都听出了那一声尖叫有多大声。

"刚刚的是什么声音?"结花脸色煞白,严肃地问垣尾。

垣尾摇了摇头,这次是否定的意思。"不知道。听起来好像是人的叫声。"

垣尾下意识地给出了认真的答复。他现在根本没精力思考，是大脑在自行运转。感觉累得都快晕倒了，身体却还是会自然而然地行动。看来即便是在这样的身体状况下，潜意识中自己还是不想输给发烧。

"是叫声吗？"结花说着，无声地从床沿跌坐到地上。

"是初音小姐吧？"

"姐姐……"

垣尾用椅子支撑着摇摇晃晃的身体，慢慢站起来。结花有些头晕，坐在地板上没动。

是不是出什么事了？想到这里，垣尾握着门把手半天没动。从刚刚那声悲鸣的音量判断，整栋别墅的人应该都听见了，却始终没有在走廊上跑动的声音和下楼的声音，连说话的声音也没有。其他人有可能都去画室那边了。

垣尾想再观察观察，把房门打开一条缝等了一会儿，房间外面依然很安静。没有人逃跑，也听不到悲鸣和其他动静。

垣尾走到初音房门前，敲了好几次。努力压抑着意识模糊的感觉，大声叫着初音的名字："初音小姐！"

"姐姐！"一同赶过来的结花也大声喊道。

房间里没有任何回应。

垣尾只好拧动把手，但好像上锁了，打不开。"去拿钥匙。"

结花闻言点了点头，跑去拿万能钥匙。大概是从悲鸣声中听出初音遇到了危险，总是低着头给人感觉虚无缥缈的结花此时行动敏捷，一点也不像平时的她。

看了看手表，已经六点多了。其他人肯定去了画室那边。管理员夫妇也去了吧。否则不可能没人赶来。

发出叫声的地点也有可能不是初音的房间。想到这里，垣尾到弥冬的房间、客厅和楼梯附近都转了一圈，没有发现可疑的地方。看来，那就是初音的声音。用力敲门似乎消耗了相当多的体力，等再次回到初音房门前时，垣尾已经开始头晕目眩了。

结花很快回来了，肩膀大幅度上下起伏，喘着粗气，颤抖着将钥匙插进钥匙孔。随着一声脆响，锁开了。门却没开。好像有什么坚固的东西在阻止他们把门打开。

"因为末男加了门闩……"结花推着门气喘吁吁地说。

垣尾也试着推了推门，纹丝不动。说起来，午饭过后好像听到了钉钉子的声音。肯定是按照牧本所说，装上了任谁都无法擅自进入的结实的门闩。

结花拽着门把手，满脸的不知所措。是面临意外事态时迷茫的表情。

"绕到外面去，窗户也许能打开。"

垣尾说罢，强打精神从后门冲了出去。外面的雨太大了，打伞根本无济于事。

出了后门，拐个弯就是初音房间的窗户，只是这么短的距离头发和身上就湿透了。一股恶寒席卷全身。垣尾咬紧牙关，用力闭上眼睛再睁开，目不转睛地看着前方。终于看清了。

宛如台风的暴雨阻碍着视线，但垣尾清楚地看到窗户没有异常。把胖乎乎的手伸进只能勉强允许一只胳膊穿过的窗格子之间，想要推开玻璃窗却推不开，好像是从里面锁上了。就算能打开，外面还有一扇铁栅栏，人绝对不可能从这里进出。

垣尾大口喘着粗气，回过头。被雨水浇湿的结花站在那里。

"联系……画室那边……吧。"

为了不被雨声盖住，必须很大声地说话。喊叫耗费了大量的体力,垣尾感觉自己就要晕倒了。

"嗯,我去打电话。"

结花慢慢点了点头。声音虽然很小,但通过口型勉强知道她说的是什么。

冒着雨往回跑,从后门进入别墅,没时间擦拭身体,继续朝着餐厅的方向走。雨水滴滴答答地从身上往下淌,地毯也湿透了,直往外渗水。

"打不通。"结花拿起听筒不停拨着号码,急得抬高了声调,脸上的表情感觉随时都会哭出来。

垣尾失去了耐性,从结花手上抢过听筒,按下白色的叉簧开关。电话似乎是坏了,一点声音都没有。

"你看电话线。"

结花指着脚下,垣尾捡起包着黑色塑料的电线。接在座机电话另一端的线断了,是被人故意弄断的。用的应该是刀一类的工具,没有裸露在外的线头,切口非常平整。

"是谁做出这种……"上气不接下气的结花没能把话说完。手撑在桌子上,调整着呼吸。

"破门吧。"

垣尾做出了决断。切断电话线这种恶意满满的行为证明刚刚的悲鸣肯定不是恶作剧。垣尾强撑着摇摇晃晃的身体,走出餐厅,朝着一楼的库房走去。结花曾经告诉过他,那里面放着用来伐木的斧子。

既然无法呼叫外援,就只能靠自己的双手想办法了。事情或许已经发展到了刻不容缓的地步。要是往返画室耽误了救人,垣尾心里会过意不去吧。他不顾高烧、随时都会晕倒的身体状况,举起斧子开始用力劈砍初音的房门。

"你还好吗？"

在耳边低语的结花的声音听上去比刚才更远了。已经贫血却没有倒下的感觉很神奇，同时又很无奈。

一整块板子制成的门非常结实，斧子劈下去就很难拔出来。即便如此，垣尾还是尽自己最大的力气挥动着斧子，坚持不懈地劈着，终于劈出了一条手勉强能伸进去的缝隙。垣尾放下斧子，左手滑进缝隙，努力了半天才把门闩拉开。再用万能钥匙开门，这次没有受到任何抵抗，门开了。

"初音小姐！"

一踏入房间，垣尾就迫不及待地呼喊初音的名字，却只听到了回声。屋里开着灯，看了一圈没有任何异样。窗户果然反锁了。如果初音在房间里，那能想到的地方就是跟今早一样，人在浴室。

通往浴室、盥洗室和厕所的拉门关着，里面透出了柔和的黄色灯光。垣尾贴着门往里走。浴室的灯亮着，磨砂玻璃上映着奇怪的影子。垣尾想看清楚那是什么，用手去推浴室的门，但好像从里面锁上了，推不开。

身后传来沙啦沙啦的声音，回过头，看到结花把塑料脏衣篓挪开了。里面放着内衣一类比较私密的衣物，她是特意放到了男人看不到的位置吧。既然里面有衣服，从常识出发，初音应该正在浴室里面。垣尾扭回头，透过没有磨砂的玻璃往里面窥探。

"结、结花！"

因为发烧，胆子比平时要大的垣尾在看到初音的样子之后，没能掩饰住内心的恐惧，叫了一声结花便一屁股坐到了地上。

"姐姐……"

初音脸朝下趴在浴缸里，头发就像海草一样浮在水面上。长长的头发几乎将裸露的身体挡住，若隐若现反而更加诱人。虽然只看了一眼，但这个画面已经牢牢印在了垣尾的眼睛里，挥之不去。

"这里也上着锁。"结花露出为难的神色，不知道怎么办才好。

"把玻璃敲碎吧。"

坐在地上的垣尾几乎是爬着回到房间。给玻璃贴上胶带，再用锤子一类的东西敲，玻璃碴就不会溅得到处都是了。

垣尾重重吐了口气，想靠毅力站起来。他想用床头柜做支撑，结果一个踉跄反而摔倒了。上面的东西唰啦一声都掉到了地板上。垣尾规规矩矩地把东西捡起来，拜托结花去找胶带和锤子。

打开浴室的锁没有花太多时间，玻璃碎片也没有溅得到处都是。只是，做这种细致的工作消耗的体力跟砸门时没什么区别。好几次垣尾都有想把所有玻璃都砸碎的冲动，但都忍住了，忍耐也很耗费精力。

"姐姐……"

打开浴室的门准备进去之前，结花又喃喃地叫了一声姐姐，然后跑到尸体旁边。就在这时，吊在天花板上的东西动了，发出丁零零的声音。

"铃铛？"

天花板上挂着大量铃铛，透过磨砂玻璃看到的奇怪影子就是挂这些铃铛的绳子，夹杂在悲鸣中的乐器的声音肯定也是这些铃铛发出来的。凶手大概原本还想挂更多，装着铃铛和油灰的袋子就放在旁边。

如此怪异的光景使得垣尾久久无法移开目光。终于，他恢复了冷静的判断力，四下查看起来。浴缸旁边放着一根绳子，应该就是凶器。结花抱着初音，露出来的脖子上残留着青紫色的勒痕。浴室相对来说比较大，但除了门没有其他出入口。

垣尾猜测凶手当时正在挂铃铛。可凶手是怎么进入浴室，又为什么要挂铃铛，都不得而知。总之，初音在凶手挂铃铛的时候进入浴室，为了阻止她继续发出悲鸣，凶手便将她勒死了。之后，凶手就像烟雾一般从上着锁的浴室里消失得无影无踪。

垣尾走到初音身边，想确认一下她是不是真的死了。他不顾结花的阻止，摸了摸初音的脉搏，又把耳朵贴在心脏的位置。如果是平时，面对初音的裸体他应该不敢这么做，现在发着高烧，自制力不那么强，才敢做出如此大胆的举动。

初音彻底没了生气。她的脸就那么泡在放满水的浴缸里，不可能还活着。为了还原现场，垣尾又把尸体翻了过去。整片被晒黑的后背只剩下一小条原来的白色肌肤。

"怎么办？"

初音已是回天乏术。眼下能做的也只有报警了。

"你去画室求救吧。"结花恳求道，"这里有车，但是我不会开……"

画室那边也装了电话，到了那儿就能报警了。而且必须把去画室的人都叫回来。

"好。"

垣尾也不会开车，所以他不得不拖着这样的身体冒雨走去画室。至少得花三十分钟吧。他不知道自己能不能顺利抵达，但一直这么等下去也不是办法。

"锁上房门，不要出来。"

比起自己的身体状况,垣尾更担心把结花一个人留下,因为那个杀人凶手或许还在别墅里。可让她一起去会更加不安。

"我很快就回来。"

雨伞没有用,垣尾披了一件雨衣。他留下这句话,做好了壮烈牺牲的准备冲入了狂风暴雨之中。

第四章　仓促的搜查

从车上到雨棚这么短的距离，全身就湿透了。雨比上次跟理走山路的时候还要大。

秀之看看身旁的慧子，她正抱着自己的身体瑟瑟发抖。真的很冷。今天就进入四月了，冰冷的雨水中仍然残留着冬日严寒的气息，猛烈的暴风雨就像是夏日傍晚的雷阵雨或是秋天的台风。这场让人分不清季节的暴雨完全没有减弱的迹象，不停地拍打着已经变成浊流的地面。

真想早点儿进屋，冲个热水澡，换上干爽的衣服。慧子穿得比较单薄，衬衫贴在皮肤上透出了颜色，光是看着就很冷。可玄关的门紧闭，用钥匙也打不开。大概是末男新装的锁从里面反锁了。连好脾气的久子也鲜有地皱起眉头，拔出钥匙按响门铃。大概是门铃的声音不是很清晰，她紧接着像是要把整个身体的重量都集中到一点似的不停地按响门铃。

牧本和堀正在往这边跑，脚下溅起很大的水花。两人都像是被人从头泼了一桶泥水。他们两个一辆车，秀之和慧子是乘久子的车回来的。末男负责把报完信就昏倒的垣尾送去了医院。即便下着这么大的雨，理依然固执地不肯坐车回来。

"是谁？"从里面传出微弱的声音。声音非常小，神奇的是没有被雨声盖住。

"我是久子。"

话音刚落,玄关的门朝外打开了。结花站在门口,她肩膀微微颤抖,头发还是湿的。

"初音呢?"牧本完全没有心情去管滴下来的雨水,焦急地问。他那柔和的五官上满是彰显苦恼的皱纹,变得非常可怖。

"初音呢?"

牧本又问了一遍,结花什么都没说。这是比任何语言都要有说服力的无言的回答。

"你们知道弥冬去哪儿了吗?她没去画室。"

只顾自己的堀到了这个时候依然只会担心弥冬,完全不在乎牧本的心情。

"你自己一个人去找吧。牧本先生,我们走。"

慧子狠狠瞪了堀一眼,跟牧本一起朝初音的房间走去。堀完全不明白自己做错了什么,拜托久子在别墅里寻找弥冬。弥冬失踪的确是个问题,但眼下首先要解决的是初音的事。秀之跟结花一起走在湿乎乎的地毯上,地毯上已经渗出了一汪水。

朝内开的门被斧子还是什么东西凿出了一个手能伸进去的洞。门是一整块木头做的,应该是相当辛苦才凿出了这么一道缝隙。大家走进房间看了看门闩,才刚刚装了没两天的门闩上尽是与其他金属配件碰撞留下的伤痕,证明用斧子劈门的时候门闩的的确确是插着的。

地板上都是泥水,跟外面地毯的情况差不多。结花和垣尾肯定是先去过外面才进入房间的吧。秀之到处转了一圈,他想在去浴室之前先确认一下房间里的情况。

窗户全都关着,而且都从里面上了锁。家具很少,只有床、床头柜、衣柜和带磨砂玻璃的书架。秀之看到了放在银框眼镜下的白色信封。写着预定事项的手账、明信片一类的信件、发票、笔记等都胡乱放在床头柜上，但他还是一眼就从信封开口处看到了里面的信纸，信纸上贴着从报纸上剪下来的字。

肯定是寄给初音的恐吓信。秀之犹豫着要不要碰证物，虽然没把信纸抽出来看，但感觉和在客厅里看到的不是同一封。信封上没有褶皱，剪下来的字感觉也不同。看来早在来别墅之前，初音就已经收到过好几封这样的恐吓信了。

房间里东西很少，其他也没什么可查看的。秀之朝通往盥洗室、厕所和浴室的门走去。

玻璃被砸碎的门半敞着，异样的光景映入眼帘。一瞬间根本搞不清楚状况，彻底超出了从浴室出发能够联想到的所有情景。只有冷静下来再去看，才能看清吊在天花板上的是大量的铃铛。

慧子和牧本已经先一步进入浴室。铃铛的影子让整间浴室显得有些昏暗。牧本没有抱住初音的尸体，手扶着浴缸的边缘，瘫坐在地上。他装作面无表情，但眼神中的悲愤不会说谎，就那么保持着同一个姿势呆呆地坐在那里。

猜测是凶器的白色绳子被随意丢在浸了水的毛巾上。尸体背部朝上，上半身浮在水面上，被长长的头发遮挡，看不到脖子，不过应该有绳子勒过的痕迹。浴室旁有个装铃铛的袋子，里面还放着或许是用来挂铃铛的东西，看起来像油灰。抬头看向天花板，有几处空白还没挂上铃铛，可见凶手的布置工作中途被打断了。

"已经彻底不行了吗？"秀之问坐在牧本旁边的慧子。

慧子默默点点头，走出浴室，回到了换衣间。大概是因为看到了尸体，她的脸色比平时要差。再加上之前淋了雨，身体微微颤抖着。

"你还好吗？"

秀之问完，拜托身后的结花拿毛巾来。他自己很烦那些从头发上滴下来的水珠，衣服贴在皮肤上也很不舒服。

"嗯，我没事。"

慧子不住地咳嗽着回答。再这样下去，不只是垣尾，慧子也得去医院了。她那聪慧的眼睛也因为睡眠不足有些红肿。她肯定很不舒服。

"快去洗个澡换身衣服吧。得在警察来之前去，不然会演变成肺炎的。"

"嗯。"慧子只是轻轻点了点头，却没有离开。她现在担心的不是自己的身体，而是想要优先思考这次的凶杀案。

结花拿来了毛巾，考虑到其他人也会需要，抱来了好几条。

"谢谢。"

秀之向结花表示感谢后，把毛巾递给慧子。毛巾是纯白色的，没有任何花纹。

慧子接过毛巾，擦拭头发的同时看向浴室问："你觉得那些铃铛是什么意思？"

"不知道。"秀之摇摇头。突然见到如此异样的情景，除了惊慌失措根本顾不上别的。

大概是顾虑到里面的牧本，慧子突然压低声音说："我很吃惊……但也没有觉得不对劲。反而觉得理所当然……"

秀之用毛巾擦着身上的水，同样低声说："是谁把铃铛挂上去的呢？是凶手吗？"

"我觉得是。初音小姐不会做这种事的，你不觉得吗？"慧子用希望得到赞同的语气说。

"假设现场只有凶手和初音小姐,那应该就是凶手挂的。"

"考虑到初音小姐的洁癖程度,很难想象除了凶手还会有第三个人在。"

秀之点了点头。凶手一个人进入初音房间里的浴室就已经是很困难的一件事了。目前能够想到的可能性,就是凶手趁初音外出时使用万能钥匙进入。很难想象还会有负责挂铃铛的第三者存在。从铃铛没挂完这一点来看,潜入浴室的人也只有凶手一个。

"无论如何,只要采集铃铛或者油灰上的指纹就能知道挂铃铛的是凶手还是初音小姐了。"

慧子说得没错。准备洗澡的初音自然不会戴着手套一类的东西,因为她没有精力也没有必要擦掉指纹。也就是说,如果铃铛是初音挂上去的,自然会留下她的指纹。考虑到浴室这个地点的特殊性,或许很难从铃铛上检测出指纹,但油灰应该是没问题的,所以这一点不难判断。

"据我猜测,应该是凶手正在挂铃铛的时候初音小姐进入浴室,发现对方后发出悲鸣,结果被勒死了。"

虽然还有很多疑问,秀之还是对当时的情况做出了推测,跟前来报信的垣尾昏倒之前说出的推测一致。

"眼下能想到的也只有这一个可能性了,不过……"

慧子没有继续说下去,转身看向脏衣篓,蹲下开始检查里面的东西。她把衣物一件一件从塑料筐里拿出来,抖开,放在旁边,再放回去,完全不在乎那些都是重要的物证。

"脱衣服的顺序很正常。"

初音之前大概是在睡觉,最下面的是浴衣款式的睡衣。上面是朴素的内衣裤，除此之外没有别的衣物了。

"首先，初音小姐应该是自己走进浴室的，没有别的可能性。"

秀之话音刚落，走廊上传来旁若无人的大呼小叫的声音，好像是在整栋别墅里到处找人的堀。

"没找到弥冬，她到底去哪儿了？"

堀完全不在乎牧本的心情，嘴里嚷嚷着自己关心的事情。他可能已经忘记初音被杀了吧。久子摇晃着肥胖的身躯站在堀身后，应该是跟着一起去找人了，或是被催促着到处跑，现在正大口喘着气。

"有人知道吗？她不在别墅里。"

慧子用冰冷的眼神瞥了堀一眼，走出了房间。看来是不打算搭理他。

"画室和这里都没找到弥冬小姐吗？"秀之虽然也不想理他，但还是无奈地询问道。

"是的，所有房间都找过了，没找到。通往外面的门和窗户都从里面上着锁。真是奇怪。"久子一边调整呼吸一边说。看来跑步过后需要休息很长时间才能恢复。

"能想到弥冬小姐有可能会去的地方吗？"

秀之问了问结花，结花无精打采地摇了摇头。

堀激动地大声说："不对啊，这么大的雨，她能去哪儿？而且车还在，她是不是出什么事了？"

该不会弥冬也遇害了吧？这种天气不开车出门的确不寻常。可是，秀之还想到了另外一种可能性。

"去看一下弥冬小姐的个人物品吧。"

秀之不慌不忙地提出建议的下一秒，玄关的门铃响了。大概是在画室联系的警察到了。

久子快速赶往门厅，呼吸还没有调整过来又开始跑动了。秀之也跟了过去。结花和堀留在房间，没有跟来。

玄关的门上原本没有可以转动的把手，那是末男新装的锁。久子把两把锁都打开，一口气推开沉重的大门。

"好大的雨啊。"

门外是全身湿透，感觉就快冻僵的理。他说话的节奏在秀之听来，就像一首舒缓悠闲的牧歌。

"快进来啊。"

"我也想早点儿进去啊，可到处都从里面反锁了……"

听到秀之的催促，理面带笑容地回答道。紧接着，传来了夹杂在雨声中的警笛声。然后是几声刹车的哀鸣。虽然视野不好，看不到远处，但可以肯定，是警察来了。刺耳的警笛声终于不再作响，随即传来停车的声音。

"接受问话前我先去冲个热水澡。我可不想被冻僵。"

理说完，擦着脸和头发上的水珠上了二楼。秀之也跟了上去。

途中，秀之突然想起什么，走到楼梯平台停下脚步，看着被替换上来的画，才终于明白那上面画的是什么。

是初音被杀的现场。

☆　☆　☆

现场勘查结束，几名警官来到客厅，身上的衣服还是湿的。之后又走进来一个像是刑警的年轻男子，在负责指挥此次搜查、被其他警官称呼为警部的人耳边说着什么。或许是查到了什么新的线索。

慧子靠在沙发上，静静地把两条腿的位置交换，继续跷着二郎腿，慢慢环视四周。理和秀之冲过澡，换了一套衣服。牧本的头发和身上还是湿的，连擦都没擦，整个人深深地陷在沙发里，眼睛盯着半空中的某个点一动不动。堀跑到门口，把弥冬不见了这件事报告给负责监视的警官，不停地哀求他们帮忙去找。久子似乎还惊魂未定，无所适从地靠墙站着。末男则盯着那些警察，看看他们有没有擅自搜查案发现场和相关地点之外的地方。

从发现尸体算起已经过去很长时间了。大批警察冒着暴雨赶来，在客厅等待期间也不断有新的警车抵达，数量越来越多。检验初音尸体的法医、负责拍照和采集指纹的鉴定科的技术人员、收集凶手遗留物品和证据的搜查人员等，都在不停地忙碌，别墅变得拥挤起来。

"我是静冈县警河本。"

负责指挥此次搜查、被其他警官称呼为警部的人上前一步，鞠躬，一字一句说出了自己的名字。他彬彬有礼，体格健壮，虎背熊腰，长相有种说不出的亲和力。稍稍下垂的眼角给人和蔼的印象，不过一旦认真起来就会从镜片的另一边投来锋利的视线。慧子的经验告诉她，外表越是和蔼的人，实际上越严厉。

河本警部介绍了几个搜查人员的名字，并通知众人接下来要进行详细的问话。

"那么，先从片仓结花小姐开始吧。"

垣尾病重住院，一同发现尸体的结花自然而然成了第一个接受问话的人。问话在走廊对面的餐厅里进行。结花躲过大肖像画，站起身，从靠近阳光房的门走了出去。除河本警部外，一个叫八木的年轻刑警也跟了上去。

一想到要开始问话，慧子就莫名地紧张，强装镇定地看向理。视线那一边是清秀的五官。虽说之前也知道他长得还不错，但没有特别留意过。这突如其来的感觉，让慧子的眼睛在理的脸上停留了好一会儿。

"听了秀之的描述，现场相当诡异啊。"过了一会儿，大概是感觉到了来自慧子的视线，理扭过头小声说道。

看到对方平静的眼神，慧子有些畏缩，但还是盯着对方的眼睛。"嗯，乍一看都不像是浴室了。"

理勾起一抹不易察觉的微笑，将视线移到别处，换上认真的表情，为了不打搅到其他人，他小声说："听说从天花板上垂下来很多铃铛。"

几乎跟警察同一时间抵达别墅的理没有目睹现场。接下来应该也没机会了。

"有人用疑似油灰的东西把一头拴着铃铛的黑线粘在了天花板上。有的地方还没粘，装着铃铛和油灰的袋子就丢在浴室里，应该是没粘完。"

"为什么要做这么麻烦的事？"

理没有问是谁，而是问为什么要做那种事。在天花板上挂铃铛这个行为非常消耗体力，也需要很多时间，对做这件事的人来说有很多弊端。肯定有什么特殊的意义，只是绞尽脑汁也想不出这么做有什么好处。慧子摇了摇头，没有说话。

"如果没有限制，可以随便设想的话，我倒是有个想法。"理微笑着用饱含亲切的声音说道。

看到对方春风般的爽朗笑容，自己的嘴角也不禁想要上翘，但慧子还是忍住了，微微皱起眉头，故意生硬且简短地问："什么想法?"

"那幅画,"理很爽快地说出了自己的答案,"就是楼梯平台换上来的那幅画。为了在现实中还原那幅画中不明所以的图案,凶手才在浴室的天花板上挂铃铛。"

"换上来的画?"

"对。"理重重点头,"换画和杀猫就是在预告这起凶杀案。这就是我的理解。"

"预告!"

先不论这种事在现实中是否存在,听到这个词的瞬间,慧子感觉散落的碎片好像拼凑起来了。现在回想起来,那幅看不明白画了什么的画跟凶杀现场简直一模一样。凶手换画的目的是预告会像画中一样被杀掉,这么一想就解释得通了。为了让凶案现场还原画中的构图,凶手还特意挂上铃铛。

"看来初音小姐说的话都是真的。"

猫和初音都是被勒死的。初音那令人生理不适的声音突然在慧子耳边响起。

"我也会变成那样。像那样被杀……"

不可能听到的声音在脑子里不断回响,慧子不自觉地捂住耳朵。那个声音就像坏掉的唱片,不停地重复同一句话。跟猫被杀时一样,初音在浴室被勒死的样子在眼前闪现。反而是一个精神失常的人做出了正确的判断,这个事实令慧子大受打击。

"当然,随之而来的还有各种各样的疑问,例如为什么一定要重现画中的死状,为什么一定要预告,等等。"

待回过神来,令人不舒服的金属质感的声音消失,取而代之的是理温柔的嗓音。慧子慢慢把双手从耳朵上拿开放回到膝盖上。

"不过，如果按你所说，之前很多无法理解的地方就都解释得通了。"

理轻轻摇头。"只是换成了别的问题而已。而且，这样还是无法解释为什么要送一束花来，对吗？"

"这倒是……"

发生了杀人这种大事，理依然还记得有人送了一份奇怪的礼物。因为初音被杀这起惨案带来的冲击性太大，慧子把替换掉的画和猫被杀的事都忘记了，她不禁为理的记忆力和眼界感到惊讶。

"对了，听说初音小姐的房门当时从里面插着门闩，是真的吗？"理两眼放光，兴奋地问。

这也是此次凶杀案非常奇怪的一个点。

"是真的，从门被破坏的状态来看的确如此。门闩上有撞击金属配件留下的伤痕，证明用斧子砍门的时候的确是插着的。"

"窗户也都上锁了？"

"嗯，而且外面还有铁栅栏，间隙很小，胳膊可能都伸不过去，所以就算没上锁，凶手也绝对无法从窗户进出。"

"也就是完美的密室了。"

慧子慢慢点了点头。"垣尾先生说，浴室也从里面反锁了。玻璃上还残留着胶带，从特意把玻璃敲碎来看，肯定是真的吧。"

"那就是完美的双重密室……"

理说到最后像是在叹气，就在这时传来了开门的声音。作为尸体的发现人之一，结花的问话终于结束了。在刑警的陪同下，结花从靠近餐厅的门跌跌撞撞地走了进来。脸上的疲惫述说着问话是多么严酷的一件事。除此之外，她的表情依然是那么虚无缥缈，完全猜不出都被问了什么问题，以及是怎样一个过程。

"接下来请小野小姐跟我来。"

高个子大长腿的八木刑警叫到了慧子的名字。大概是和理聊过之后恢复了冷静，慧子完全没有表现出第一次接受问话的紧张感，自然地站起身来。

河本警部原本皱着眉头坐在餐厅里，一看到慧子出现马上露出亲切的笑容，请她坐下。

"小野慧子小姐，对吧。"

八木刑警打开黑色记事本，安静地坐在开口问话的河本警部身旁。除了有点龅牙，他整体上算是个帅哥。大概是才当上刑警没多久，举手投足之间还残留着些许青涩。或许是因为年龄相仿，感觉跟他对话应该会比较轻松。

河本警部先是问了问慧子为什么会来别墅，然后才开始问发现尸体时的情况。

"当时都有谁在画室？"

八木刑警开始快速记录。大概是不知道怎么记录要点，所以打算把所有内容都写下来吧。真辛苦啊。慧子担心他来不及写，特意在每个名字之间停顿，掰着手指一个一个念出来。

"牧本先生，堀先生，管理员末男先生和久子太太夫妇，多根井君，富冈君和我。"

河本警部皱着眉头继续问："片仓结花小姐和垣尾先生都留在别墅里，是吗？"

"是的，我们在画室期间，初音小姐和弥冬小姐都没有来，当时想着她们两个应该都在别墅里。"

"这样啊。"河本警部摸了摸长满浓密胡须的下巴，看起来像熊吃完东西后在擦嘴。

"当时留下了一辆车,想着他们四个会开车来……"

"你知道他们四个晚出发的理由吗?"

慧子轻轻摇头,答:"我只知道结花小姐说有事要和垣尾先生谈……"

"是很重要的事吗?"

慧子有些犹豫,不知道该不该把那天早上结花和久子的对话说出来。慧子看向河本警部的眼睛,虽然这么做不是为了填补迟迟不回话的时间,却发现对方正在用锋利的眼神盯着自己。那双有亲和力的眼睛完全变了样,让人难以置信。因为害怕,慧子将视线移到了八木刑警身上,而对方就像戴着没有表情的面具。慧子马上紧张了起来。

"那个……"

"算了,没关系。"

河本警部爽快地选择作罢。或许他已经从结花那里听到了答案。

"接下来能从那四个人没有按时参加派对开始讲起吗?"

慧子深呼吸,努力让自己冷静下来。"好的。主办人弥冬小姐没有出现,所以派对迟迟没有开始,时间越来越晚。我们试着打电话,却打不通,久子太太想来想去也想不通是怎么回事。现在看来,当时电话线就已经被切断了。弥冬小姐这个人不是很守时,而且考虑到她的性格,很可能是想先让我们着急,然后突然跑出来吓大家一跳,所以也没有人回别墅接她。"

"这样啊,毕竟今天是愚人节。"

"是的,所以垣尾先生跌跌撞撞来到画室,告诉我们初音小姐遇害的消息时,大家都以为他在开什么恶俗的玩笑。"

河本警部轻轻点头,示意慧子继续说下去。此时,锋利的眼神消失了，他又恢复成了平时亲切的表情。

"可是，垣尾先生认真的态度，再加上他发着烧也要冒雨来画室的举动，都让我们不得不相信初音小姐真的被杀了。而且弥冬小姐也不在别墅……我们在得知垣尾先生和结花小姐发现尸体时的大致情况后，马上报了警，并急忙赶回别墅。末男先生将已经动弹不得的垣尾先生送去医院，富冈君和我坐久子太太的车。牧本先生和堀先生乘同一辆车，坐轿车会晕车的多根井君则是独自一人徒步回来的。"

"也就是说，片仓弥冬小姐既不在画室也不在别墅。"河本警部再次皱起眉头，用低沉的声音询问道。

"是的，我们一直以为她在别墅，垣尾先生却以为她在画室……"

"明白了。"河本警部摩挲着下巴，"那么，接下来我想问一下现场的状况。请尽量详细地讲述一下所有人回到别墅后都采取了怎样的行动。"

慧子静静点点头，把离开画室后所有人的行动讲了一遍。慧子跟牧本两个人直奔初音的房间，秀之和结花紧随其后，堀和久子在别墅里到处找弥冬，理很晚才回到别墅，等等。因为并不是亲眼看着每个人行动，所以她只把自己知道的全都说了出来。过程中八木刑警一直非常努力地记着笔记。

"这样啊。"河本警部重新戴上眼镜嘟囔道，"也就是说，初音小姐房间里的情况跟垣尾先生描述的一致。"

"是的，至少我没有感觉到有什么可疑之处。"慧子长舒了一口气说道。对方肯定是在比较自己跟结花说的话有没有矛盾的地方。

"现场有几个怪异的点，关于这些你有什么想法吗，例如挂在天花板上的铃铛?"

"这个啊……"

慧子回想起与理的对话,有些犹豫。她认为应该把画被替换和猫被杀这两个莫名其妙的情况告诉警察,又没有足够的自信断定那就是预告。自己心里虽然认为这个断定很有说服力,但警察不会相信这种不切实际的东西。最后慧子决定把这个任务交给理,摇了摇头表示自己没有什么想法。

"老实说,我们也很头痛。关于现场的装饰你有什么看法吗?"

河本警部征求慧子的意见,慧子鼓起勇气回答了问题,说出了如何判断挂铃铛的人是初音还是凶手。

"从铃铛或者油灰上采集到指纹了吗?"

犹豫要不要把调查进度说出来的表情在脸上一闪而过,但很快,河本警部就恢复了亲切的表情。

"采集到了,铃铛上的指纹不是很清晰,不过从油灰上采集到了可以识别的指纹。这件事稍后还需要各位配合一下。"

"如果指纹不是初音小姐的,那挂铃铛的人就是凶手。"

河本警部哭丧着脸点了点头。"是的。可如果真是那样就太奇怪了。"

慧子不明白河本警部为什么要这么说,微微歪着头表示疑惑。因为跟秀之讨论之后,她就一直理所当然地认为浴室的装饰是出自凶手的手笔。

"假设铃铛是凶手挂上去的,那么事发经过就应该是初音小姐在对方挂铃铛的过程中进入浴室,发现对方后大声尖叫,之后被勒死。挂铃铛这个行为不可能发生在杀人之后,因为没有那个时间。那么凶手进入浴室的目的就不是杀人,是由于初音小姐进入浴室,出于无奈杀了她,也就是我们常说的偶发事件。

可凶手又是用提前准备好的绳子将初音小姐勒死的。"

"会不会是刚好有一根绳子在手边？"

河本警部摇了摇头。"从可能性上来说，的确不能否认。不过，还有其他否定这个案子是偶发事件的因素。"

"除了绳子还有……"

"对，"河本警部肯定地点了点头，"受害者初音小姐的耳朵上，有被类似长针的东西扎过的痕迹。目前还没有找到凶器。虽然还没有拿到解剖结果，不过有可能这才是真正的死因。法医给出的意见是，脖子上只有绳子的痕迹不能认定为勒死，因为也有可能是死后留下的。"

"您的意思是说，凶手不仅准备了绳子，还准备了类似长针的东西，是吗？"慧子意识到自己的声音里带着失望。

"是的，所以无论从哪个角度分析，这都是一起谋杀案。"

河本警部的脸上露出了困惑的表情。慧子现在明白，进入餐厅的时候他皱着眉头的一部分原因了。

"凶手提前准备了绳子和长针，一边挂铃铛一边等着初音小姐进浴室，这样的假设成立吗？"

虽然自己也觉得很荒唐，但慧子还是试着说出了自己的想法。八木刑警停下手中的笔，惊讶地看着慧子。

"这就牵扯到凶手是怎么进入现场，也就是入侵路径的问题了，可能性不是没有，只是几乎等于零。"

河本警部否定了这个假设。慧子也没打算继续坚持。如果是有预谋的犯罪，一边挂铃铛一边等待初音进入浴室这样的行为未免过于嚣张了。虽然不是完全不可能，但总感觉与做出换画和杀猫这一系列行为的凶手的形象不符。

"因为存在这样的矛盾，我们认为油灰上的指纹应该是初音小姐的。"

河本警部用低沉的声音陈述了自己的看法。只是听他的语气，对这个解释似乎也没什么自信，更像是不得不如此解释。

"可是，初音小姐更没理由那么做吧。"

听出慧子有些生气，河本警部重新戴上眼镜，沉吟了一会儿说："猜测是为了驱邪，听说初音小姐精神状态不太好。"

慧子认为这个假设也相当荒谬，但没有说出口。毕竟她想不出更合理的解释。而且只要比对一下指纹很快就能知道到底是谁挂的铃铛，等结果出来再去想其他可能性也来得及。

"还有最后一个问题，你知道初音小姐独自在房间的时候插没插门闩吗？"

河本警部困惑的表情中又添了几分疲劳之色，问出了最后一个问题，也就是凶手是怎么进入初音房间这个最根本的问题。

"不知道。"慧子慢慢摇了摇头，"不过，如果是弥冬小姐或结花小姐去敲门，她应该会开门。还有牧本先生。我认为，问题不是凶手是怎么进入房间的，而是怎么离开房间的吧？"

河本警部把手支在下巴上不住地轻轻点头。看样子，关于凶手所有的逃脱路径，警方也已经彻底研究过了。

"对，你说得没错。完全想不通凶手是怎么逃出从里面反锁的浴室和插着门闩的房间的。"

"有没有留下机械操作的痕迹？"

"没有，"河本警部一句话就否定了，"而且也没有那个时间。从听到初音小姐的尖叫到垣尾先生扭动门把手，最多不超过一分钟。在这么短的时间里锁上两道门是不可能的。"

慧子叹了口气，只能一声不吭。其他能想到的可能性，就是垣尾和结花两个人在撒谎。如果是这样，实在不理解他们为什么一定要做伪证。这样复杂的难题凭自己的能力是绝对解不开的。

"非常感谢。能麻烦把牧本先生叫进来吗？"

河本警部露出亲切的笑容，微微低头表示感谢。他的眼镜后面有些下垂的眼角跟最初一样，给人和蔼的印象。

有一件事慧子犹豫要不要说出来，最后还是没有说，起身离开。这次八木刑警没有陪着一起出去。

在密集的雨声的陪伴下，慧子一个人回到客厅。就在这时，她似乎听到了猫叫声，也有可能只是单纯的错觉。

第五章　是过失还是蓄意

一夜过后，雨还在下。乌云压得很低，外面乌漆墨黑的，实在难以想象现在是中午。不知风是不是在舞蹈，雨的方向变了，大颗的雨滴时不时地猛烈敲打窗户上的玻璃，发出类似豆子爆裂的声音，令人心神不宁，以至于每次秀之都忍不住看向窗户。

"好大的雨啊。"

喝完饭后咖啡，理搓着双手，似乎有点冷。他说话的时候眼睛一直盯着昨天三姐妹坐过的位置。

初音一直担惊受怕，她不好的预感应验，在一个不可思议的状况下被人杀了。弥冬不见了，别墅和画室那边都没找到她，不知道出了什么事，直到现在也没现身。结花没有来吃午饭，直到昨天为止还在一起的三姐妹都没到场。不管说什么都会被吞没的氛围支配着昏暗的餐厅。

"好郁闷啊。"

慧子叹了口气，嘟囔了一句，沉闷的声音就像是外面天气的写照。她好像感冒了，眼睛因为充血红红的，疲惫的表情说明她昨天也没能睡个好觉。原本吹弹可破的皮肤也因为连续几天睡眠不足变得干燥粗糙，脸色还有些苍白。

理只是点了点头，什么都没说，默默看着窗外。很快，又只能听到密集的雨声了。

房间中飘荡着阴郁的空气，大家都变得有些神经质。秀之重重吐了口气，不知道该怎么打破尴尬的沉默，瞄了一眼另外两位男性。

大部分饭菜还在盘子里没动，牧本无力地坐在椅子上，脸上满是深深的皱纹，看他那副无精打采的样子，可见昨晚的问话有多么辛苦。而堀在得知弥冬也有杀害初音的嫌疑之后，态度来了个一百八十度大转变，再也不提那个名字了。走进餐厅后，他先是向秀之打听衣服的牌子，又吃了很多饭菜，看起来很开心，就差吹口哨了。

"需要再来一杯咖啡吗？"久子端着托盘开始询问大家。

问话一直持续到第二天凌晨，秀之直到接到午饭已经备好的通知才起床，但还是很困。他不知道该怎么开口，只能微微抬起手示意自己还要一杯。理和慧子大概也很困，同样表示还要一杯咖啡。

"我要回房间了，不用了。"

牧本脚步沉重地走出了房间。那低沉的声音像是从嗓子里挤出来的，弓起的后背透露出他有多么苦恼。看到他那一脸的悲壮和沉痛，大家都不知道该怎么和他搭话。

气氛再次变得尴尬。秀之盯着牧本离开的那扇门看了一会儿。

久子不停地活动着肥胖的身体给每个人的杯子里倒上第二杯咖啡。她那好像漫画里描绘的夸张动作看起来很滑稽，或许正是她的开朗吹散了原本压抑沉重的气氛。

不知是不是这份开朗让理鼓起勇气，他对着久子的背影，出声问道："弥冬小姐还没回来吗？"

昨天还在那么拼命地寻找弥冬的堀一脸事不关己的表情。他在知道弥冬失踪有可能是畏罪潜逃之后，态度上发生的剧变令人咋舌。

"是的。"把托盘放回咖啡机上的指定位置，久子用跟平时不一样的声音回答道。她的语气中似乎透露出一丝冷淡。

"她的东西都还在吧？"

"是的。不过她原本就没带什么值钱的东西来，都是些无关紧要的东西。"

久子看着理的眼神非常正常，没有疏远的感觉。回答问题时的语气也不是冷冰冰的，看来她的冷淡不是针对理。

"也就是说，重要的东西都放在东京的家里吗？"静静地啜了一口咖啡，理继续平静地提问。

"应该是吧。"

久子用围裙擦了擦手，对于询问本身没有抵触情绪。看来她的冷淡是针对不负责任地将客人独自留下的弥冬。

"家那边警察也会搜查吧？"

"是的，警官说会向警视厅申请支援。"

理不住地点头。大概是在想，如果警视厅介入，他就可以找熟悉的大槻警部了解调查进度了吧。虽然天气依然恶劣，不过被切断的电话线傍晚会有人来修理。只要修好电话应该就可以从警方那里得到情报了。

"那个，我想问另外一件事……结花小姐怎么样了？"慧子聪慧的眼眸中带着不安的神色，犹豫着询问道，就像是在害怕什么看不见的东西，紧握着放在桌子边缘的手。

"哎，别提了。"久子又恢复了银铃般的声音，"我也不太清楚。结花小姐的房门上贴着纸条，说不想出房间。"

理歪着头问："那吃饭呢？"

"我把托盘放在门口，等再去看的时候已经被拿进去了。于是我试着跟结花小姐说话，她说了句谢谢。"

慧子也学着理的样子歪着头，追问："声音确定是结花小姐的吗？"

久子似乎完全没有考虑到这个可能性，立马紧张起来。"是，当然是……可是经你们这么一问，我又不敢肯定了。"

理插嘴问："贴在门上的纸条确定是结花小姐写的吗？"

"不清楚，是打印的，所以……"

"也就是说，从今天早晨到现在你都没见过结花小姐，对吧？"理继续追问。

"这……是的。的确没见过。"连珠炮似的问题令久子有些不知所措，马上点了点头。

"但是结花小姐的房间里确实有人。"慧子像是在确认自己的想法，一字一顿地说。

"没错。"理表示同意，"而且，如果那个人不是结花小姐，而久子太太又完全没有感觉到什么不对劲，那对方肯定是能模仿结花小姐声音的人。"

久子不停地眨着几乎要被眼皮遮住的小眼睛，呆愣地说："您的意思是，房间里的人不是结花小姐？"

理皱起眉头，很少见地面露难色。"是我们必须考虑这种可能性。眼下初音小姐遇害，弥冬小姐失踪，结花小姐又不肯露面，不觉得很可疑吗？"

"那结花小姐房间里的人是谁？"

理正打算回答久子的疑问，玄关的门铃响了。有人冒着瓢泼大雨来到了这里。或许是修理电话的人。久子没有解下围裙，直接从餐厅往玄关的方向走去。秀之没心思享受咖啡的香气，注意力都被拍打窗户的雨声吸引走了。

"三个人都突然不在，肯定是哪里出了问题。"

堀语气懒散地插嘴道。他好像一直在等待这个时机，等着餐厅里只剩下被邀请而来的人。

"稍后我们去结花小姐的房间看看吧？"

听到慧子的提议，理轻轻点了点头。在初音被害、弥冬下落不明的情况下，结花身上可能也会出现什么异常情况。有必要确认一下她是不是真的在房间里。就像堀说的，三个人都不在的确不正常。就在秀之对理表示他也要去的时候，抱着包裹的久子从门厅方向急匆匆地跑了回来。

久子把看起来不太重的包裹放在桌子上，对理说："又收到不知道寄件人是谁的包裹了。"

慧子两眼放光地问："第二个礼物吗？"

"不是。"久子摇了摇头，"之前忘记说了，上午也收到了类似的东西。而且跟昨天的花束一样，有一张写着'第二个礼物'的留言卡。"

"送来的是什么？"理兴奋地问道。

"是水晶。"

"水晶？"慧子露出惊讶的表情。通常没人拿水晶做礼物。

"总之，能把那东西拿来吗，留言卡也一起？"理鞠躬拜托久子。

久子点点头，反过来拜托理打开桌子上的包裹后走出了房间。

包裹看起来不重，实际上却需要两只手才能拿得动。对方选择的是快递邮寄的方式，寄件人那栏写着片仓瑞穗。没听过的名字，联系方式那栏里的地址跟派对请帖上的一样。电话号码不太记得是不是这个了，不过肯定是这栋别墅的。这样一来就是从这个地址寄到这个地址的包裹，所以久子说"不知道寄件人是谁"一点问题都没有。

理从被雨浸湿而破掉的袋子里取出里面的东西后，歪着头问："这是什么？"

是一个套着粉色枕套的大枕头。

"看来看去都是枕头啊。"堀噘着嘴用不屑的语气说道，那张嘴就像章鱼。大概是联想到了什么，他突然露出笑容，看起来很下流。

"我的意思是为什么要寄个枕头来，这都听不出来吗？"慧子斥责道，语气中带着明显的轻蔑。大概是堀下流的笑容令她不快吧。

"理，有留言卡。"

秀之指着袋子底部。白色信封半开着，露出了里面的留言卡，跟插在花束里的一样。

"第三个礼物。"

理冷冷地念出上面的内容，把留言卡给了秀之。确认上面没有写其他内容后，秀之又递给了慧子。

"跟花束那次一样。"

理话音刚落，久子拿着一个大信封回来了。从这么久才拿来可以看出，她把包裹放在自己房间了。

"就是这个。"

久子取出里面的东西，摆在桌子上。发出妖艳光芒的水晶和相同的留言卡就是寄来的全部东西了。

"不单单是配送日期，连具体的时间都是指定的。"看着快递单,理惊讶地说。再回头看枕头的快递单,上面也指定了时间。

"留言卡上的字也是。"拿写着第三个礼物的留言卡和刚刚拿来的留言卡做对比,慧子眯起聪慧的眼睛说。上面的字体似乎也是出自同一个型号的打印机。

"花,水晶,枕头。"理将每个词隔开嘟囔了一遍。视线看向远处,陷入沉思。

"是谜语吗?"秀之歪着头试着说出自己的想法。既然放了留言卡,肯定有什么意义。

"应该有什么共同点。我觉得这是某人发出的挑战,猜猜这些表面上毫无关联的东西隐藏的内涵。"

"某人是谁?又是谁在向谁发出挑战?"堀噘着嘴,用带着不满的声音反驳慧子。他果然对慧子之前用轻蔑的语气斥责他这件事怀恨在心。

"我怎么知道。只是,如果这是单纯的恶作剧,未免太大费周章了吧。"慧子连理都不想理堀,回答的时候也没有看向他。

"哦,是吗?如果是在找鲜花、水晶和枕头共同之处,我已经知道了。"堀挺起鸡胸,胸有成竹地说。

慧子之前一直保持着平静,但听到这句话的瞬间睁大了眼睛。

目光放在远处的理慢慢收回视线说:"能告诉我们吗?"他应该是真心想听听堀的意见。

"想知道吗?"堀装模作样地笑了。

"是的,拜托了。"理一点也不觉得丢人,微微低下头。

大概是很满意理谦恭的态度,堀开心地咧着嘴,痛快地说:"就是占卜啊。"

"占卜?"秀之重复了一遍。

"对,占卜。"像是为了给自己增加信心,堀重重点了点头,"花有鲜花占卜法,说句喜欢揪一瓣,说句讨厌揪一瓣的那个。"

看来并不是信口胡诌。久子也用好奇的眼神盯着堀的嘴。

"水晶在占卜的时候也用得到。"

"原来如此。"秀之坦率地点了点头。电视里经常能看到占卜师用水晶球,嘴里嘟囔着照到了什么的画面。

"最后的枕头比较难,必须动动脑子。枕头不是没有表里吗?没有里(うらない),也就是占卜的谐音。听明白了吗?估计凡人不会懂吧。"

秀之差点儿没把嘴里的咖啡喷出来。花和水晶的解释还是挺精彩的,到了枕头怎么突然变成谐音梗了?不免让人有些失望。

"很有趣的答案。"理微微点头,没有称赞也没有讽刺,具体是说堀的话深奥还是滑稽有趣就不得而知了。

"如果这么牵强也可以,那我也想到了。"像是为了把沾沾自喜的堀拉回现实,久子插嘴道。她眯起原本就很小的眼睛,脸上挂着和善的笑容。

理看向久子,跟拜托堀时一样,谦虚地鞠躬说:"能说出来听听吗?"

"好的。"久子晃荡着两三层的下巴,点了点头,"我想到的答案是'词或语'。水晶虽然没有类似的固定说法,不过花有花语,枕有枕词,对吗?"

跟堀的生拼硬凑比起来,这个答案更有说服力。虽然水晶没有相应的词,但可以想成是在占卜后得到某种判词,也不是说不通。花和枕则非常有道理。秀之认为,这就是某个人让他们猜的字谜。

慧子慢慢眨着眼睛，平静地说："问题是有什么意义吧。"

"你的意思是？"秀之不明白慧子的意思，反问道。

慧子正在思考怎么表达自己的想法时，理代替她作答："占卜也好，词或语也好，寄东西来的人到底想告诉我们什么，或者想让我们做什么。是这个意思吧？"

慧子点点头。"对。我感觉，既然是有人特意送的这些礼物，那答案肯定是有共同点的，应该是更明显的信息。所以我认为，模棱两可的答案都不是正解……"

"那你自己想吧，我是不知道了。"堀再次噘起嘴，把脸扭到一边。看来慧子的话伤了他的自尊心。

"也就是说，要搞明白是谁出于什么目的寄来的这些东西。"理先后看了看堀和慧子，把话题拉回最根本的问题上。这是早在花束送来时就被指出来的最大的疑问。

"快递单上会不会有线索？"秀之指着包裹上贴的单子。

上面写着寄件人的住址、姓名、电话，以及收件人的住址、姓名、电话，揽件日期、希望配送日期、时间和物品名称等信息。从揽件日期可以看出，这是事前就安排好的。

秀之叹着气说："好丑的字。用的肯定不是自己的惯用手。"

"既然是提前寄出的，那跟人在不在别墅就没关系了。"理看了看所有人，征求大家的同意。除了看着其他方向的堀，其他人都点了点头。

"不好意思，刚才我可能走神了，这个片仓瑞穗是什么人？"慧子似乎之前就一直想问，结果到现在才怯生生地问出口。

秀之只知道史织是初音、弥冬和结花的妹妹，瑞穗这个名字他也是头次听说。

"瑞穗女士是四姐妹的母亲。不过是年龄相仿的名义上的母亲。"久子的声音再次变得冷漠，说明了此人与片仓家的关系。

理点点头，追问道："继母？"

"是的。义弘老爷后娶的这位瑞穗女士，年纪跟四位小姐差不多，可谓年轻貌美。"

理大概不知道如何开口，迟迟没有说话。很明显，久子对这位后进门的太太没什么好感。

为了缓解尴尬，慧子插嘴问了一个问题："请问，那是什么时候的事？"

久子盯着远处，眼中满是怀念地答道："已经十五年……不，是十六年前的事了。"

"也就是说，当时初音小姐她们还是高中生。"说完，慧子微微皱起眉头。大概是在想象如果自己的学生是这种家庭情况，该怎么办吧。

久子想说些什么，又怕将自己侍奉的人家的家丑外扬，有些摇摆不定。过了一会儿，才谨慎地选择措辞回答道："不过，并没有像世人想象的那样发生过什么争执。"

"这样啊。"理轻轻点了点头，没有追问。相较于往事，他更想了解眼下的情况。"那么，您知道那位瑞穗女士现在的情况吗？"

久子慢慢摇了摇头，脸上露出一点也不适合她的冰冷表情。"不清楚。老爷过世后她把能拿的东西都拿到手之后就消失了。连跟她有关的传闻都没听说过。"

理把手肘撑在桌子上，身子向前探，说："也就是说，瑞穗女士的确有往这里寄东西的可能性。"

"对，只是可能性的话。"久子虽然点头，但似乎完全不相信寄东西的人会是瑞穗。大概她觉得瑞穗不是那种会出字谜的人吧。

"如果是有人冒充瑞穗女士寄的,可以肯定的就是,对方非常了解这个家的内情,知晓十六年前的家庭情况的可能性很大。"理一口气说出了自己的推论。既然知道瑞穗和史织这两个名字,那么很明显,对方熟知片仓家的过去。

"瑞穗女士有可能知道这栋别墅的地址和电话吗?"慧子聪慧的双眼闪闪发光。这绝对是必须确认的信息之一。

"当然,因为她一直住在这里。"

听到久子的回答,慧子惊讶地抬高了声调:"跟坐轮椅的史织小姐、初音小姐、弥冬小姐和结花小姐一起住在这栋别墅里吗?史织小姐意外身亡的时候瑞穗女士也一起住在这里?"

对于这个问题,久子面露难色,犹豫该不该说。应该不是顾忌瑞穗,而是觉得不该把关于义弘的丑事讲给外人听吧。

不过,这份犹豫没有持续太久,大概是想要把心中的秘密说出来的欲望占了上风,也有可能是觉得必须说出来。久子用力甩了甩头,貌似下定了决心,接着将十六年前的事娓娓道来。

"不知各位从弥冬小姐口中听闻了多少……太太和史织小姐遭遇车祸的事,各位知道吗?"

"嗯,听说过。"理的胳膊依然放在桌子上,点了点头。

"太太在那次车祸中不幸去世,史织小姐则是全身都受了重伤,自那之后只能靠轮椅生活。那次意外就是全家人从东京的家搬到这栋别墅的起因,不过,老爷当时已经跟瑞穗女士在一起了。"

理轻轻点了点头,用眼神示意久子继续讲下去。

"突然多了个跟自己年龄相仿的母亲,一般人都会有抵触心理,可是当时都处于敏感年龄的瑞穗女士和初音小姐几姐妹的关系并没有那么糟糕。或者这么说吧，因为车祸之后史织小姐和她的三个姐姐关系实在是太差了，所以继母与她们之间才没那么明显的不和调。瑞穗女士也觉得史织小姐是个累赘，跟初音小姐她们等于是站到了同一战线上。"

从称呼就可以听出久子觉得瑞穗不是好人。管义弘的亡妻叫太太，称呼瑞穗的时候却绝不用太太这个词。除了认为对方很明显是奔着财产来的，还有就是不满意瑞穗对史织的态度吧。虽然不像末男那样迷恋史织的才华，但至少在不幸遭遇车祸这件事上，她是同情史织的。

"总而言之，就是初音小姐、弥冬小姐、结花小姐和史织小姐之间的问题非常严重，常见的继母继子的问题就没那么明显了。"理把久子的说明做了一个总结。

"对，简单说就是这样。"

"瑞穗女士稍微拉开距离，站到了初音小姐、弥冬小姐、结花小姐这边。"

"是的，瑞穗女士跟初音小姐她们一样，绝对不会照顾史织小姐。老爷大概是对车祸的事感到内疚，对史织小姐言听计从。这一点也令她们不舒服吧。"

理皱着眉头问："您的意思是，那次车祸的原因在义弘老先生身上吗？"

"不能这么说，至少不是直接原因。太太在得知老爷跟瑞穗女士是情人关系的那天鲁莽驾驶，才导致了那次车祸……"

见久子说完露出后悔的表情，理便没有继续追问，似乎把"出了这种事居然还有脸结婚"一类的话咽了回去。

"父亲对史织小姐言听计从，初音小姐她们非常不高兴吧？"慧子用客气且平静的语气问道。

"对，对。她们姐妹之间是针锋相对，都把老爷气病了。"

理抱着胳膊点了点头，说："就在这个节骨眼上，结花小姐获得安冈奖，矛盾的对象发生了变化。"

之后的事弥冬详细说过。结花和史织之间关系产生了绝对的鸿沟，初音和弥冬也开始有意避开结花，结花被孤立了，相信她跟继母瑞穗也没有构筑亲密的关系吧。唯一站在自己这边的父亲卧病在床，或许根本不知道这个情况。就在结花的立场陷入僵局的时候，发生了史织连人带轮椅跌落山崖而死的意外。

秀之重重叹了口气。结果又回到这个问题上了。初音受到惊吓后不寻常的表现，结花过于自责的态度，都是源自这个问题。考虑到恐吓信的内容，事件的起因或许就是这个。

"史织小姐连人带轮椅一起跌落山崖，真的只是个意外吗？"理大概也是同样的想法，又问了一次已经问过很多次的问题。不知为什么，总感觉如果是久子，如果是现在的久子，她会回答。

可就在这时，玄关的门铃再次响起。这个时间应该是修理电话的人来了。

久子盯着理，没有动。直到门铃响了好几次，她才像终于听到似的站起身，摘下围裙。

大雨还在下。

最后久子就这么默默地往玄关的方向走去，等她带着修理电话的人回来时，已经恢复了平时的表情。

理和慧子则离开餐厅打算去结花的房间看看。秀之也跟了上去。

☆　☆　☆

虽然去了一趟结花的房间，却没有掌握任何有用的信息。慧子很心急，那种感觉就像是隔着衣服搔痒。

房间里肯定有人，只是不知道那个人是谁。有人敲门，里面的人会小声回应，可别说进去了，连门都不给开，无法亲眼确认是不是结花。在走廊上朝房间里打招呼也会得到简短的回复，但不敢断定那是不是结花的声音。

"没办法，大概是妊娠反应不舒服吧。"

慧子决定放弃，打算去客厅路过楼梯的时候，感觉到有人。越过楼梯扶手抬头看，末男用力抿着嘴站在楼梯平台那里。

"出什么事了？"理自言自语地嘟囔了一句，走上楼梯。

慧子有些害怕不容易接近、沉默寡言的末男，看到理若无其事地走到他身边，不由得心生敬佩。

末男皱着眉、眼神锋利地站在替换掉初音肖像画的那幅画面前，目不转睛地盯着它看。在目睹了初音被杀的现场后，再来重新看这幅画，上面的内容比之前好理解多了。好像黑色雨线的东西是挂铃铛的线，地点就是浴室，一个女人脸朝下趴在浴缸里。

"这是史织小姐的画吗？"

理询问看起来并不想说话的末男，语气很平静。他并没有期待对方会回答，所以用"问"或许不太合适。大概是觉得站在一起看画不说点什么不太礼貌，非要定义的话，这更接近打招呼。只是，在慧子的印象中，末男是一个不容易接近、沉默寡言的人，估计连早上好、你好这类都不会回应。

理继续毫无顾忌地说："画的是初音小姐吧。"

理没有勉强对方，只是非常自然地说话。慧子完全无法想象末男会给出反应。

末男却出乎慧子的预料,眼睛死死盯着画中的一个点,像是在怒视,然后简短地回了一句:"嗯。"

理朝画走近了一步,问:"这果然是史织小姐的画吗?"

"肯定是。"回答语气虽然生硬,但信心十足。

末男的话很有说服力。他非常欣赏史织的才华,甚至成了史织的信徒,看笔触就能百分百分辨出那是不是史织画的。如果末男说是史织画的,那这幅描绘初音被杀现场的画就肯定是史织画的。

"就这么看能看出是以前画的还是最近画的吗?"理仔细看着画,继续自言自语。

慧子的眼力也分辨不出这是十六年前还是最近画的。

"说是在画室和别墅里都没见过这样的画,从来没见过。"秀之的声音有些大。大概是发觉继续讨论下去会得出怎样的结论,后背有些发凉。

"这幅画一直被某个人私藏,这个想法有点不切实际吧。"慧子想征询理的意见,看着他的脸。

跟史织是敌对关系的初音、弥冬和结花三姐妹不可能保留史织的画,管理员末男和久子又没有理由这么做。要想在他们完全不知情的情况下把画交给局外人,可能性几乎为零。假设这幅画是在十六年前画的,那之前都保存在哪里呢?

"也就是说,这幅画是最近画的。"沉吟了一会儿,理把所有人应该都已经想到的结论说了出来。冷静的语气和沉着的态度表明,他对于推导出这样的事实一点也不感到惊讶。

"你的意思是说,史织小姐复活画了这幅画吗,理?"秀之睁大眼睛,露出难以置信的表情。

理则与他形成鲜明的对比,并不畏惧这个不可能的结论。

"有些事我没告诉警察,因为连我自己都不相信……"慧子觉得,现在不说就没机会说了,所以犹豫再三,还是决定说出来。问话的时候她否定了这个答案,但如今既然已经知道这幅画就是史织画的,天平自然朝着反方向倾斜了。

理回过头,看向这边。

慧子像是被眼神催促着一般,支支吾吾地继续说:"弥冬小姐带我们参观别墅的时候,不是在斜坡那里发现了残留的车辙印吗?昨天从画室回来的时候,我看到了同样的车辙印,不过这次是雨水印。"

末男缓缓移动视线看向这边。他那热烈的视线让慧子不禁后退了几步。

大概是没发觉末男的眼神,理非常感兴趣地追问:"是通往史织小姐房间的那个斜坡吗?"

慧子避开末男的视线,看着理说:"是、是的。我是在去初音小姐房间的路上发现的。后来想再去看看的时候,雨水已经蒸发,看不到了。"

"是轮椅的车辙印?"

"应该是推车一类的。我自己看到的时候也不愿意相信。可如果挂在这里的这幅画是史织小姐画的,那么史织小姐坐着轮椅在别墅里到处走也不是不可能。"

秀之脸色有些苍白地摇了两三下头。"可是,这有可能吗,死人复活这种事?"

"史织小姐跌落山崖,尸体损伤极其严重。有可能那根本就是别人的尸体。"慧子说话的时候,发现末男把视线重新放回到了画上。她用余光偷偷观察,惊奇地发现他的脸色变了。

"这件事还是应该拜托警方确认一下。不过,毕竟恐吓信是以史织小姐的名义寄的,他们应该已经着手调查了。"理轻轻点着头说。

"对。而且,如果史织小姐还活着,应该就住在被封上的那个房间里,用的也是房间里的轮椅。"

慧子感觉自己有理有据,委婉地向末男表示想要调查史织的房间。不知是她的意思没有传递给对方,还是对方故意无视,末男始终紧闭双唇看画看得出神。从侧脸顽固的表情可以看出,他不会再说话了。他不同意解封史织的房间。

"回客厅吧。"

说完,理向末男点头行礼后走下楼梯。意外的是,末男也向理点了点头。

客厅里没人,也没开灯,黑黢黢地。偌大的房间显得很冷清。牧本和堀都在自己的房间里待着吧。久子好像还在餐厅盯着修电话。

远处的阳光房四面都是玻璃,可以清晰地看到外墙灯照亮的雨景。雨势丝毫没有减弱。雨滴猛烈拍打窗户的声音在房间里听来就像是在敲太鼓。慧子有些担心,这雨什么时候才会停啊,自己什么时候才能回家啊。

"对了,理,结花小姐的房间里真的有人吗?"打开客厅的灯,在沙发上坐稳后,秀之迫不及待地开口询问道。

"你这话的意思好像是在说,房间里的人不是结花小姐似的。"理露出微笑,没有正面回答秀之的疑问。

"难道不是吗?如果结花小姐真的在,露个面也无妨吧,也应该会好好回应。现在在这样躲躲藏藏的,不就是因为做不到吗?也就是说,房间里的人不是结花小姐,而是别的什么人。"

"原来如此。"理随声附和，既没有否定也没有肯定。

"可是，声音非常像结花小姐的，连久子太太都听不出来。不单单是音质，连说话方式也能模仿得惟妙惟肖的人只有一个。就是长年跟结花小姐生活在一起，了解她所有习惯和特征，她现在唯一的姐姐，弥冬小姐。"

"原来如此。"听完这样有理有据的推理，理依然只是随声附和，没有皱起眉头，也没有表示佩服地点头，但绝不是不感兴趣。他只是把二人说的话当作参考意见，不夹杂个人偏见地听着。

"从画室和别墅消失的弥冬小姐其实藏在结花小姐的房间里。也就是说，杀害初音小姐的人就是弥冬小姐。"

这个结论虽然很有吸引力，但慧子感觉无法接受，因为存在好几个疑点，她把最在意的提了出来："那结花小姐呢？"

"大概被杀害了吧。我觉得她从一开始就计划把初音小姐和结花小姐都杀了。"

"可是，弥冬为什么一定要藏在结花小姐的房间里呢？她自己又不是没有房间，大大方方地出现不是更好？"

听到慧子连珠炮似的提问，秀之慢慢露出不知如何是好的表情。"藏在结花小姐房里就可以假装失踪，让我们到外面去找她，这样就可以争取到逃跑的时间了。"

"直接逃不是更安全？"

"她肯定还有什么事要做，所以必须留在别墅里。"秀之的声音越来越小，肯定是自己也觉得像是在找借口了。

"结花小姐房间里的人实际上是大家以为失踪了的弥冬小姐，这个想法挺有趣的，不过应该不是。"之前对秀之的推理不褒也不贬的理，第一次提出了否定意见。

就此，秀之构筑的假设轰然倒塌。

"可是，我是从理论上分析的，到底错在哪里？"自己觉得胸有成竹才说出来的想法，结果却不对，秀之相当不满。

慧子没心情为他指出错误，但为了展开自己的主张，还是闭着眼睛挖苦道："我认为，能模仿结花小姐声音的只有弥冬小姐一个人，这一点是错的。"

秀之看着慧子问："你的意思是还有别人？"

"对。虽然现在只剩下一个姐姐了，但她还有个妹妹，不是吗？"

客厅里明明只有他们三个，秀之却压低声音，战战兢兢地说："莫非你说的是史织小姐？"

"对。"慧子不假思索地点了点头，已经不再犹豫了。

在末男说楼梯平台的那幅画是史织画的之前，慧子完全不相信史织真的还活着。把在斜坡处看到残留的车辙印的事说出来之后，反而更加确信了。

秀之继续压低声音，指着发生微妙变化的史织的肖像画说："你该不会是想说，她是从那幅肖像画里走出来的吧？"

不知是受到下雨的影响，还是因为灯光忽明忽暗，那幅画发出了令人毛骨悚然的光。

"我没那么说。我只是在想，史织小姐是不是并没有在那次意外中死掉而已……"

慧子话还没说完，从正对着餐厅的方向传来了开门的声音。是久子。电话修好之后，她把修电话的那几个人送到了玄关吧。没过多一会儿，汽车引擎启动的微弱声音混杂在雨声中传来。

"我去泡壶茶吧。"走进客厅，久子看了看三人说道。接着也没有等待答复，自顾自地点了点头，又从刚才那扇门走了出去。

理轻描淡写地说："关于那次意外的事还是问问久子太太吧。"

慧子却对这个意见存疑。"她会轻易告诉我们吗？"

"我也不确定。"

久子很快从餐厅回来了，默默地为几人倒茶。午饭的时候喝了太多咖啡，现在喝日本茶最对胃口。

"我们都是弥冬小姐的狂热书迷。"等久子入座后，理慢悠悠地开口说道。大概是觉得有点冷，他几乎是搂着茶碗。

"小说中的想法充满了独创性。"

"每部作品都有着丰富的创造力，是非常精彩的本格推理小说。"

听到二人这么吹捧弥冬的小说，久子别过脸露出极其不快的表情。不是平时和善的感觉，是跟之前在餐厅时一样冷漠的侧脸。

秀之却没有察觉到她表情的变化，继续称赞弥冬的作品："我个人最喜欢的是什锦烧店的毒杀诡计。由于铁板受热程度不够均匀，同一个地方烤不了四个。所以只能不停地调整什锦烧的位置，看起来乱七八糟的毫无章法，实际上有着一定的规律。会想到利用这一点下毒，说明作者就连在吃什锦烧的时候都在思考诡计，让人不禁想要感叹，真正的作家太了不起了……"

秀之的话还没说完，久子别着脸小声嘟囔了一句："弥冬小姐一丁点独创能力都没有。"

听到这出乎意料的发言，秀之一脸震惊，好像在怀疑自己的耳朵出了问题，没有继续说下去。似乎连雨都感受到了他有多么震惊，那个瞬间拍打窗户的声音都听不到了。

"这话是什么意思?"大概是想到了久子会给出怎样的答案,理皱着眉头压低声音问。

"就是字面的意思。弥冬小姐剽窃了别人的作品。"

"剽窃……"

"对。故事梗概都是史织小姐想出来的,她就只是基于史织小姐留下的笔记写成小说发表了而已。"

"原来是史织小姐……"理把手抵在额头上,自言自语地嘟囔道。

"史织小姐的才华不仅体现在绘画方面,几位是知道的吧?她也写小说,留下了好几份详细的故事梗概。"

"就是推理框架,对吧?"

"是的,或者说,基本上已经写好草稿了。"

这突如其来的打击令慧子一阵头晕眼花。自己喜欢的作家,不,自己尊敬的作家居然剽窃……不过,这也让慧子想起几个细节。看到斜坡上残留的车辙印时弥冬没有深究,收到礼物的时候也没有追查到底的想法。那两次慧子都有作品和作者严重不符的感觉,当时就有些小小的失望。

"弥冬小姐出版的书都是吗?"

理追问的声音也越来越无力,问完之后又后悔为什么要问似的摇了摇头,把茶杯递到嘴边,将茶水一饮而尽。

"是的,都是基于史织小姐的故事梗概写的。"久子斩钉截铁的回答可谓无情。

片仓弥冬的作品得到高评价的正是推理框架部分,而人物刻画、文学气息等一类小说方面的内容则完全没有可圈可点之处。也就是说,弥冬是以构思取胜的作家。既然那全都是史织想出来的,可以说,以作者自居的弥冬几乎一点价值都没有。

"相较于思考，弥冬小姐更喜欢付诸行动。"久子的表情和声音依然是那么无情。

慧子这才注意到，原来那份冰冷都是来自弥冬。

"您的意思是说，假设她想杀了史织小姐，并伪装成意外死亡，即便她想不出办法，只要有计划就会照着去做，是吗？"理的问题很明显是在挑衅。他直直地看着久子的眼睛，不让她逃避，静静等待对方回答。

吵个不停的雨势头越来越弱，渐渐能听清拍打地面的声音和水流的方向了。落在玻璃窗上的雨点正在变小。一滴水珠吸收外墙灯的光，宛若宝石一般闪耀着光芒从边缘滑落下去。

"关于史织小姐的那次意外，我一个字都不能说。"久子恢复平时和善的表情，声音也有温度了，语气很温和。

理没有从久子已经变得温和的眼睛上移开视线，问："也就是说，实际上那并非一起单纯的意外，对吗？"

久子晃荡着两三层的下巴点了点头，用银铃般的声音说："不，意外的确是意外。我只能说当时有很多流言。"

这话的意思同时也是在暗示史织跌落山崖的意外的确有隐情，但现在还不能说。

"不是意外而是他杀之类的流言吗？"

"是的，那不是单纯的流言，所以警方当时调查得相当仔细。"

慧子实在忍不住了，开口问道："当时的意外究竟是怎样的状况？"

"就是从画室回来的途中从悬崖上摔下去了。多根井先生走着去过画室，应该知道吧，除了车辆通行的路还有一条近路。"

"她每次都坐着轮椅走那条坑坑洼洼的路吗？"秀之一脸惊

讶地问。

装饰画室那天，秀之和理是一起走着回来的，他自然知道那条路。

"不，平时都是末男车接车送。唯独那天，结花小姐说想去购物，一直没车去接。"

"史织小姐想一个人回来，于是就发生了意外。"理抢先把久子的话说了出来。

"是的。那条路的情况二位也清楚，中途摔下去一点也不奇怪。"久子点了点头，征求实际走过那条路的二人的意见。

"这倒是。想独自坐着轮椅走那条路回来的确欠考虑。"

"就是，就是，可不就是说嘛。"久子晃荡着下巴，又点了点头，"警察最初也觉得这个举动不自然，就开始调查是不是有看护在后面推轮椅。可路上除了轮椅的车辙印之外没有发现足迹，也没有事后处理过的痕迹；跌落点附近也只留下了车辙印。警方最后得出的结论就是，不存在第三者把人和轮椅推下去的可能性。"

理问："所以警方断定，那不是一起他杀，而是一起意外事故，对吗？"说话的时候空茶杯还握在手里。

"是的。还有一个原因，所有人的不在场证明都成立。"

"所有人指的是？"

"老爷，初音小姐，弥冬小姐，结花小姐，瑞穗女士，还有我和末男。一开始结花小姐跟末男出去购物，其他人留在别墅。他们两个买东西回来后所有人就一直在一起。"

理不住地点头，说："原来如此。所有人都没有杀害史织小姐的机会。"

"嗯，再考虑到轮椅的车辙印，自杀的流言就传开了。"久子望着远处某个点,那是回忆过往的眼神。

"自杀?史织小姐有自杀的理由吗?"慧子很自然地问出了这句意想不到的问题。

久子边叹气,边用看破红尘似的语气说:"了解史织小姐的人自然知道她不可能自杀。但说闲话的人可不会考虑这些。"

理平静地说:"首先她是一个人,再加上轮椅这个不利因素,这样的情况依然要走那条路,的确等同于自杀行为。"

"是啊。不过史织小姐那个人很要强,做出那样的决定一点也不奇怪。"

"原来如此。但警方不会这么想吧。"

"唉,可不就是说嘛。"久子晃荡着肥大的下巴用力点头,"表面上已经满足了自杀动机。在车祸中失去美丽的容颜,无法自由活动。为此遭到姐姐们和继母的冷遇,觉得她是个累赘。一直坚信在绘画方面才华横溢的自己的画作没有得到青睐,结花小姐的画却得了安冈奖……"

"如果是玻璃心的普通高中女生,接连受到这样的打击,就算选择自杀也不意外。"

久子点了点头,同意理的意见。"就是,就是。要是非常平凡又处于那个年纪的女孩,恐怕就自杀了。但史织小姐不是那样的人。"

"是吗?"

"史织小姐很擅长在逆境中生存,或者说,越是立于不利境地越能激发自己的潜力。所以即便瑞穗女士和她的几个姐姐态度冰冷,她给人的感觉依然很要强,就像是在说,'我现在会忍,但早晚会让她们刮目相看'。"

"因此您认为她不可能自杀……"

理的话还没说完,门铃声再次响起,这已经不知道是今天的第几次了。看来雨虽然大,但还不至于阻碍交通,慧子暗自放下心来。

久子留下"史织跌落山崖的事已经说得差不多了"的表情,转身走向玄关。

理问秀之稍后要不要回房间。由于外面太黑,对时间已经失去了概念,秀之看了看表,五点多了。聊了那么长时间,他备感疲惫,站起身正想着要不要到房间躺一会儿的时候,久子一脸兴奋地回来了。

"礼物,第四个礼物到了。"

久子右手攥着一个小包裹。上面贴着和之前几个包裹相同的快递单。既然是礼物,寄件人肯定是片仓瑞穗吧。收件人还是片仓史织,并且指定了配送时间。

"打开看看吧。"

理迫不及待地接过包裹,担心弄破快递单,小心翼翼地打开包装。跟之前一样的留言卡和呈Y字形的金属伴随着清脆的声音出现在几人面前。

"果然,占卜和词或语都不是正确答案。"

看到其他三人都对着东西闭口不言,慧子用比较快的语速说道。第四个礼物的确与占卜和词或语都无关,完全是另一种东西。

是给吉他一类的乐器调音用的不带共鸣箱的音叉。

第六章　再次挑战礼物的含义

　　一阵接一阵的敲门声将迷迷糊糊的秀之拉回现实世界。他睡眼惺忪地看了看手表，还不到九点。吃完晚饭他马上就睡了，只睡了两个多小时。脑子还没清醒，身体说不上轻松，但总算从那种陷入泥沼无法动弹的沉重感中解放了。

　　"来了。"说着，秀之摇摇晃晃地从床上坐起来。感觉有点冷，穿上之前斜着系在身上的夹克，这才穿上拖鞋站起来。

　　"阿富，你在睡觉吗？"

　　不出所料，门那边传来了理的声音。房门没锁，他却没有直接进来，而是在外面说话，证明肯定还有其他人。是女人，他肯定跟慧子一起来的。两个人一起来说明在自己睡觉这段时间里或许发生了什么事。

　　"嗯。抱歉，稍等一下。"

　　秀之自己也发现声音有些飘，重新坐回床上。应该不是贫血那么夸张，只是猛地站起来有点头晕而已。闭上眼睛按了按眼角，之前思考过的事情——在眼睑下重现。是关于第四个礼物的事。大脑依然觉得疲劳或许就是因为睡觉的时候也在运转。

　　那份礼物送到后，久子去准备晚饭，他们三人则在等待晚饭做好那段时间里交换了意见。思考鲜花、水晶、枕头、音叉之间有没有共同的关键词。调查了一下留言卡和快递单，跟之前一样，没有任何线索。结果直到开饭也没想出什么有建设性的点子。

这件事在秀之的潜意识中留下了深刻的印象，在他闭上眼睛睡觉期间，大脑自然地开始思考，梦里肯定也在冥思苦想，只是那些不着边际的想法很快地出现又消失，根本不连贯。把单词写成平假名，每个单词里都有带闭曲线的假名，想着这些没有意义的答案，秀之不知不觉又迷迷糊糊睡着了，直到敲门声再次响起。

"抱歉，抱歉，久等了。"

走出房间，秀之背着手关上门，微微低头表示歉意。跟预想的一样，理和慧子一起站在门口，二人看起来都有些冷。

"没事，你肯定很累吧。抱歉把你吵醒了。"

理道完歉，二话不说，迈步就走。慧子也很快跟了上去。他们是朝楼梯方向走的，应该是打算下楼。

秀之追在二人身后，用还没有恢复正常的声音问理："是出什么事了吗？两个人一起来……是找到下落不明的弥冬小姐并逮捕她了吗，还是有人看到史织小姐了？"

理的头朝着不是纵向也不是横向的方向晃了晃，然后看着秀之答："的确出了点事。不过不是你说的那种大事。"

"我想也是。"秀之点了点头，"如果是的话你们应该会表现得更慌张。所以我猜，不是第五个礼物送到了，就是结花小姐出房间，看到她本人了。"

"都不对，不过也差不多。是弥冬小姐的肖像画被人换了。"

"弥冬小姐的肖像画？"秀之反问道。

"就是挂在一走进玄关就能看到的门厅里的那张。"慧子边下楼边补充道。

刚巧这个时候,楼梯平台处被换掉的那张画映入眼帘。

"那个最显眼的地方?"

从外面来的人进入别墅后,最先看到的就是弥冬的肖像画。那是最适合鉴赏画作的地方。

"对。不过对于别墅里的人来说,反而是个盲点。"

想起挂画的位置,秀之马上理解了慧子的意思。面对玄关的时候,始终都会背对着那幅肖像画。

"跑了好几趟门厅的久子也不知道画是什么时候被换掉的。"

下到一楼,理没有进客厅,右转来到了斜坡前。顺着走廊笔直走到拐角的位置,在那里停下瞥了一眼结花的肖像画。依然是被鲜花簇拥的图案,这幅还没有被换掉。理大概就是来确认这个的,他满意地点点头,左转往门厅的方向走去。

"是谁,又是什么时候发现画被换了的?"秀之快步追上,对着理的后背问。

"就在刚刚。小野小姐说想看看雨停没停,我就陪着她从玄关出去了。确认雨停之后,再次回到别墅的时候,我们一起发现的……"

理站在出问题的那幅画面前,不再出声。慧子没说话,秀之也闭上嘴盯着代替肖像画挂在那里的画看。

这幅以红色系为主色调的画非常醒目。像是什么东西在燃烧,火光摇摇晃晃的样子,使得整幅画看起来都在左摇右摆,感觉火焰随时都会长出触手跳出来似的,很是逼真。看起来像是火葬场一类的地方,例如焚化炉或壁炉。里面烧的肯定是人吧。替换的是弥冬的肖像画,很自然就让人联想到了被火烧的那个人是弥冬。

"去叫你之前，我们已经请末男先生看过了。他确定是史织小姐画的。"

在看到画的瞬间就猜到了。整幅画虽然只有半张报纸那么大，描绘的内容却给人一种前往另外一个世界入口的奇妙感。

"然后我们就去问多次往来于玄关的久子太太了，她说不知道画是什么时候换掉的，因为没想过会变成别的画，所以就算是早晨被换掉的也不会发现。"

秀之重重吐了口气，看着画说："真是一幅耐人寻味的画啊。跟初音小姐那张比起来清楚多了。"

"嗯。这次能看出来画的是什么，是人在燃烧。"

慧子也表示同意地重重点了点头。"是啊。非常清晰。而且那个人多半是弥冬小姐吧？"

"不考虑其他因素的话，是的。"

对于这个很自然就能想到的结论，理有所保留地附加了条件。他或许是在研究所有的可能性吧，但这次秀之觉得他只是在白费功夫。

"嗯，如果不考虑其他因素，恐怕这幅画就跟初音小姐那次一样，是在预告弥冬小姐会以这种形式被杀。也许失踪的弥冬小姐不是逃跑了，而是已经遭到毒手了。"

"假设换画的是凶手，目的在于预告第二起谋杀，的确是这样的结果。"理的话就像是在陈述反对意见。

"换画就是在预告下一起凶案的发生这个观点不是多根井君你提出来的吗？"慧子没有生气，只是温和地提出抗议，对理的态度就像是对自己的学生。

"是我提出来的。"理似乎很享受讨论，大方承认，"我只是在说，因为不知道凶手预告杀人的理由，所以这个观点没有说服力而已。"

看到慧子想要开口反驳，秀之急忙介入。他感觉这样只是在浪费时间。"你们没必要争论，不是有方法可以验证正确与否吗？把焚烧炉或壁炉一类能烧人的地方都调查一遍就行了。"

如果换画真的是杀人预告，应该会找到弥冬的尸体。地点从画里的火焰推测，是烧东西的地方，也就是焚烧炉、壁炉一类。别墅里应该没几处这样的地方，花不了多少时间就能调查完。若是找到被焚烧的尸体，届时即便不知道真正的理由，也不得不考虑凶手是以预告为目的才把画换掉的这个可能性了。这样肯定能比讨论更快得到准确的结论。

"说得也是，还是先调查吧。"

理难得没有多说什么，点了点头，转过身朝着玄关走去。因为壁炉好几个房间里都有，所以他是想先调查外面的焚烧炉。

秀之紧随其后。慧子面带疲惫，但什么都没说，也跟了上去。

雨虽然停了，地面还很泥泞，像半泡在水里一般。走每一步都要小心谨慎，否则脚会陷入柔软的泥土里。风依然很大，吹得树叶来回晃动，挂在上面的水珠学着雨点的样子直往下掉。单是刮风就已经很冷了，气温似乎也下降了不少，秀之不得不拉上夹克的拉锁。

穿过地下一层的入口，拐过拐角之后更黑了。几人没拿手电筒，只能依靠外墙灯和房间透出来的那点光。天空依然被厚厚的云层覆盖，挡住了月亮和星星。到焚烧炉的距离其实只有玄关到楼梯那么几步路，但黑暗和寒冷让秀之感觉特别遥远。

靠近接着烟囱的黑色影子，理停下脚步，回过头说："你们有没有闻到奇怪的臭味？"

看不见他的表情，只听到吸鼻子的声音。

"之前风太大没闻到，就是那个味道。"在说到"那个"的时候慧子加重了发音。就是那股从来到别墅后就始终飘荡在空气中的微弱异味。

"也许是火化出音留下的味道。"说着，理再次朝着焚烧炉的方向走去。

令人作呕的恶臭的确是燃烧动物体内蛋白质时会散发出来的那类味道。

小学校垃圾场大小的焚烧炉在外墙灯的照射下看得很清楚。长长的烟囱黑得发亮，上面还挂着雨滴。由于风的缘故，分不清臭味是从哪儿散发出来的，但总感觉源头就在焚烧炉里。理性告诉他们，这个大小很难把人塞进去，但同时他们又预感到弥冬的尸体就在这里面。

"里面的东西好像烧完了。"说罢，理轻轻地摸了摸焚烧炉的盖子，不烫了。他握着把手等了一会儿，用力拉开。

下一个瞬间，强烈的恶臭扑面而来，根本不需要风的助力，简直是臭气熏天。

理没有关上盖子，边咳嗽边用左手捂着口鼻往里看。大概是因为太黑了，不能马上分辨里面烧的是什么，过了一会儿，他不住地摇头，然后更剧烈地咳嗽着往后退，踉跄着退到建筑物旁边，靠着墙一屁股坐在地上。看他咳的那个样子就像是哮喘发作，一时间根本停不下来。

慧子当场蹲下，用袖子挡着脸一动不动。秀之看到理的样子有些犹豫，正在考虑要不要看看焚烧炉里面有什么的时候，突然闪过一道光，紧接着有人大喝了一声。

"是谁？"

秀之回过头，对方放下手电筒，灯光晃晃悠悠地越来越近。刚刚那低沉的声音肯定是末男。地下一层拐角的房间正是管理员夫妇在住，他肯定是透过窗户看到可疑的影子，没有想到是秀之他们三个，所以出来看看。由于是逆光看不太清楚，似乎只有末男一个人。

还好风大，打开盖子时飘出来的臭味已经没有最开始那么浓烈了。虽然接近焚烧炉还是很臭，但至少不会咳嗽了。用袖子捂着口鼻蹲在那里的慧子也转过身看着射出强光的方向。借着外墙灯的光亮，这才看清了拿着手电筒的末男。

"你们在干什么？"

与其说是询问，更像是责问。末男表情没有变化，声音中却带着怒气。说的话简短且直接，没浪费一个字。

从命令的口吻中感觉到了对方的严厉和冰冷，秀之用沙哑的声音回答了字面上的问题。

"焚烧炉里……在烧着什么东西。"

末男此时肯定射出了锐利的视线，只是藏在了手电筒的光里。一瞬间的沉默过后，末男没有捂住口鼻，默默去看焚烧炉里面。

"是猫，猫被烧死了。"理靠着墙慢慢站起来，咳嗽了两声后说。

听到这句话的末男抬起头，一脸惊讶，用正打算照焚烧炉里面的手电筒照向理。

"烧得很彻底。应该是考虑到雨会下得很大，在下雨之前就关在里面了。"理断断续续地说道。强烈的恶臭导致他的呼吸到现在都还没恢复顺畅。

"这就是刚到这里的时候闻到的那股臭味的源头。"秀之说罢，借助强风靠近焚烧炉。

末男蜷着身子想要打开下面的通风口。

"可是，那只猫是迷东吗？"慧子战战兢兢地站起身，捂着鼻子问。

理走到焚烧炉旁边说："不清楚。如果不考虑其他可能性的话，应该是。"

秀之也从旁边往里面看，的确有一具动物的尸体，只是一眼根本分辨不出是不是猫。

"是迷东。"

末男语气生硬地说完这句话，用手电筒照向焚烧炉用水泥加固的底座。光照的位置有一个被黑毛覆盖的短棒状的东西。

"是猫腿。"

很明显是故意砍下来的。血迹已经被雨水冲掉，透过黑色的毛可以隐约看到断掉的骨头和肉。腿后面有伤，那就是用来辨认迷东的记号吧。杀死猫的凶手肯定为了让人能分出是哪只猫，故意将腿砍下丢在了焚烧炉外面。

慧子皱着眉头走到近处确认猫腿。类似有段时间很流行的某种玩具，看上去像玩偶，但只要看切断的地方就会相信，那的确是真的。

末男戴上劳保手套，从通风口把烧烂的猫尸拽了出来。瞬间，不可描述的恶臭扩散开来，让人忍不住地咳。已经失去形状的猫的确没有右前腿。末男平静地抱起迷东的尸体走了，看他离开的方向应该是去埋出音的地方吧。

"初音小姐被杀之前，也是猫先被杀了。就像预告一样，凶手之后会用同样的手法杀死猫的主人。"慧子用冷静下来的声音说道。刚刚她被烧得惨不忍睹的猫尸吓到了。

此时，恶臭已经差不多被风吹散了。

"那幅画果然就是杀人预告。"秀之抑制着兴奋的心情对慧子说。

"把肖像画换成指明杀人现场的画，用同样的手法杀死跟饲主同名的猫，其中肯定有什么含义。可是，为什么要这么做……"理此时肯定一脸不解。由于周围太黑，只能看到一个黑影，但很明显他正歪着头思考。

"先别管那个了，还是赶快回去查看所有壁炉吧，弥冬小姐或许已经遇害了。"秀之大声叫喊道。

现在可以肯定的是，换画和杀猫就是杀人预告。现在不是讨论细节的时候，应该尽快查看一下壁炉。

"不行。"

就在这时，手电筒的光照了过来，低沉的声音。是埋完迷东尸体的末男。

"为什么不行？"慧子尖声问道。

末男没有说话。或许他认为，既然说了不行就是不行，没有解释的必要。

"弥冬小姐或许正在遭受侵害，现在去找说不定还来得及。"

秀之也帮慧子说话，但末男依然选择沉默。此时他肯定抿着嘴用锐利的眼神瞪着这边吧。

"阿富，回去吧。末男先生都说不行了。"理的语气很平和，一点生气的意思都没有，说完拍了拍秀之的肩膀。

身为别墅的客人，管理员不让做的事自然不能擅自去做。就算报警，被杀的只是猫，警察也不会出动吧，更不会理会杀人预告这种不切实际的东西。

就像是想要尽快逃离这个令人作呕的地方，慧子率先站起身走了。末男用手电筒为她照着路。

秀之带着疑问踩在泥泞的路上往回走。他确信末男肯定知道什么，尽量躲开夹杂着臭味的空气，深吸了一口带有树木香味的风。

☆　☆　☆

"垣尾先生醒了，烧也退了一些。"久子一边把桌子上放得到处都是的盘子归拢到一处，一边看着慧子说道。肥胖的体形配上机敏的动作，即便是这种时候给人的感觉依然是那么开朗幽默。

早饭只喝了咖啡的理用修好的电话联系了警方。秀之没问过具体是怎样的关系，只知道理在警视厅有熟人，可以通过那个人获取警方一般不会透露的各种情报。虽然电话是对方付费的，不用担心费用的问题，可打的时间也太长了。

"医院来电话了吗？"之前靠在椅子上发呆的秀之调整好坐姿问道。

"嗯，今天一大早就来电话了。"

桌子眼看着收拾干净了。慧子连犹豫要不要帮忙的时间都没有，久子手脚麻利地完成了工作。

"那，他要回来了吗，那小子？"堀脸上挂着快活甚至有些轻浮的表情，悠闲地说。

慧子听到不清不楚的大阪腔就气不打一处来。

"说还要观察一下，应该明天或者后天才会回来吧。"

"哦。"大概只是随口一问，堀不感兴趣地伸手去拿咖啡杯。

糟糕的餐桌礼仪，在喝东西的时候发出声音这点也是让慧子烦躁的理由之一。

大概因为过了一天,已经感觉不到压抑沉闷的气氛了。和今早的好天气也有一定关系吧。牧本神色沉痛,但表情比昨天柔和多了,早餐吃了差不多有一半。之前他的脸看起来老了很多,今天似乎已经整理好心情,恢复了一些沉稳。

堀像小孩子一样用手背擦了擦嘴,清了清嗓子说:"话说,我们还不能走吗?"

"各位是弥冬小姐的客人,我做不了主……"

末尾说得很含糊,久子暧昧地摇了摇头。说弥冬的名字的时候表情和声音又变冷漠了。

"我的假期快结束了啊。"

先不说住院的垣尾,除了理和秀之,现在留在别墅里的人都已经步入社会。即便是在高中当老师的慧子也很担心这个问题。

牧本是大学助教,在时间上是三人中最自由的,有必要的话还可以停课。在春假期间只要没有教职员会议,慧子就可以继续休假。但在区政府上班的堀是不能休息、不能迟到、不能旷工的公务员,请不了那么长时间的假,会担心也很正常。

"应该还不能。"牧本头也不抬地说,语气平静,甚至有些超然的味道。说完,或许是为了平复心情吧,他拿出小彩纸,孤零零地一张一张折着雪花。

"不能走吗……"堀似乎是不打算顶撞牧本,没说什么,就此陷入沉默。

警方只说要大家留在能随时找到的地方,没说不许离开别墅。而现实情况是,只要没有特殊情况,想要离开这里还是很难的,那么做只会招致不必要的怀疑。警方也不想大老远地跑到大阪去,那只是因为不能限制人身自由才说的场面话,实际上肯定想让他们都留在这里。

"对了，结花小姐怎么样了？"

慧子为了转换话题，提出了入座之后就一直很想问的问题。结花昨天一整天都没出现，今天早晨也没来吃早饭。

"不清楚。今天我去敲门的时候没有回应。不知是不是还在休息……"

"没回应吗？"

久子的话还没说完，秀之就插嘴问道。自从弥冬的肖像画被换并找到猫的尸体之后，他就对这类信息特别敏感。

"是的。不过我把早餐托盘放在房门前了。"

"还是去确认一下结花小姐到底在不在房间里比较好吧？"

调查壁炉的事泡汤了，一种莫名的不安在秀之心里不断放大。他是真的很担心继弥冬之后结花是不是也消失了。

"你在害怕什么啊？"堀挠着乱糟糟的头发，慢悠悠地问秀之。

"我没害怕。"

"就因为你穿着在千林商店街买的一千日元三件的衬衫才会害怕。你要是像我一样穿拉夫劳伦，或者保罗·史密斯也行呀，就会镇定……"

就在他自以为是地在那里侃侃而谈的时候，玄关的门铃响了。只剩下咖啡杯还没收拾干净的久子摘下围裙，往门厅方向走去。

"你说，会是礼物吗？"慧子为了让堀闭嘴，跟秀之搭话。这个猜测不见得是错的。

"或许。话说回来，理还没打完电话吗？"

秀之微微侧着头看了看正在打电话的理。发现有人正在看自己，理把没拿着话筒的那只手抬起来以示回应。

"我也希望他能快点挂电话。"

就算改变了话题，堀还是会插嘴。或许他根本就是在虚张声势，实际上内心很不安，希望有人跟他说话。

"你想打电话吗？"秀之客气地问道。

"是啊。我得请假。居然要为这种事用掉年假，真是太不划算了。"

听到这话，慧子突然想到一件事。一号开派对那天电话线断了，是什么时候被剪断的呢？

"堀先生，前天你给区政府打电话了吗？"

刚才就躺下了的堀没有回答问题，噘着嘴像是在吹口哨似的装听不见。

慧子耐着性子又问了一遍："我想知道最后一个用电话的人是谁。你前天给区政府打过电话吗？"

堀故意刁难道："打不打是我的自由吧？"

"我知道，可是……"

"知道还问。"

听到对方一直在说粗鲁的大阪腔，慧子只好闭上了嘴。她后悔得眼泪都要出来了。

"不对，"秀之代替失去勇气的慧子用强硬的语气说道，"你不是说，穿着拉夫劳伦就没什么可怕的了吗？请回答刚刚的问题。"

没想到看起来像个文弱书生的秀之能说出这种话。别看说得没有道理，反而更加有魄力。

堀也很意外，大概是被秀之的语气震慑，挠着光秃秃的宽额头，无可奈何地回答了问题："呃，好。我的假期到二号，已经提前申请好了,所以不需要联系。不过我为了预约渡轮的确打过电话。"

"什么时候打的?"

"派对那天的傍晚。我老妈沉迷新兴宗教,每个月都要去淡路岛,所以我打电话替她预约……"

"具体时间呢?"

"记得不是很清楚,大概是四五点钟吧。"

"擅自打的吗?"秀之严肃地继续追问。

"嗯……"

"那当时打通了吗?"

"当然,刚巧当时这里没人,我就打了……能不能别说出去?平时我都是让区政府那边打给我……"

"果然是礼物。"久子快马加鞭地回来了,不知道她有没有听到刚刚的对话。她将手上的快递包裹放在餐桌上,看起来不大,但似乎挺重的。

察觉到几人慌张的样子,理看向这边。不过他并没有挂断电话参与查看礼物。

"跟之前的一样。"

看了一眼快递单,秀之叹了口气。寄件人是片仓瑞穗,收件人是片仓史织,地址就是这栋别墅。

"打开看看吧。"慧子催促久子。

久子一丝不苟地揭下胶带,尽量不破坏包装纸,慢慢打开包装。

是用来放果酱一类的空瓶子。旋拧式的盖子上面印着物美价廉一类的宣传语。瓶身很大,瓶子里面是沙子,看起来像是从某处的沙滩上装来的,装了满满一瓶。

把瓶子放在桌子中央，久子眨着小眼睛说："我就说怎么那么重。"

"留言卡呢？上面写东西了吗？"慧子焦急地问。

跟之前同一种类的卡片就在包装纸里。

"这次有留言。"秀之打开卡片，递给慧子。

"第五个礼物。这次的礼物不是瓶子，而是沙子。"接过卡片，慧子把上面的内容读了出来。背面跟之前一样，洁白一片。

秀之思考了一会儿说："看来是怕我们搞错，特意提醒了一下，没有其他留言。"

"嗯，毕竟不能直接寄沙子，所以才放在瓶子里的吧。"

"不过，从这一点上我搞清楚了两件事……"

"别说了。"

秀之正准备针对这次的礼物陈述意见时，牧本发出呻吟般的声音阻止道。他一脸痛苦，好像承受着难以忍受的折磨。

"牧本先生……"

"我明白有讨论的必要，但不要在我面前讨论。"

牧本折纸的手用力按在桌子上。好几个折好的雪花都被压变形了。

"我们出去说吧。"慧子感觉那些折纸发出了悲鸣，招呼着秀之。

秀之瞥了一眼还在打电话的理，感觉他一时半会儿不会挂，随即点了点头从座位上站起来。慧子端着两杯咖啡，秀之手拿贴着快递单的包装纸、装着沙子的瓶子和留言卡。堀没动。久子大概还必须留下干活，没有一起跟来。理则继续打着电话。

刚在客厅坐下，秀之就发起了讨论。

"刚刚我说从留言卡上的话搞清楚了两件事，对吧？"

"嗯。"

"首先，这个礼物是个谜语，寄礼物的人希望有人能解开。目的不是为了用毫无意义的礼物扰乱搜查或者酝酿出恐怖气氛吓人，单纯地就是想传递一个信息。"

慧子点点头。"嗯，否则没必要专门写上是沙子不是瓶子。"

"没错。送这个礼物的人担心要是把瓶子和沙子搞错就麻烦了，才做了这样的补充。放在瓶子里没有特别意义，但沙子本身有意义。迄今为止送来的这些东西果然有共同点。"

"鲜花，水晶，枕头，音叉，然后是这次的沙子。它们有什么共同点呢？"

秀之皱着眉头摇了摇头。"不知道。音叉寄到的时候我想了很久，什么都没想出来。"

"现在有五个了，按理说应该能想出来了。"慧子边叹气边嘟哝着。

"太难了。"秀之表示同意。

"是不是应该更具体地去分析？例如花束里都有什么名字的花，水晶是什么形状的……"

"我觉得不是。"秀之轻轻摇了摇头，马上否定了这个思路，但他自己也没什么自信，"刚刚我说，看到这次的留言卡，搞清楚了两件事，另外一件就是沙子这个词本身很重要。不是沙子从哪儿来的，或装沙子的容器那些，需要的只是沙子这个词。"

"是吗？"慧子歪着头，感觉不能接受这个说法。

"留言卡上的内容给我的感觉就是这样的，也可能不对。"

"就算的确是这样，可之前那几样礼物的留言卡上都没写字，要怎么解释呢？"说着，慧子把写着礼物名字的笔记拿给秀之看。她感觉这样比只是在脑子里思考更容易打通思路。

"鲜花、水晶、枕头、音叉、沙子。这些词的共同点……例如，都是生物，都是金属，有同样的形状，曾被用来做电车的名字，晚上会用到的东西，跟乐器有关的东西，跟天气有关的词一类的。"

看着这些词，秀之把能想到的共同点都说出来，一个一个排除。他大概是觉得，通过不断联想，说着说着也许就能找到正确答案了。

"同一个词可以放在这些词的前面或后面，或者都在同一句话里。"慧子也学着秀之的做法，这样比在脑子里想更有效果。

"在同一部小说中出现过，或者是一首歌里。"

"别写出汉字，都换成平假名或许能看出些什么。"

除了平假名，他们把片假名也写了下来，可横看竖看都想不到其他文字。跟开口音闭口音也没有关系，当然也不可能是词语接龙。两人尝试着各种各样的可能性，慧子死死盯着这些文字，都有些头昏眼花了。

"换成平假名，只发现了每个单词里都有带闭曲线的假名。"过了很久，秀之苦笑道。

"可是光知道这个没用啊。完全搞不懂对方到底想告诉我们什么，想让我们做什么。"

秀之也非常清楚这一点。"太难了。要是真想传递些什么，应该用一个更简单的方法。"

"是啊，没必要搞得这么复杂……"说着，慧子突然发现一个之前被自己忽略的重要信息。脑子里光想着找共同点，甚至都没有产生疑问。

秀之似乎也很快察觉到了慧子想到的事，满脸困惑地重重吐了口气，整个人靠在沙发上说："的确很奇怪。"

"寄件人为什么要做这么麻烦的事？为什么一定要用这种拐弯抹角的方法？"

"嗯……"

"如果要传递信息给我们，直接说不就好了吗？"

"有可能是为了瞒过某人，直接说出来所有人就都知道了。"

慧子不接受这个解释。"可是，字谜也是大家一起在思考啊，解开谜题之后也会通知所有人。"

"或许相反。采取这种方法是为了只告诉一个人。表面上大家都猜不出来，其实已经有人知道答案了。"

慧子不想承认这个想法，摇了摇头。"这么说的话，我们想破头都不会想到答案。相当于能看懂的人手上有特殊情报，有暗号才能进行解读。"

秀之的声音听起来冷冰冰的。"或许吧。"

不知是不是因为思索太辛苦，没什么精力了，慧子连反驳的想法都没有。她慢慢靠上沙发，眼睛看向窗外，不是在看外面的风景，只是在发呆。

春季的天气真是多变，昨天还狂风暴雨的，今天就变成了大晴天。来这边之前，听伊豆地区一周的天气预报里说，会一直是这样的好天气，结果一点也不准。抵达别墅的三十号，四月一号到三号都下着大雨。连阳光都像是被雨水冲刷过，柔和耀眼的光芒宣告春天的到来。

将视线从阳光房收回来看向客厅，最先映入眼帘的果然还是史织的肖像画——获得安冈奖的结花的作品。初音也提过，感觉跟以前看到的印象有细小的差异。也许是光线强弱的问题，慧子也觉得的确是有哪里不太对劲。

史织从里面走出来又回去了，所以肖像画发生了微妙的变化。初音的这句话或许并不是毫无道理。慧子不禁想。史织画的画接二连三地出现,如果斜坡上的车辙印真的是史织的轮椅留下的,那么就算有人能在这幅画与现实世界之间穿梭也不奇怪吧。如果是留下多幅好像异次元入口作品的史织……

"想什么想得出神?"

眼睛因突然传到耳中的声音重新聚焦,出现在眼前的是面带笑容的理的脸庞。他神清气爽的样子让人联想到温暖的南风,对慧子来说有些耀眼。

"没什么。"慧子收回不自觉想要绽放笑容的嘴角,故意用冷淡的语气说道。总感觉如果把没必要的事说出来,受到那个笑容的引诱,自己也会报以微笑。

理坐到慧子对面,开门见山地说:"打听到警方的调查进度了。"

秀之问:"是从大槻警部那里打听到的吗?"

"嗯。巧的是大槻警部跟这个案子的负责人河本警部很熟,所以听说了很多按照规定就算是联合调查也不能说的情报。很幸运,昨天一整天警方的调查进度我都已经掌握了。"

慧子很好奇,住在关西的理为什么会认识警视厅的警部。不过眼下她还是更想知道调查进度。

理清了清嗓子。"首先是验尸结果,初音的死因不是勒死。耳朵里有长针刺入的痕迹,那才是真正的死因。"

"也就是人死之后才勒的脖子,是吗?"慧子确认道。

"嗯。不过从淤血的情况来看,基本上没有时间差。"

"为什么要扎耳朵呢?"秀之歪着头插嘴道。

"初音小姐是音乐家,所以警方猜测凶手是不是因妒生恨。"

"哦——因为是音乐家,所以扎耳朵。那眼睛和嘴完好无损咯?"秀之用完全不支持这个意见的讽刺口吻说道。

"我想是的,如果有什么特殊情况报告上应该会写。例如一只眼睛是义眼,嘴里有什么残留一类的。"理也用讽刺的口吻还击他。

秀之完全无法接受。"我还是对扎耳朵的理由抱有疑问。"

"跟挂铃铛一样,是原因不明的举动之一。"关于用针刺耳朵这个举动,慧子提议暂时不去深究。

"推定死亡时间是四月一日的下午六点前后,正是结花小姐和垣尾先生发现尸体的时间。胃里几乎没有东西。初音小姐从早上就没吃过东西。还有,在尸体背后发现了很久以前的烫伤伤疤。"

"有妊娠迹象吗?"秀之插嘴提出疑问。

"我问过了,说没有。"

"我比较在意指纹。"慧子迫不及待地说,"用来挂铃铛的油灰上应该留下了指纹,通过比对就知道现场的装饰是谁做的了吧?"

理重重点头表示同意。"不知道是不是在浴室里找到的,不过的确采集到几枚指纹。除了有可能是久子太太在打扫时留下的、猜测是垣尾先生留下但尚未确定的指纹之外,在浴室门里面的把手上也采集到了指纹,跟尸体一致,也就是初音小姐的。最后在从天花板上吊下来的铃铛和用来挂铃铛的油灰上采集到了属于弥冬小姐的指纹。"

"弥冬小姐?为什么弥冬小姐会出现在那里?"慧子不禁喊出了声。

"还有,浴室的排水沟里装着网眼孔径非常小的网,在那里找到了猜测是弥冬小姐的毛发。"

"一根毛发就能查出是谁吗?"

理摇了摇头。"不能,只是血型、性别、年龄、营养状况、生活环境等信息基本都吻合而已,但酷似掉落在弥冬小姐房间里的毛发。已经验过,那不是初音小姐的,所以基本可以肯定就是弥冬小姐的毛发。"

"那天早晨发现出音的尸体后,久子太太马上打扫了浴室,应该打扫得很仔细。在那之前留下的毛发也好指纹也好,肯定都被清理掉了。"

理点了点头,支持慧子的说法。"也就是说,弥冬小姐在久子太太打扫完浴室之后,进过初音小姐房间里的浴室。"

"对。而且既然铃铛和用来挂铃铛的油灰上都留下了弥冬小姐的指纹,在这样的事实面前也不得不断定挂铃铛的人就是她了。"

围绕初音被杀的讨论就要达成一致的时候,客厅的门开了,久子探出头来。她用胖嘟嘟的手抱着快递包裹,应该是刚刚送到的吧。虽然感受到几人之间热烈的气氛有些不知所措,但她还是一字一句地说出了来这个房间的目的。

"第六个礼物送来了。"

抬头看钟,指针指向两点。突然觉得有点奇怪,仔细一看,原来那是史织肖像画里的黑色大古董钟。

☆　☆　☆

第六个礼物是玩具鸽子。塑料材质,里面还是空心的,非常简陋。

理连看都没看快递单和留言卡,大概是觉得肯定跟之前的一样,直接说:"果然,沙子被送来的时候我就觉得答案只有一个。"

秀之还是有些担心,仔细确认了一遍,完全一样,没有找到任何跟寄件人有关的线索。

久子把包裹交出去之后就一直站在客厅门口。礼物让原本就很独特的气氛变得更加诡异,把她吓得不知如何是好了。

理把鸽子放在玻璃桌面上,微微眯着眼说:"肯定是那个房间。除此之外我想不到别的答案。"

"那个房间?是史织小姐的房间吗?"慧子用不安的眼神看着理的脸。那个房间肯定有什么秘密,末男必定有所隐瞒。

"对。打完电话之后,我把其他地方粗略地查看了一遍,只剩下史织小姐的房间没调查了。"

秀之不是很理解理话里的意思。他都查看了什么?瞒着末男查看了壁炉吗?而且秀之到现在都没想明白,理所说的沙子送到的时候就猜到的礼物的含义是什么。

理慢慢地从沙发上站起来,问久子:"久子太太,您知道末男先生在哪儿吗?"

"他早晨出去购物,这会儿应该回来了。"

"那就是在房间了。"说着,理扭头看向慧子,似乎是在邀请她一同前往管理员夫妇的房间。

"可是……末男先生会给我们开门吗?"慧子嘴上虽然提出这样的疑问,身体已经准备要站起来了。

"没问题,他会的。"就像是为了驱散慧子的不安,理自信地说道。

接着,三人把所有礼物都交给久子保管,一起朝位于地下一层的管理员夫妇的房间走去。

下了楼梯，右手边有个窗户，外面就是焚烧炉的烟囱。那里应该已经打扫过了，但还是会使人陷入错觉，好像里面依然散发着恶心的臭味，正顺着窗户缝往里钻。

理回过头，指着史织的房间，用沉闷的声音说："反正警方拿到搜查令之后也会来搜查这个房间。"

"为了寻找弥冬小姐。"

"对。"

"我觉得她不在那个房间里。"

"排除可能性是警察的工作。"

理话音刚落，他们准备去的房间的门突然开了。短发男人的身影从门后慢慢显现。

末男很快注意到了三人。他默默立在原地，那张不懂得变通、会让人联想到固执已见的老一辈手艺人的脸面向这边。他没有关门，干瘦的身体靠在柱子上，直勾勾地盯着理的脸，目光可怕而锐利，更像是在瞪人。

理用温柔的眼神接住对方严厉的视线，平静地说："史织小姐不是凶手。"

他依然严肃地抿着嘴，没有回话的意思。用力挤到中间的眉毛在述说着这个人有多么顽固。

"经过再次确认，史织小姐的确不在人世了。体表损伤严重，难以辨别身份，但通过指纹和矫正牙齿时留下的牙印可以确定，当年死去的就是史织小姐。"

"真的吗？"慧子几乎是在大叫。

如果史织的确死了，好几件事情都变得无法解释。为什么每次看到结花画的肖像画感觉都会不同？斜坡处两次轮椅的车辙印究竟是谁留下的？以及替换掉初音和弥冬的肖像画的画，那不是史织画的吗？

理始终跟末男对视，没有看慧子的方向。

"我知道你在保护史织小姐，但目前的技术还无法复活死者。莫非你真的相信史织小姐能从那幅画里走出来，在别墅里徘徊吗？"

末男眼神中的锐利似乎减弱了几分。他挺直靠在柱子上的身体，用自己双腿的力量站在那里。

温柔的眼神变成冰冷的目光，理继续说："用不了多久，警方就会拿着搜查令对整栋别墅进行搜查。为了搜查充满你回忆的房间，肯定会强行拆封吧。"

"果然……"那紧闭的双唇终于张开，掉出一个词。末男并不想说话，只是下意识地发出了声音。

"死去的史织小姐什么都没做。你只是被凶手利用了。"说完这句话，理便闭上嘴不再言语，用温柔的视线看着末男。

当两个人都只是看着对方不说话的时候，吸尘器低沉的声音从上面传来。看来久子收拾完餐桌，开始打扫一层了。她摇晃着肥胖的身体，在吸尘器的引擎声中唱歌的样子浮现在眼前。虽然是杯水车薪，但如此日常的联想的确稍稍缓解了被牵扯进杀人案而心慌意乱的秀之的心情。

"好吧。"

末男终于松口，背着手关上身后的门。他先是默默朝库房走去，取出放着木工工具、看起来很是沉重的箱子，又折返回来。

"拜托了。"理鞠了一躬后，身体往楼梯这边挪了挪。解封的工作还是交给末男一个人比较快。

秀之也从仓库前面走到楼梯这边。

慧子特意站到理身边,用只有他们三个人能听见的声音说:"多根井君,你的性格很糟糕啊,居然说出那种话。"

理露出"现在才发现吗"的表情,厚着脸皮说:"我是故意让性格变得这么糟糕的,因为其他条件实在是太优秀了。"

本以为慧子会很无语,没想到她笑着轻轻拍了理几下:"说正事,史织小姐的死真的已经确认过了吗?"

"当然,指纹和牙印都对照过了,肯定不会错。"

"我只是打个比方,有没有类似史织小姐视力很好,尸体却戴着隐形眼镜一类的矛盾?"

"没有。如果有,验尸报告上肯定会写,一目了然。"

慧子也在担心会留下什么用史织的死解释不了的事实吧,一而再再而三地向理提问。

末男开始撬门上的木头和板子,声音很大。为了不打搅他,三人并排坐在楼梯上。

"对了,理,那些礼物到底是什么意思?"看到慧子的连续攻击结束,秀之有些不好意思地小声问理。由于声音太小,险些被嘎吱嘎吱的声音盖住。

"先想最后一个比较容易。阿富,说到鸽子你会想到什么?"

秀之反射性地答出了自己第一个想到的东西:"豆子。"

"还有呢?"

"和平的象征一类的。"

"嗯。"

"还有童谣小鸽子。"

理笑着点点头。"按照这个思路继续想。"

秀之把想到的都说了出来。"我想想啊。说到鸽子,鸽胸啦,鸽子钟啦,薏米,鸽笛,嗯——金属扣眼一类的。然后就是山鸠、斑鸠、信鸽……"

"正确答案就在这里面。"

"我刚才说的这些里吗?"秀之难以置信地反问。

"嗯,把刚刚说过的词跟沙子组合在一起。找出候选答案后,再跟音叉、枕头、水晶和鲜花组合就行了。"

豆子和沙子,和平的象征和沙子,秀之开始一个一个试。板子被撬下来时发出的咯吱咯吱的声音也不会影响这项作业,因为真的很简单。

"已经知道答案了吧?"秀之找到答案抬起头时,理看着他亲切地问。

"嗯……是时钟。"

"对,正确答案就是时钟。"理点头肯定。"鲜花钟,沙漏,鸽子钟这些就不用说了。水晶钟,也就是石英表,利用石英振子发出的稳定频率带动传动轮的时钟。音叉钟也是一样,利用音叉的固有振动频率原理的时钟。枕头时钟说的就是放在枕边的时钟,也就是闹钟。"

慧子刚想说话,感觉有人从楼梯上下来。是久子,大概是听到拆卸的声音,下来看看。

末男正在拆最后一根最粗的木材。看到这副光景的久子说了句"哎呀呀",扶着楼梯扶手立在原地。

"你在看到沙子的时候就想到答案了,为什么不告诉我们。"

看到慧子假装生气的样子,理只是笑了笑,没说话。

"然后你就查看了别墅里所有的时钟。"

"对。末男先生只说不准搜查壁炉,却没说不能查看时钟。"

理话音刚落,突然传来一声巨响,连楼梯都跟着晃了晃。史织房间门上钉着的木头和板子全都拆下来了。

"而寄来奇怪礼物的主人想让我们调查的东西应该就藏在这个房间的时钟里。"

理从楼梯上站起身,回到史织房门前。末男慢慢推开已经解封的门。

下个瞬间,跟打开焚烧炉时相似的恶臭猛烈地袭击了秀之的鼻子。是燃烧动物蛋白质时会散发出的那种令人作呕的臭味。慧子就像发现烧死的猫的尸体时那样,用袖子掩着口鼻,蹲在地上。唯独末男像闻不见臭味似的神色可怖地一动不动。

房间里窗帘紧闭,光线昏暗,不能立即看清里面的情况。隐约能看到有什么掉在地板上。说掉不太准确,白色的小纸片似的东西把地板盖得严严实实,一点缝隙都没有,宛如一块地毯。

等眼睛习惯了才看到右手边放着轮椅。手动的,非常普通的型号。然后是位于正面的大壁炉,里面躺着一个被烤焦的黑黢黢的东西,不用上前确认就知道,臭味肯定是从那里飘出来的。

"不开灯吗?"或许已经习惯了臭味,理把手从脸上拿开。

"应该还能用吧。"久子咳嗽着走到门口,按下开关。

荧光灯先是闪了几次,最后终于稳定下来照亮了整个房间。

躺在壁炉里的毫无疑问是人类的尸体。在猜测是嘴的位置有一根长针直冲壁炉烟囱的方向,邪恶地立在那里。不知这根针会不会就是用来杀害初音、还没有被发现的凶器。显然,呛得人喘不过气来的恶臭绝对是眼前这具焦黑的尸体散发出来的。

"进去看看吧。"理又把手放在口鼻处,转过头对秀之说。

慧子轻轻摇了摇头,选择跟久子一起去报警。

"这是什么?"进入房间之前,秀之把目光投向铺在地上的那些小纸片,单膝跪地拿起一个仔细观察。

"是折纸。"理从上面探下头来,含混不清地说。

"是雪花吗?"秀之不只看着手里的,把地上的都看了一遍。折好的白色纸片单形状就有好几种,但无一不是六角形的雪花。

"房间里积雪了。"理说完,环视四周。正如他所说,地板被各种各样的雪花折纸盖得严严实实。

"为什么……"产生疑问的秀之抬起头,在折纸上发现了看起来像是足迹的印记。大小和形状都不是很清晰,勉强能看出是鞋印的痕迹从轮椅延伸到壁炉旁。

理避开足迹,靠近暖炉。末男跟在后面。寂静的房间里只听得到踩踏折纸的声音。理探着头看了看尸体,皱起眉摇了摇头,好像闻到了更臭的味道。

"是弥冬小姐。"末男用低沉甚至有些毛骨悚然的声音嘟囔了一句。

"能看出来吗?"秀之代替咳嗽的理提出质疑。

壁炉里的尸体烧得很彻底,从外表根本无法辨别出是谁。

末男用力抿着嘴,用手指着自己视线的另一端。顺着手指的方向看去,一端被染成红黑色的苍白物体随意滚落在那里。

"是……拇指吗?"

跟杀猫时一样。凶手为了让人辨别已经被烧焦的尸体的身份,砍掉一根手指丢在旁边没有烧。拇指的指甲跟正常的不同,缺了一半。没想到确认弥冬身上是否有这样的特征会变得如此困难。

"肯定没错。"

末男是看着弥冬长大的,他的证言有足够的说服力。因为他少言寡语,说出的每一句话都很有威信。

就在这时，传来了下楼梯的声音。肯定是慧子和久子打完电话回来了。

"可是，尸体是从哪里搬进来的呢？"

理转过身背对壁炉，环视了一圈房间。除了刚刚进来的门和拉着窗帘的窗户，没找到可以进入房间的出入口。理试了试窗户能不能打开，果然从里面上了锁。而且窗框彻底锈住，轻轻摇的话连动都不会动。

末男不理会理，默默地朝着放轮椅的地方走去。秀之避开足迹，跟了上去。

理也来到近前，仔细观察轮椅后说："这台轮椅有使用过的痕迹，看，泛着油光呢。"

从车轮里夹着小石子，以及折纸上还留下了轻微的车辙印来看，最近肯定有人用过轮椅。只是，之前说这部轮椅是史织的，可眼前的轮椅并没有那么旧，是为了用着方便买了新的吗？

"这个车轮的痕迹也很奇怪。这下不是成了从镜子里出来的了吗？"

门旁边的墙是一整块穿衣镜。雪花折线上的车辙印就像被吸进了镜子里似的消失了。不光是肖像画，这块穿衣镜也变成进入异次元的入口了吗？即便在得知了史织确实已经不在人世这个消息之后，秀之还是有些犹豫，不知道该不该相信。

"怎么可能。"慧子在门口往里探头插嘴道。她依然用袖子捂着鼻子，有些呼吸困难的样子。

"对，不可能。所以，不如想得简单一点，这里就是有一条通道。我说得对吧，末男先生？"

理抬起头，末男默默按了下镜子的边缘。穿衣镜一点声音都没有发出，像门一样朝内打开了。应该是位于楼梯下方的空间吧。仔细看,这个秘密入口做得并不是很精致,就连不懂建筑的秀之也能找到好几处蛛丝马迹。

"瑞穗女士来了之后,史织小姐几乎闭门不出,就像是被软禁在这里似的,他觉得史织小姐实在太可怜,才打造了这条秘密通道。"久子代替什么都不肯说的末男说明了原委。提起瑞穗名字的时候,久子的表情和声音都变得很冰冷。

"所有人都知道这条通道的存在吗?"慧子边咳边问久子。

"除了我们夫妇二人和史织小姐,其他人应该不知道。房间里的入口虽然比较简陋,但楼梯那边的掩饰做得很精巧,轻易发现不了。"

秀之走出房间,从旁边观察楼梯。开关门的位置应该有切痕,但因为上面贴了好几块薄板子,根本看不出来。平时灯光会更昏暗一些,就更看不清了。只有这方面的专家认真来找才能发现,堪称完美的秘密出入口。

"发现有人使用过这条通道,你才会认为史织小姐是凶手,我说得对吧,末男先生?"

末男刚刚用眼神回答了理的问题,外面就响起了警笛声。警察这么快就到了。看来在报警之前,理就打算来这里搜查了。

久子摇晃着肥胖的身体,走上通往一层的楼梯。理也走出了史织的房间。

慧子呼吸困难地说:"上去吧。"她真的不想在这里待太久。

为了完成当初来史织房间的目的,理对着正准备离开房间的末男说:"嗯,不过我还有最后一个问题。末男先生,这个房间没有时钟吗?"

在没有任何装饰的室内,理没有发现时钟。

"没有。"冷漠地说完这句话,末男头也不回地走出了房间。

"没有?"重复了一遍末男的话,理皱着眉头露出费解的表情,眉头比闻到尸体烧焦的臭味时皱得还要紧。

"到了上面再想吧。"秀之说着,拍了拍理的肩膀。

理似乎根本没注意到有人拍自己,始终紧皱眉头立在原地。

第七章　杀猫的意义

慧子在理之后被叫进房间，没有第一次接受问话时那么紧张，或许是已经习惯跟警察打交道了。

此时夜幕已经降临，窗外的景色尽是黑影。树木的影子相互重叠，那阴冷的样子宛如被窗框剪裁下来的一幅风景画。因为白天是大晴天，餐厅里还残留着中午的温度。插在花瓶里的花依然鲜艳，充分沐浴阳光的香甜味道飘荡在房间里。

桌子对面相邻而坐的还是上次那两个人。等八木刑警说请坐之后，慧子坐在了面前的椅子上。

"是小野慧子小姐，对吧？"河本警部露出第一次问话时的笑容，用同样的开场白跟慧子打招呼。

八木刑警打开黑色笔记本，准备记笔记，动作还是那么生硬。

"我想问的第一个问题是发现尸体的经过。能请你尽量准确地说出当时的情况吗？"

河本警部的表情依然柔和。不过经过上次的问话，慧子知道，在那温柔假面之下还藏着锐利的眼神。

"好的。我们昨天晚上想到调查那个被封起来的房间，怀疑弥冬小姐是不是在那里被烧死的。"

"你所说的我们是指你、多根井君和富冈君吗？"

"对。"慧子点点头，"我们猜测壁炉里能找到弥冬小姐，这不是没有根据的。挂在会客厅的肖像画被换成了人在火里燃烧的画，而且我们还在焚烧炉里发现了猫的尸体，那只猫跟弥冬小姐同名，死状和画里的一模一样。"

"用多根井君的话说，就是预告，对吗？"

"是的。您或许觉得这样的想法不现实，可实际上初音小姐被杀害时也发生过同样的情况。楼梯平台处的肖像画被换成有人倒在挂着铃铛的浴室里的画，之后就在初音小姐房间的浴室里发现了被勒死的猫的尸体。"慧子中间没有换气，一口气说完了这些话。

河本警部来回抚摸着胡子浓郁的下巴说："原来如此。虽然无法马上相信，但我承认还是有一定说服力的。"

"我们不奢望警方会采纳这样的证词，也不认为警方会因为画被换和猫被杀这种小事而采取行动，所以才决定自己调查，拜托末男先生让我们看别墅里的壁炉。"

"他肯定拒绝了吧？"

慧子点点头。"是的，没有任何商量的余地。"

"我们也是一样。"河本警部轻轻点了点头，"初音小姐遇害时我们提出想要调查那个房间，但他给出的回答是，没有搜查令不能答应。我们不得不作罢。现在回想起来，他应该早就知道弥冬小姐的尸体在里面吧。"

"他以为是史织小姐干的，所以一直在极力隐瞒。"

对别墅内外都了如指掌的末男应该早就发现暖炉里的弥冬和焚烧炉里的迷东了吧。他不仅视而不见，还一直瞒着警方，都是因为觉得史织就是凶手。

"详细情况稍后我会问他本人。请继续。"河本警部透过眼镜片投来温柔的眼神,平静地催促道。

"好的。我们进入那个房间完全是出于另外一个理由,就是从派对那天傍晚开始先后收到了几样奇怪的礼物。"

"奇怪的礼物啊。"刚刚已经听理说过了吧,河本警部只是微微皱眉,没有表现出惊讶的样子。

"先后收到了鲜花、水晶、枕头、音叉、沙子和鸽子,好像是什么字谜。没人知道是谁出于怎样的目的寄来这些东西,但我们最终想到了答案,就是时钟。"

"亏你们能想到。不过,时钟里面什么都没有,对吗?"

河本警部的语气中带着一丝不易察觉的挖苦,让人感觉到了警察贯彻始终的做法,那就是破案不是纸上谈兵,而是靠双腿到处跑查出来的。

"是没找到。"

"我就知道。这种脱离现实的东西实在让人无法相信。是不是谁的恶作剧啊?"

"不清楚。"慧子只能摇摇头。

"我们会调查一下打印留言卡的文字处理机和电脑型号。还有打印机的型号,也会逐个排查快递公司,不过应该没什么希望。"

记笔记的八木刑警似乎也冷笑了一声。或许是因为长得比较帅,表情看起来更冷漠一些。

"你们为了调查时钟,拆掉了史织小姐房门上的木板,对吧?"河本警部问回正题。

"是的。是末男先生一个人拆的,多根井君、富冈君和我在楼梯那里看着。久子太太中途也下来了,没看到牧本先生和堀先生。"

之后，慧子把发现尸体后无法忍受气味，以报警为借口离开现场的经过说了一遍。等她再回来时就看到了那条秘密通道。

"这样啊，明白了。"

河本警部嘴上这么说，却皱着眉头露出不快的表情。他摘下眼镜，按着鼻梁陷入思考。身为初音遇害案重点调查对象的弥冬居然被烧死了，也难怪他会如此头痛。只是，还有一点让慧子无法接受。

"壁炉里的尸体已经确认是弥冬小姐了吗？"

似乎没有马上意识到慧子是在问自己，河本警部什么都没说。过了一会儿，看到慧子的眼神才反应过来，他重新戴上眼镜严肃地说："被切下的拇指的确是弥冬小姐的。除了外观特征相符，指纹比对结果也完全一致，所以可以肯定。"

"会不会只有拇指是弥冬小姐的？"

对于这个疑问，河本警部露出了惊讶的表情。"自然得跟壁炉里的尸体进行核对。尸体上残留了一些组织，能查到血型，而且最近有了更方便的鉴定手段，叫DNA鉴定，我们肯定会检测一下跟拇指是否一致。"

"也就是说，肯定能查清那是不是被烧焦的尸体的拇指，对吗？"

脸上带着怀疑和困惑点了点头之后，河本警部似乎突然明白了慧子的想法，无语地摇了摇头，叹气似的说："你该不会是在想，弥冬小姐切掉自己的拇指，然后把别人的尸体扔进壁炉里了吧。"

"我觉得不能排除这个可能性……"

"那也只是可能性的问题。现实中哪有人会切掉自己的手指啊。要是哪个凶手有那样的勇气，我倒真想见一见。"

听完对方充满挖苦意味的话，慧子沉默了。不要说继续提问的勇气，她感觉连脑子都不转了。

"就像我说的，那么做根本毫无意义。而且只要调查一下活体反应就能判断出手指是不是从尸体上切下来的。莫非那个勇气可嘉的凶手掌握着先让自己变成尸体，把手指切下来之后再复活的技术不成？"

为人敦厚的河本警部把话说到这个份上，慧子再无力反驳。而且既然能判断切下的手指是否属于烧焦的尸体，那就算凶手能把活生生切下来的手指伪装成是死后切下来的也没有意义了。

不过，如果弥冬不知道这件事呢？如果她对科学搜查知之甚少，连做梦都没想到烧焦的尸体还能验出血型呢……她就会认为，只要把自己的拇指留在现场，通过指纹和有特点的指甲警方就会误认为那具尸体就是她，根本就不知道警方可以拿手指跟烧焦的尸体做 DNA 鉴定，判断出那不是她的尸体……

过了一会儿，河本警部看慧子始终陷入沉思不说话，故意清了清嗓子说："我的语气有些重了。"

"没有……"

"实在有太多不现实的情况，搞得我有些焦躁。弥冬小姐是推理作家，犯下这样的罪行也不奇怪。"

慧子摇了摇头，说："推理小说作家即便有想法应该也不会去实施。而且，对照过尸体和拇指后就什么都清楚了。"

大概是河本警部的习惯，他又来回摸了摸胡子浓郁的下巴，之后问了几个问题，关于肖像画被换、猫被杀、史织房间里的装饰等都征询了慧子的意见。慧子也把猫被杀时听到叫声的事、客厅里的肖像画给人的感觉时不时会变的事等，迄今为止注意到的所有事一件不落地都说了出来。

"我明白了。"河本警部有些疲惫地叹了口气，点了点头，"最后一个问题。你曾两次看到斜坡上留下轮椅的车辙印，你认为那是房间里的轮椅留下的吗？例如车轮的宽度一类的，有不同的地方吗？"

慧子记得不是很清楚，所以没什么自信。"我想应该是的，但不敢肯定，连那是不是轮椅留下的都说不准。"

"我想也是。毕竟痕迹已经消失了。"

听到对方安慰的语气，慧子也安心不少。"史织小姐房间里的轮椅是新的吗？"

"好像是，稍后我们会调查是在哪里买的……"

说完这句话之后，慧子便从漫长的问话中解放了。排在她后面的不是秀之，河本警部让她出去之后把末男叫进去。

慧子带着突然涌现的疲惫回到客厅，看到理依然一脸费解地在那里沉思，眼睛直勾勾地盯着结花画的肖像画，让人难以接近。她通知末男去餐厅后，便无奈地坐到秀之旁边。

房间里的人员配置跟慧子接受问话之前一样，只是接受问话的人从理变成了末男。

牧本大概是努力想让自己冷静下来，不理会周围的人，专心致志地折纸。堀在得知弥冬被杀之后，态度再次发生巨变，频频痛斥搜查的疏忽和警察的无能。久子跟初音遇害接受调查那次一样，不知所措地站在门口。经过确认，结花的确不在房间里，不知是否安全，更没人知道她去了哪儿。

"你去了好长时间啊。"秀之身体前屈，脸看向这边，直接问了这么一句。大概是不想被房间里的刑警听到吧，声音压得很低。

"我问了问那具焦黑的尸体是不是弥冬小姐。"

慧子把跟河本警部的对话内容讲给秀之听。毕竟是经常看推理小说的人,秀之对于调换身份的诡计,包括各种衍生手段都非常了解,在法医学知识和科学搜查的顺序等方面都比普通人更熟悉。他马上理解了慧子的想法。

"前提是弥冬认为从烧焦的尸体上什么都查不到。"

"可是,弥冬小姐不可能连这么基本的事都不知道吧,她可是红得发紫的推理小说作家。"

听到秀之的反对意见,慧子悲伤地摇了摇头,说:"弥冬小姐不是推理小说作家,她剽窃了史织小姐的故事大纲。"

秀之不甘示弱地反驳:"所以弥冬小姐就更不可能是凶手了。把自己的手指丢在看不清脸的尸体旁边就能混淆身份,这样的主意也就只有那些不懂装懂的推理小说作家才想得出来。"

"你说得也有道理……那把手指切下来却没有一起烧掉,就是跟烧死猫的时候一样,为了让人能一眼认出烧焦的尸体是谁?"

听到对方征求自己的意见,秀之突然面露不安。"我是这么认为的。"

"可是,如果烧焦的尸体是弥冬小姐,弥冬小姐就不是杀害初音小姐的凶手了。那留在用来挂铃铛的油灰上的指纹又怎么解释?"

秀之学着外国人的样子两手一摊,夸张地耸了耸肩。"不知道。也有可能是弥冬小姐杀了初音小姐,然后又被什么人杀了。"

慧子不赞同这个意见。"从同样装饰了现场以及在耳朵和嘴里插了长针这两点来看,我认为应该是同一人所为。"

"我其实也赞成这个说法。"秀之叹气似的说道。无法理解的点实在是太多了，他还没有组织出没有矛盾的假说。

"这次地板上铺满了折纸。初音小姐的案子则是在天花板上挂铃铛。"慧子主动转移话题，说起了无法理解的其中一个问题。

"房间里就好像堆满了雪，雪花用了很多种折法。不过我都看过了，没看到牧本先生原创的那几种。"

就像每个结晶都有不同的形状，雪花的折法也有很多种。牧本先生曾经说过这句不知道什么时候已经抛在脑后的话。只是，那么多雪花折纸到底是怎么弄进去的，又是什么时候折的呢？

慧子也叹了口气。"真搞不懂。"

"是啊，不过我又去看了一遍那幅画，由于红色过于显眼之前没有注意到，里面其实还有白色。也就是说，很有可能是为了还原画中的场景做的装饰。"

慧子突然不寒而栗，反问："你的意思是，比拟杀人？"

秀之平静地说："有可能。"

"这么说的话，下一个被杀的就是结花小姐。走廊尽头的画已经被换掉了？"

"还没有。但如果明天早晨她还没回来，还是应该去找找吧？"

秀之话音刚落，末男不高兴地皱着眉回到了房间。他接受问话的时间非常短，短到甚至让人觉得他根本什么都没说。只见末男抽动着下巴，用动作示意秀之进去接受问话。态度已经不是冷漠，而是傲慢无礼了。

秀之毫不在意地向慧子点了点头，朝餐厅走去。瞥了理一眼，他依然费解地盯着肖像画沉思着什么。

☆　☆　☆

从浅眠中被摇醒的时候，理知道，之前困扰他的问题已经解决了。他自己也觉得很不可思议，但迄今为止这样的情况已经有过好几次了。

眼前的秀之已经收拾得干净利落，挺直腰杆一本正经地站在那里了。一大早就这么有精神真叫人羡慕。从敞着的门看过去，慧子正在做下楼的准备，应该是在等着理一起下去。窗外射进来的阳光在宣告着这是个神清气爽的早晨。

"醒了吗？"

秀之的声音听起来很舒服。不是那种触怒神经的令人不快的大喊大叫。如果强行把有起床气的理拽起来，他一整天心情都会很差。经常跟他同吃同住的秀之熟知这一点。

"早饭已经准备好了哦。"

虽然还没睡够，但如果必须起床的话，理想马上喝到一口咖啡——一杯热乎乎的特浓咖啡。他活动身体，朝向侧面，然后把脚放到地板上，从床上坐起来。光是这样呼吸就已经紊乱了，好恶心。暂时还回不了话。

"我们在外面等你。"

秀之让理赶紧洗脸换衣服，走出房间后把敞着的门关好。

好一会儿都站不起来，理脱掉睡衣的裤子，在脑中重新整理着答案。之前寻找的答案始终在眼前。

理坚信，奇妙礼物的含义就是时钟。所以肯定是漏了什么。他一直在寻找答案，最后是梦帮他找到了。那就是理一直盯着看的结花肖像画里的黑色大时钟。

那幅肖像画原本是挂在史织房间的，把房间封起来的时候就移到了客厅。结花把所有画都烧了，因为末男的反对仅留下了这一幅。从画的大小和华丽的画框来看，时钟那里有个隐藏的洞也不奇怪。打造了秘密通道的末男受到史织的委托，做个那样的机关可以说是信手拈来。

在思考的过程中，身体也渐渐清醒，总算是能站起来了。换完衣服，洗脸刷牙。理想尽快下楼，既因为秀之他们还在外面等，更主要的原因是想验证自己的想法是否正确。

心情似乎比平时好，打开门，理对秀之轻轻挥手。今天应该可以说出自己的想法了。

"我们去看看结花小姐的画有没有被替换吧。"刚迈出步子，秀之便提议道。看来是在等待期间就跟慧子商量好了。

他们很担心昨天起就失踪的结花的安危。她的猫也不见了，有可能跟弥冬一样已经遇害。肖像画可以作为如此推测的根据，这的确很重要。只是，现在理有一件事必须尽快调查。

"不……"

听到理回应，秀之似乎很吃惊。四下张望，好像说话的人不是理似的。

理看着描绘初音被杀现场的画，走下楼梯。他已经想不起来之前挂在那里的肖像画是什么样子了。

"你们觉得，之前挂在这里的那幅画现在怎么样了？"慧子走到楼梯平台停下脚步，慢慢悠悠地问道。

理只是歪了歪头，迅速走下楼梯。

"你是想问，换画的人把画藏去哪儿了吗？"秀之礼貌地回应慧子的疑问。

理则头也不回地走进客厅。

早晨的阳光洒在整间屋子里，连照射房间深处的光束都是那么耀眼。阳光房的窗户开着一条缝，温和的春风顺着缝隙缓缓流入，带着树木香气的微风沁人心脾。末男站在能吹到风的地方，冷漠的表情稍稍缓和了一些，正把已经枯萎的花从花瓶里拿出来丢掉。

理就默默地站在那里，看他工作看了好一会儿。末男那与平时不同的表情似乎是在说，只有花不会背叛自己。

"哎呀，多根井君，早饭准备好了哦。"久子从对面的门探出头说道。

与此同时，秀之和慧子从理身后的门走了进来。

"请说出时钟的机关。"对着不受任何人影响默默做事的末男的后背，理终于说话了。不用多说其他，末男应该明白理指的是什么。

"时钟……"

慧子嘟囔的时候，末男停下手里的工作，慢慢转过身来。对花露出的怜爱表情消失，又回到了那张有着锐利目光，看起来意志坚定，表情严肃的面孔。

"请说出时钟的机关。"理又重复了一遍。经验告诉理，跟沉默寡言的人说话时改变说话方式，自己就会无话可说。

"你发现了吗？"生硬地说完这句话，末男不再管那些花，朝着理的方向靠近。他指着史织画的画，站到大肖像画面前。得知史织的确已死，拆掉房门上的木板后，他已经确信史织绝对不是凶手了吧。否则不可能这么爽快地把机关说出来。

久子也走进房间，站到画面前。秀之和慧子自然也围了过来。

末男握住有着复杂花纹的画框，上下轻微晃动。即便是在这么近的距离也完全看不出控制杆在哪里。只见画中大时钟的一部分缓缓往外凸起，渐渐出现一个空间。整幅画的色调都比较昏暗，再加上颜料本身的厚度，以至于一直都没发现上面还有缝隙。

"果然是这座时钟。"

画中的时钟原本就很大，单封盖部分就有两米高。而且切痕绝对不是直线，配合着画中的线条有着微妙的变化。那是一个很窄的纵向的洞。加上画框的厚度，肖像画后面的空间里可以放很多东西。

慧子聪明的眼睛闪闪发光，说："这就是画的印象偶尔会变的原因吧。"

"对啊。"秀之拍了一下手，表示赞叹。

"这个封盖完全关闭的时候和微妙错位的时候，阴影会有细微的变化。所以看起来才会不太一样。"

"我之前就觉得是不是光线的问题。同样的画在阳光和人工照明下看又不一样了。"

听了慧子的说明，秀之认真地点了点头。

"而且跟看画人的心理也有关系。"理补充道。

"心理？"

"嗯。一旦感觉变成了另外一幅画，就会一直那么认为。而且有的时候看起来的确不太一样，就会觉得每次看都有变化了。"

慧子点点头。"初音小姐深信史织小姐会从这幅画里走出来，所以看的明明是同样的一幅画，在她眼中就变得不一样了。"

"是啊。我们看看里面吧。"

肖像画给人的印象会变这个话题告一段落，理近前一步窥探隐藏门的内部。虽然有封盖挡着，但明亮的朝阳把里面的东西照得很清楚。

"是画。"

肖像画和画框中间的这个秘密墙洞里有两幅小尺寸的画。还有两个已经发黄的信封，感觉一碰就会碎成渣似的。

理伸手取出画和信封的同时，问末男："您之前知道这里面放的是什么吗？"

"不知道。"

代替简短回答后就再也不打算说话的末男，久子插嘴道："他这个人就是这样，史织小姐让他做什么他就做什么，绝对不会看里面放着什么东西，连偷看的想法都不会有。所以里面的东西肯定是史织小姐藏的。"

"恐怕不是。"

为了看清楚，理把两幅画摆在一起，摇了摇头。就是之前挂在楼梯平台和玄关前门厅的那两幅肖像画。史织画的肖像画。

"原来藏在这里啊。"慧子叹气似的说。

把画换掉的凶手原本想处理掉这两幅碍事的肖像画吧。肯定觉得放在这里最不容易被发现，很安全。就算被发现也跟藏在自己的房间里不一样，不会把嫌疑引到自己身上。

"画藏在画里。"秀之看着理说。

理比较着两张画，缓缓开口道："反过来想，换上去的画最初是不是就放在这里？"

"史织小姐画的画吗？"两眼放光的慧子也看向这边，立体的五官给人知性与沉着的印象。

"嗯，应该是十六年前画的，一直沉睡在这个秘密墙洞里。所以才会出现连末男先生都不知道的史织小姐的画。"

"毕竟史织小姐不可能再活过来画画。"慧子抬头看着史织的肖像画，松了一口气。

"画下三姐妹被杀场景的史织小姐不可能把画放在画室。所以需要一个地方藏画,这才拜托末男先生准备了这个墙洞吧?"

"是这样吗?"理同意秀之的推论,询问末男。

末男用力抿着嘴没有作答。或许他并不知道史织为什么需要这样一个藏东西的地方。史织拜托他做什么他就做什么,根本不会去问理由。末男有着老手艺人的气质,又是史织的信徒,不难想象他会这样做。

"假设富冈君的推测是正确的,史织小姐画的画应该还有一幅,描绘结花小姐被杀场景的。"慧子把目光从大肖像画移到两张小肖像画上。

"会在哪里呢?"秀之左思右想。

"之前也藏在这里,或许被凶手拿走了,准备接下来替换。"理说出自己的推论,目光落在手里的信封上。里面好像装着几张写了东西的纸。

"信封里面装的什么?"

听到秀之问,理小心翼翼地从信封里取出一沓纸。由于时间太久,纸张已经泛黄了。

"是推理小说的大纲,史织小姐构思的详细情节。"

理忍着想要尖叫的心情,把大纲拿给秀之看。他跟把脸凑过来的秀之一起看起了大纲。

最上面这张应该是封面吧,上面写着标题——肖像画杀人事件。忍受着尘土味继续往后看,是像目录似的罗列着登场人物、事件梗概一类的词。初音、弥冬、结花都是受害者的名字。肯定是跟现实发生的凶杀案酷似的内容。

"那些奇怪的礼物就是为了引导我们找到这个吗?"

说着,理将粗略看了一遍的稿子小心翼翼地交给慧子。寄礼物的人肯定是想让人看到这个,才特意通过礼物暗示他们查看时钟。

"我们去找结花小姐。多根井君,你仔细看看稿子,也许会有发现。"

慧子看都没看,把稿子连同信封一起还给了理,动作快得感觉纸都要被她甩破了。这下众人可没心情踏踏实实坐下来吃早饭了。肖像画还没被换掉,也仍没发现猫的尸体,但慧子很担心结花是不是已经出事了。

"好。"理轻轻点了点头,决定拿着史织的稿子回自己房间。上楼之前还不忘拜托久子准备咖啡。

真实的舞台,真实的登场人物。就像史织十六年前创作的推理小说的情节中写的那样,已经接连发生了两起凶杀案。实在令人难以置信。谁能想到真实案件竟然与小说大纲中描绘的完全架空的情节几乎一致呢。

理坐在厚重的桌子前,小心翼翼地翻开那沓稿纸。他感到自己很兴奋,无法集中精神。他轻轻闭上眼睛,用力吸气再慢慢吐出去,重复了几次后,心跳终于恢复正常了。他睁开眼,喝了一口咖啡,开始专心致志地看起手头的大纲来。

☆ ☆ ☆

理刚上二楼,玄关的门铃就响了。秀之有种不祥的预感,死死盯着久子离开的那扇门。

进入客厅之前,秀之确认过走廊尽头的结花的肖像画,还是那幅被鲜花包围的画,没有任何变化。小猫节花的确不见了,也听不见它的叫声,但还没有发现它的尸体。倘若换画和杀猫真的是杀人预告,那结花应该还是安全的。尽管如此,秀之还是敏感地察觉到了某种邪恶的意图,感觉到了紧张的气氛。

"又是礼物。"摇晃着肥胖的身体,急急忙忙回来的久子抱着一个看起来很重的包裹对秀之说。

"还有礼物吗?"慧子的眼神中带着疑惑,伸手接包裹。

包裹不大却相当重,久子松手的时候险些掉到地上。

"有没有闻到一股怪味?"

突然闻到一股奇怪的腥臭味,秀之下意识后退了一步。就像是直接把鱼放进冰箱一段时间后,再打开冰箱时会闻到的味道,简直臭不可闻。

末男就像什么都没听见一样,背对着秀之他们默默做着自己的工作。三人把礼物放在玻璃桌面上,打开包装取出里面的东西。

"快递单跟之前的有些不同。寄件人、收件人地址、姓名都是一样的,也有指定时间,可是你们看受理日期,就是昨天。"

"也就是说,唯独这件礼物不是提前准备的吗?"臭味越来越浓,秀之扭过脸回应着慧子。

拆开好几层包装纸后,一个看起来很高级的木箱出现在众人眼前。

"上面有钉子。"

久子马上拿来撬棍和锤子,敏捷的动作跟肥胖的身体一点也不相称。

把撬棍放在木盖和箱子之间,用锤子敲了几下,腥臭味更浓了,是能让人联想到血腥画面的那种血和肉的臭味。里面的东西被报纸包着,看不到,但从箱子的缝隙里溢出的味道似乎预示着里面装的很可能是人体的一部分。

"事态恐怕很严重。"慧子小声嘟囔着,强烈的臭味让她皱起眉头。不过跟焚烧炉那次不同,还不至于要用袖子捂住鼻子。

久子拔掉所有钉子,就像打开棺材,慢慢将木盖移开。一部分报纸被血染成了暗红色。秀之忍着想吐的冲动,取出里面的东西。毫无疑问,那是两只人类的胳膊。

"报警吧。"久子说罢转身出去打电话。

跟之前的礼物不同,这已经不是恶作剧的级别了。就像是为了验证理推理得出的答案。

"这次是手表吗?"慧子说完这句话,不单单是脸,连声音都仿佛失去了色彩。

从肩膀位置砍断的胳膊白皙、纤细,应该是女人的。伤口上粘着血,肉露在外面,很是丑陋,除此之外连被蚊虫叮咬过的痕迹都没有,非常干净。仔细看,大概是为了明确寄来的是胳膊而不是手①,把手连同手腕一起砍掉了。上面没什么血,有可能是死后砍下来的。

"有留言卡。"

秀之把掉在箱底、跟之前一样的卡片捡起来,拿到慧子也能看到的位置打开,上面写着不同的内容。

"最后的礼物。相信你已经找到答案了吧?正确答案就是时钟。去调查一下肖像画里画着的黑色大时钟,肯定能发现有意思的东西。"

慧子不带任何感情地读上面的内容时,久子刚好回到房间,她大概也听到了,表示佩服地点了点头。

"这么看来,多根井先生是对的。"

慧子却一脸悲观地说:"嗯,但已经晚了。胳膊肯定是结花

①手表的日文是"腕時計","腕"是胳膊的意思。

167

小姐的。"

"可是，肖像画还没被换掉啊。"秀之怀着一丝希望反驳道。

久子的一句话连这小小的希望也打破了。"关于这件事，那幅画虽然很像，但我感觉并不是同一幅。"

"不是同一幅？"秀之反问。

"嗯。在胳膊送来之前我也没发现，看到胳膊后，我有些担心就去看了一下，好像不是同一幅了……"

"去看看。"

久子的话还没说完，秀之便起身走出了客厅。之前根本没料到，结花的肖像画居然会在他们调查秘密墙洞的时候被换掉。当时客厅里有人，也进出过餐厅，在这样的状况下拿着画移动未免太危险了。谁能想到，制订出如此缜密的计划并实施的凶手居然会做这么冒险的事。

"这不是同一幅画吗？"站在走廊的拐角处，慧子微微歪着头说。

进入客厅之前，秀之也从这个位置眺望过结花的肖像画。

"请走近一点看。灯光比较暗，看得不是很清楚，手上都是血，眼睛上插着像是针的东西。"

由于画中的结花被大量鲜花包围，红色没那么明显，但仔细一看，正如久子所说。细细观察姿势还会发现，画里的人不是站着的，更像是躺在那里。

秀之对自己感到无语，叹着气说："也就是说，画早就被换了，只是一直没发现吗？"

"没发现的不只是你。"慧子摇了两三下头，视线停在脚下，自责地用力咬着嘴唇。

"总而言之，警察马上就到，还是交给他们吧。"久子温柔地安慰着二人。

秀之却并不赞成这个提议。"既然画已经被换了,猫应该也已经被杀。我们去找找吧。"

"嗯,至少要找到猫的尸体……"

话音未落,楼梯上传来有人下楼的声音。从匆忙的脚步声判断,肯定是理。

秀之转过身,迅速回到客厅。慧子和久子也紧随其后。

秀之对在房间里四下张望的理说:"画已经被换了,理。"

"太好了,你们还在。"

"最后的礼物送来了,已经没有时间调查了。"

秀之把理上楼之后发生的事简单叙述了一遍,把礼物和留言卡拿给他看。理只是默默听着,表情很是奇怪。

"我们正打算去找小猫节花。大纲里有没有提到地点?"

"我下来就是通知你们的,我想,结花小姐的尸体多半在池塘边。"理直截了当地回答了慧子的问题。

"附近有池塘吗?"慧子急忙问久子。

"有的。"

"在哪儿?"

"在哪儿……"久子有些不知道怎么回答。

"去了就知道了,是吗?"

"嗯……"面对接二连三的问题,久子有些吃不消了。同时发生了太多事,她有些混乱,捏着围裙的一角,眼睛左右乱动。看样子,不仅不知道问题问的是什么,连是谁在问都分不清了。

"能带我们去吗?"理为了给久子一些时间,特意放慢了语速。

不过这次给出回应的是始终没有回头、沉默寡言的末男。

"好。"

跟平时一样，末男的回答简单且冷淡。虽然装作事不关己，但实际上秀之他们的对话他都听进去了。

"走吧。"

听罢，理、慧子和秀之三人跟着末男离开了别墅。久子则留在客厅等待警察抵达。

外面还有些许凉意，温柔的阳光晃得人有些睁不开眼。众人穿过地下一层的玄关，在建筑物的一角拐弯，从焚烧炉附近开始沿着别墅前面的路前进。大概是受到雨水的滋润，杂草长高了不少，颜色也更深了些。不知是哪里的小鸟，配合着摇晃树叶的风声不停啼叫。

这是条下坡路。道路两旁树木茂盛，斜坡七弯八拐，但绝不陡，是平缓的羊肠小道。众人走了一段之后，下了别墅前的路开始往深山里走。

在坐轮椅的史织也能走的路上走了五分钟左右，视野突然变得开阔，一个神秘而又美丽的小池塘出现在眼前。就像北欧的湖，平静的湖水冰冷清澈。在树木的遮挡下看不见别墅，但秀之感觉离得不是很远。

"你们看那边。"慧子指着对岸，几乎是在大叫。

看着像是一只浑身是血的猫躺在那里。

"去看看。"

理抢在末男前头，绕过池塘周围的树向对岸靠近。道路坑洼不平、左拐右绕，但并不难走。

"能确定是节花吗？"蹲在尸体旁边，理问末男。

"确定。"

语调依然是那么冷淡。不过，从末男眼睛里浮现的光可以看出，他在哀悼死去的猫。

"太过分了……"慧子转过身去。

节花惨死的模样丝毫不亚于漂在浴缸里被勒死的出音和在焚烧炉里被烧焦的迷东。

身体倒在血泊中，毛被染成红色，完全看不出它原来是只黑色的猫。胸口被刀一类的利器扎透然后剜了一圈，正中间的位置开了一个大洞。前腿从根部被砍断，上半部分不知道跑哪儿去了，对应人类手腕和手的部位则满是血污地被丢在一旁。应该是在哪里被杀之后搬到这里的，从胸口流出的触目惊心的血迹一直从山里延伸到这个位置。

"那是凶器吗？"受不了血腥味，始终扭过脸的理指着掉落在池畔的刀说道。

刀身像是吸饱了血，沾上了油脂被染成了红黑色。理慢慢站起身，朝着疑似凶器的刀走去。刀身周围残留着血迹，凶手好像在这里洗过手。

抱过出音和迷东尸体的末男，面对这具尸体没有做出要抱走的举动。而且从他的态度可以看出，之所以没有那么做并不是为了保留证据。

"要不要循着血迹去看看？"慧子不住地咳嗽，用手捂着嘴提议道。

观察刀子的理大概没有发现什么特别的地方，什么都没说便听从了慧子的建议。

以血迹为路标，众人继续顺着平缓的下坡路走。这条路平时大概都是野兽在走，一路杂草丛生，越走树木越茂盛，还没到中午周边就暗了下来。出血量似乎很大，血迹一点变淡的迹象都没有，即使在光线不足的条件下依然看得很清楚。

"凶手为什么要把尸体搬到池塘边呢？"秀之突然想到这个问题并提了出来。

血迹越来越浓，已经可以确定猫的尸体是从山里运到池塘边的。

"不知道。"理只是轻轻摇了摇头。

慧子扭过头问："这个史织小姐的大纲里没写吗？"

"没写。毕竟史织小姐还活着的时候就只有一只猫。"

"那大纲里应该没怎么提及杀猫的事吧……"

秀之话音刚落，就在前方发现了异状。地面上堆起了一座小山，这座用血染的花堆起的小山毫无艺术性可言。

左手边稍远的位置有一条足以供小汽车通过的坑道。应该和别墅前的路一样，跟大路是连着的，只不过因为树木丛生，从外面看来像是一个完全被隔离的空间。要是没有血迹做路标，一般还真找不到这里。

"这难道是……"看清大量鲜花是盖在什么上面后，慧子说不出话来。

是双臂被砍下，浑身是血的结花的尸体。

这次用的依然是再现肖像画的杀人手法。尸体被掩埋了一部分，周围是大量鲜花。不同种类的花不只是放在上面那么简单，还是系接在一起的，染上血色后打造出了异常骇人的光景。

沿用之前的杀人手法不仅仅体现在这里，只见两根长针穿过黑框蛤蟆镜，分别扎在两只眼睛上。曾经像人偶一样精致的脸庞被弄得面目全非，令人格外心疼。结花看起来像是被勒死的，白色的肌肤上留下了青紫色的勒痕，被编成麻花辫的头发随着微风飘动，就像是在轻轻抚慰那可怕的痕迹。

最触目惊心的还是躺在原本有胳膊的地方的肉块。说肉块或许并不准确，根本就是一堆被细细切碎的肉末，分不清手指、指甲、手掌和手背，是血、肉和骨头的混合物。当作礼物寄出的手的残骸被丢在血泊中。

"太惨了。"理边观察边摩挲着胃，低声说。不单单是表情扭曲，他连声音都因为看到尸体的惨状变调了。

"是为了当礼物，故意砍下来的吗？完全可以像鸽子那次用假的啊。"大概是不想吸入这里的空气，秀之一口气就把话说完，然后转过身大口吸着没有混入血腥味的新鲜空气。

一直把脸扭向一边的慧子说："寄件日期推迟的原因就是这个吧。凶手必须做完这些工作之后才能准备好'礼物'，所以没能跟其他礼物一起寄出。"

"尸体忠实还原了史织小姐在大纲中的描写，胳膊上砍了很多刀，还有那些装饰。剁得这么碎应该花了不少时间。"理也将视线从尸体上移开。

"结花小姐像这样被鲜花覆盖也跟大纲里提到的一样？"

"是的，凶手把花系起来了。仔细看就会发现，花跟花之间打了结。"

总觉得理话里有话，慧子回过头，看着被染成血色的花山。秀之也被勾起好奇心，朝尸体看去。其实看第一眼的时候就发现了，凶手用花茎把所有花系了起来，并不是简单地盖在尸体上。

"把花打结，难道说……"慧子好像发现了什么，倒吸一口凉气。

"不愧是小野小姐。"虽然是这种时候，理依然露出了微笑。

"那之前的也都是……铃铛是'音'，雪花是'冬'？"

理重重点了点头。"是的，这下明白了吧？"

慧子睁大眼睛，为自己得出的结论感到惊讶："对尸体做的一切和现场的装饰都是为了点明受害者的名字？采取这样奇怪的杀人手法就是为了让人一眼看出遇害的是三姐妹中的哪一个？"

"是的，在初音小姐遇害现场的天花板上挂铃铛，是一打开门就能听到声音的意思。在弥冬小姐遇害现场的地板上铺满雪花折纸，是因为雪花代表冬天，覆盖了整个地板。"

秀之记得学汉字的时候学到过，"弥"这个汉字有"充满""遍布"的意思。

"而结花小姐的尸体就用打结的花来装饰，对吗？"慧子的脸上始终是惊愕的表情。

"是的，包括细节，一切都是按照史织小姐留下的大纲实施的。凶手忠实还原采用了比拟杀人手法的小说情节杀死了三姐妹。"

理说话的时候，几人听到正有人向这里靠近的脚步声和人声。肯定是警察来寻秀之他们了。

"史织小姐的小说大纲稍后能给我看看吗？"慧子用聪明的眼睛看着理，小声说。

"当然，内容我都已经抄下来了，稍后就拿给你。"

应该是考虑到这些大纲肯定会作为物证交给警方吧，上到二楼后理就快速抄写了下来。

"看之前可以问个问题吗？小说里的凶手是谁？"

透过树与树之间的缝隙，能看到几名穿着制服的警官。似乎是在池畔发现了猫的尸体，传来了叫喊声。他们也会跟秀之等人一样，要不了多久就循着血迹找到这里吧，发现尸体只是时间早晚的问题。

"是史织小姐自己。"

仿佛要将理的声音盖住,突然一阵强风吹来,盖在尸体上的花大幅度地摇摆,看起来就像是有一股肉眼不可见的力量在晃动结花的尸体。秀之不禁感到一阵恶寒。

第八章　充满暗示的大纲

问话工作有条不紊地进行着,叫到牧本基本就算是结束了。

众人发现结花的尸体是上午,时针此时已经指向了五点。此次的现场取证和别墅附近的搜索工作做得相当细致,每个人的问话时间也比之前长。最先接受问话的是久子、末男夫妇,单他们两个就耗费了超过一个小时。排在秀之后面,已经完成问话的慧子用手指了指沙发,示意终于回来的理坐下。

"问了这么长时间。"

客厅配备了两名刑警,但始终没有人来接班,他们正一脸疲惫地立在那里。起初锐利的眼神也没了精神,只是机械性地环视着房间。

"针对史织小姐留下的小说大纲问了我很多问题。"等慧子坐在旁边,理微笑着说道。从他的表情中一点也看不出他刚刚接受了一个多小时的问话。

"果然。"

慧子点点头,看向左边想要征求秀之的意见,但秀之好像睡着了,正安静地闭目养神。慧子也不习惯这种紧张的气氛,更何况是连着好几天,只觉得头一阵阵地疼。

"问话一直不结束,您肯定着急了吧?都没时间把大纲拿给您。"

虽然警方没有限制他们的自由，但的确有刑警在监视他们。为了避免招致不必要的嫌疑，慧子还没有从理手上拿到史织留下的大纲的抄本。

"没事。不过在看之前，可以问你几个问题吗？"

理大方地答："问吧。"

"我想问问跟比拟杀人有关的内容。"慧子说话的时候始终盯着理的脸，都快看到瞳孔深处了依然没有移开视线，眼神中没有一丝动摇。

"请问。"

"我想知道理由。凶手是出于什么理由一定要比拟名字杀人呢？"

理仿佛在叹气一般，用只剩下气息的声音说："比拟的必然性吗？"

"对。既然小说采用的是比拟杀人的手法，应该会对其中的意义进行说明吧？大纲中应该写明了凶手如此大费周章的理由。难道我猜错了？"

理静静地摇了摇头。"正如您所说，史织小姐的大纲中写明了采用比拟杀人的必然性。"

慧子慢慢从理那双有点透明的眼睛移开视线，继续追问："实际发生的这几起案件，也有很多匪夷所思的地方。例如为什么要替换肖像画，猫为什么会被杀，那些奇怪的礼物又有着怎样的意义。其中最让我费解的还是相当耗费时间和精力布置的现场，以及对尸体过多的装饰。在浴室的天花板上挂铃铛，在地板上铺满雪花折纸，多到足以将尸体覆盖住的花……我想得到一个合理的解释，凶手究竟为什么要这么做？"

坐在左边的秀之身体似乎稍微动了一下，或许是因为慧子越说越激动，不自觉地提高了音量。

"您是想说，如果这几起案件真的模仿了小说大纲里的内容，只要看了上面写的比拟杀人的意义，应该就能搞清楚凶手为什么要这么做了，对吗？"

慧子点点头。"对。"

"但这次不是，大纲上解释的必然性并不适用于实际发生的这几起案件。"

客厅门开了，才刚被叫进去没多一会儿的牧本走了进来。这么简短的询问依然让他好像老了好几岁，表情看起来很憔悴。坐到沙发上后再次默默开始折纸，这已经成了他的习惯。下一个是堀，他嘴里不停地发泄着不满，走出了房间。漫长的问话总算结束了。

"不知道实际案件中的凶手是怎么想的，小说中的设定是，史织小姐虽然坐着轮椅，但她其实能走路。而且现场和尸体的装饰工作很多都是坐轮椅的人做不到的。"

听理这么说，慧子回想了一下各个案件的情况。没想到比拟名字杀人的方法背后还隐藏着这样的设定。

"初音小姐的案子很明显，坐在轮椅上根本不可能将铃铛悬挂在天花板上。"

慧子表示同意，接着说："弥冬小姐的案子有足迹，对于坐在轮椅上的人来说，在地板的折纸上留下鞋印还挺难的。"

"是的，因为那些折纸不是随意散落的，单单是像现场那样铺好基本就是不可能完成的工作。"理用平稳的声音补充道。

"再就是结花小姐的遇害现场，花系在一起的位置太低了，就算在地上挖个坑也不行。"

"对,这些都是坐在轮椅上的人不可能做到的事,所以从心理上很难认定史织小姐是凶手。这就是采取比拟杀人案的凶手的动机。"

"也就是说,凶手就是史织小姐,她实际上没有轮椅也能行走,在这样的前提下才能称之为比拟。"

理叹了口气,慧子也终于明白了。如今史织已经确认死亡,大纲中提到的比拟的理由也彻底失去了意义。

"还有一点,替换肖像画也是一样。"

慧子反问:"肖像画?"

"对。挂画的位置刚好是普通人站立时眼睛的高度,坐着可挂不上去。"

"也就是坐轮椅的史织小姐没能力换画。"慧子意识到自己的声音逐渐没了气力。

"所以看过小说大纲后,我觉得问题反而变得更复杂了。比拟杀人已经失去了意义,凶手为什么还要照着小说中的计划去实施?虽然我们已经猜到装饰现场和尸体是为了比拟死者的名字,但为什么一定要比拟,或者说为什么一定要按照小说里的计划去杀人,依然是个谜。"理探着身子把手放在膝盖上,说出了自己的疑惑。

"想不通……"慧子轻轻摇摇头,似是自言自语地嘟囔着。她低头看着自己的脚,一些虚无缥缈的想法出现又随即消失,感觉头更疼了。

"只是换成了别的问题,谜团依然还在。"理也自言自语地说了这么一句之后便不再说话。

苦闷的沉默降临,只听得到牧本折纸的声音。

过了一会儿,堀接受完问话回来了,河本警部和八木刑警也进了客厅。这次问话的时间太长了,二人眼圈发黑,尽显疲态。

"感谢各位的协助。"

河本警部低下头对众人表示感谢,然后说了几点需要注意的事项便走出房门。剩下的几名刑警也跟了出去。没多会儿,汽车引擎发动时的低鸣打破了寂静,似乎连那小小的声音都在述说着疲惫。

像是连站起来的力气都被夺走了,所有人都深深陷在沙发里一动不动。

理最先站了起来,说:"走吧。"

"嗯。"虽然很难受,慧子还是自己站了起来。她想拿到史织留下的大纲后,尽快看一看上面的内容。

走出客厅,直接上了二楼的楼梯。不知道什么时候睡醒的秀之也跟在后面。

"听说垣尾先生痊愈了。"理在楼梯平台停下脚步,回过头来突然说道。不知是不是在问话过程中从河本警部那里打听来的。

"哦。"

"说明天就能回来。"

"警方终于能从他嘴里了解初音小姐那起案子的情形了。"不知道该怎么回答,慧子比较暧昧地回复道。

"对,我也想详细问问发现尸体时的大致情况。"理重新开始爬楼梯。

"对了,你没看到现场。"秀之走到理旁边,插嘴道。

"是啊,凶手是怎么逃离初音小姐房间的这也是个大问题。"

关于密室是如何形成的,理迄今为止还没有发表过意见。秀之曾经告诉过慧子,在条件齐全之前,理是什么都不会说的。

但慧子怀疑，他是不是连大体的方向都还没找到。

"是啊，实在是太巧妙了，我都怀疑凶手是不是用了魔法。"

理说着打开房门，独自进去拿小说大纲的抄本。门撞到墙上弹回来还没关上，他就迅速走出来将抄本递给慧子。

"谢谢，我这就回去看。"

慧子先是道谢，又在房门前跟理和秀之道了别。她心急地回到自己的房间，把抄本放在桌子上，急不可待地坐下，开始如饥似渴地看起大纲的内容。

《肖像画杀人事件》
详细大纲

★登场人物
片仓初音　长女。将来的梦想是成为音乐家。
片仓弥冬　次女。将来的梦想是成为作家。
片仓结花　三女。将来的梦想是成为画家。
片仓史织　四女。遭遇交通意外，下半身不遂。脸上留下了丑陋的伤疤。
杉木末男　片仓家别墅管理员。负责开车等各种杂事。
杉木久子　片仓家别墅管理员。负责所有家务。
片仓义弘　富豪。四姐妹的父亲。史织遭遇交通意外后身体变差。
片仓瑞穗　义弘的继室。四姐妹的继母。旧姓"彩濑"。
※ 之后还会添加有可能是嫌疑犯的可疑人物。

★案件概要

肖像画被替换成描绘杀人现场的画作，就像是在预告凶杀案的发生。从初音开始，几姐妹被人以比拟名字的手法接连杀害。为了增加恐怖气氛，让案件看起来脱离现实，加入几人饲养的猫被残忍杀害的剧情会比较有趣。

◎第一起案件：初音被杀案

初音的肖像画被换成描绘人在浴室被勒死的场景的画。没人把换画这件事放在心上。当晚，众人就会发现初音被杀。杀人手法就跟画中描绘的一样，初音的头泡在浴缸里，脖子被绳子或其他什么东西勒住。不知为何有很多铃铛挂在天花板上，还有长针一直扎到了她耳朵的深处。

把铃铛挂在天花板上是让人进入浴室时能第一时间听到声音的意思。这其实是一起比拟初音这个名字的凶杀案，但到现在为止还没有人发现，也不知道凶手是谁。有人提出，尸体的耳朵上插着针，或许代表音乐的意思，凶手会不会是嫉妒初音才华的人。

◎第二起案件：弥冬被杀案

弥冬的肖像画被替换成描绘人在熊熊烈火中痛苦挣扎的场景的画。这次有人猜测是预告杀人，前去调查有暖炉的房间，然后会在史织的房间里发现已经烧得焦黑的弥冬的尸体。房间里的地板上铺满雪花折纸，在这块白色的纸地毯上还留有足迹。焦黑的尸体口中插着长针。

雪花代表冬天并铺满整个地板，暗指弥冬的名字，但到这里还没人想到这一点。凶手也留下谜团扰乱搜查。因死者口中插着针,所以猜测这次是嫉妒弥冬文学才华的人干的。

◎第三起案件:结花被杀案

结花的肖像画装饰在走廊尽头最不容易被发现的位置,原本在肖像画中结花也被鲜花所包围,所以没人发现画已经换了。等到尸体被发现后,才有人发觉原来画早就被换了。尸体被半埋在比池塘还要远的某处,是被刀杀死的。身上有打结的花,眼睛里插着长针,右胳膊被胡乱砍了很多刀。

因为花被打了结,史织提出之前的装饰是不是都在寓意名字,这才发现发生的几起命案都是比拟杀人。耳朵、嘴、眼睛里插针是为了伪装成嫉妒几人的才华,只有结花的胳膊被砍了很多刀是真正出于嫉妒。

★凶手和动机

凶手是史织。史织比初音、弥冬、结花都要有才华,结果遭到三人妒忌,经常受欺负。在遭遇交通意外后,史织只能被迫靠轮椅生活,曾经如花的容颜也因丑陋的伤疤而扭曲。三人不但不同情,反而欢迎害死母亲的继母加入,表现出来的敌意实在难以想象她们与史织是有着血缘关系的姐妹。

史织偷偷做康复训练,终于不需要依靠轮椅了,之后便为了复仇决定杀死三人。

★替换肖像画的意义和比拟杀人的意义

这都是坐着轮椅无法做到的事,不会有人怀疑史织是凶手。肖像画挂在人站立时眼睛的高度，用来挂画的孔很小，必须从上方探着头看才能对准挂上去，坐着根本无法替换。

　　坐在轮椅上无法将铃铛挂在天花板上，也无法把足迹留在铺满地板的折纸上，更不可能给那么低的花打结。这一切都是为了让别人从心理上认定史织不是凶手。

反复看了好几遍之后，慧子重重叹了口气，找出信封将稿纸放好，慎重地保管在了有锁的抽屉里。

☆　☆　☆

迟来的晚餐终于结束，秀之总算从好像在守夜的那种严肃拘谨的气氛中解脱了。用餐全程都没有一个人说话，只能听到慢慢咀嚼的声音。这一晚太安静了。

盘子里的菜还剩下一多半，牧本就放下了筷子，像是被现场的空气缠住，始终没能站起来。他将整个身体靠在椅子上，空洞的眸子到处乱瞟。自从初音死后，他就仿佛失去了表情，不知道内情的话，还以为他戴着面具，嘴也像牡蛎一样闭得紧紧的。不折纸的时候，手寂寞得无所适从，几乎没有血色的肤色看着就让人心疼。

把别人盘子里的饭菜都扒拉到自己盘子里吃掉的堀也一屁股坐下不动了。没有发牢骚，没有挖苦和讽刺，连下流的话都不说了。虽然贪得无厌的毛病没改，但也没有出言挑剔，更没有露出猥琐的笑容，大概也是被这里的气氛压制住了吧。而且他那在眼镜后面窥探的眼神不是好色，而是小心胆怯的。

秀之静静地啜着茶，慢慢将视线移动到刚刚吃完的慧子身上。她有些坐立不安，能看出她想尽快离席的心情。秀之起身的同时看向旁边，发现理正在用眼神打暗号，示意他回房间。就像是要把沉闷的气氛一把推开，秀之把手放在桌子上，猛地站起身。

"等一下。"

秀之把椅子放回原位，刚要转身，一个嘶哑的声音传来。应该是从已经变得沉默寡言的牧本嗓子里发出来的。

"牧本先生……"

"坐下。"

声调很平稳，刚刚还很空洞的眸子此时已经变成了沉着的眼神，仿如能面的表情也有了些许生气。虽然脸上没有笑容，但已经彻底换了一副模样，让人不禁怀疑之前的态度都是装出来的。

"为什么……"

看到恢复状态的牧本，秀之都不知道问什么好了。他隐约意识到后半句话没有说出来，就那么愣愣地抓着椅背立在原地。

"晚饭前，我听到多根井君在打电话，应该是在跟某个警部通话吧？"

理肯定又给警视厅的大槻警部打电话了。牧本的视线自然而然地从秀之移到了理身上。

"是的。"理平静地看着对方的眼睛，点点头示意对方继续说。

"希望你能告诉我警方都查到了什么。你打电话是为了打探新的情报吧？"

牧本很激动，像是要把之前没说的话都说出来。跟初音遇害之前表现出来的从容不迫，和始终站在局外冷静地从客观角度分析一切时的态度完全不同。

"您想知道鉴定结果和尸检报告的内容，对吧？"

听到理冷静的回答，牧本慢慢点了点头。"对。实际上我想知道所有已经查明的事实……"

"我也想听。"

堀突然爆炸了似的用不安的眼神看着理，插嘴道。只见他露出难以形容的复杂表情，就像是把身上的包袱全部丢掉了，放弃的同时也得到了解脱。

"调查进度吗？"理面向堀，确认道。

"当然了。只有你知道，其他人都不知道，这样太不公平了吧？"

听到这声怒吼，秀之反而安心了，拉开椅子，看着慧子，重新坐了回去。椅子发出日常生活中总能听到的嘎吱嘎吱声，稍稍缓解了压抑的气氛。

"好，接下来我会把从大槻警部那里听来的内容都告诉大家。"

说完，理清了清嗓子。久子大概是要去给大家冲咖啡，发出很大的声响站了起来。

"这次我打听到的情报主要是第二起凶杀案的相关内容，也就是弥冬小姐被害案。根据尸检结果和从现场找到的证据，以及弥冬小姐的人际关系，警方掌握了两个信息。"理开始说明。

"被切下来的拇指，鉴定结果出来了吗？"慧子两眼放光地问理。

"嗯。虽然与焦黑尸体的对照工作还没有结束，但已经知道上面有没有活体反应了。"

"结果是什么?"

"没有活体反应。"理的声音里不含感情。

"确定吗?"牧本追问道。

"跟大槻警部通过电话后,我又给验尸官杉原先生打电话询问了检验方法。确认是否有活体反应需要切开断面后进行检验,例如周边的组织有没有红细胞或白细胞渗出。被利刃切下来的组织相对来说更容易判断,而且检验是在科学搜查研究所进行的,应该不会错。"

"也就是死后切创吗?"这个词一般人根本不熟悉,牧本却像在说日常用语一样随口说了出来。

"果然,凶手杀了弥冬之后,还把她的拇指给切下来了。"

"这么想很合理。"

堀愤怒得双肩颤抖。理却像个官员,回答得很官方。看堀的样子,如果理的态度不是如此冰冷,他大概又会发一堆牢骚。

"由于明显的外表特征和完整的指纹,警方经过比对已经确认那根拇指就是弥冬小姐的了,所以弥冬小姐毫无疑问已经死亡。也就是说,暖炉中焦黑的尸体就是弥冬小姐,可以这么理解吧,理?"

秀之说这些话的时候原本充满自信,说到一半觉得有人正在旁边盯着自己。他说完看向自己的左侧,慧子不知为何露出了惊讶的表情。

"这些话还是等焦黑尸体和拇指的对照结果出来之后再说比较好。"

理没有解释不能断定尸体就是弥冬的理由。慧子质疑的表情和理暧昧的态度似乎都在说,即便是死后切创,仍不能下结论说手指就是死后切下来的。

"还查到别的了吗？"把拇指的问题先放在一边，牧本拿出数学家该有的冷静态度询问道。

"死因是头盖骨凹陷，也就是被人打中头部致死的。尸体烧得很彻底，能够确认身份的特征基本都被烧光了。唯一剩下的就是补牙的痕迹，警方正在跟牙医确认相关记录。"

"尸体是什么时候被烧掉的？"大概是回想起了那股异常的臭味，慧子皱着眉问。

"具体的时间并不清楚。由于尸体现象不明，连准确地推断死亡时间都做不到。"

"什么是尸体现象？"

"就是角膜浑浊、尸斑、尸僵一类的情况。这些现象都烧光了，所以无从查证。"

慧子依然皱着眉。"可是，如果我们到别墅的那天，在史织小姐房间前闻到的那股异味就是燃烧尸体发出的味道的话，那具焦黑的尸体就不可能是弥冬小姐。因为当时就是弥冬小姐在带我们参观别墅。"

听完这话，秀之试着回想自己都在什么时候闻到过那股异味。他记得刚到别墅的时候烟囱里冒着烟，从那之后似乎就一直有燃烧蛋白质的味道。

"那要这么说的话，这件事跟我一点关系都没有。因为我来之前，尸体就已经在暖炉里了。"

只考虑如何自保的堀挺起鸡胸主张道。这话虽然听着不舒服，但假设他是凶手，那他就要把人骗到对方的别墅里，并在对方的别墅里搬运尸体，操作起来困难重重，的确有一定的说服力。

"我只是在假设那股异味是燃烧尸体时发出的，也有可能是烧死猫时的味道啊。"

"不会的，小猫迷东那个时候还活着。"

慧子不惜曲解自己的意思去反驳堀的意见，理却立即举出了反证。只要焚烧炉里烧的不是毫无关系的猫，当时的那股异味就不可能是猫散发出来的。可又没有证据证明当时是在烧人类的尸体，更别说想象被杀的不是弥冬而是其他什么人的可能性了。

"要不要来杯热咖啡？"

久子推着放托盘和杯子的餐车，用银铃般的声音说道。腾腾升起的热气和芳香的气味稍稍缓和了秀之精疲力竭的心。

"警方判断不出拇指切下来后放了几天。因为保存状态不明，而保存的环境会令已经离开身体的组织变化产生很大的误差。"啜了一口久子倒的咖啡，理继续说着从大槻警部那里打探来的情报。

"从插在尸体的针上没查到什么吗？"慧子也喝了一口咖啡，问起其他的线索。

"没查出什么。"理表示否定地摇了摇头，"只是推测初音小姐那起案子中的凶器跟后来出现的针有可能是同一种类的东西。"

"不是那几根中的某根？"

"当然也有这个可能性。"

秀之打断了二人之间的对话："关于凶手为什么要在弥冬的嘴里插针这件事，警方是怎么看的？"

"在史织小姐的大纲出现之前，警方认为凶手是嫉妒弥冬小姐文学方面的才华，现在的话，应该是'凶手的目的在于完成比拟'这个意见占主流了。"

"折纸呢？查到什么了吗，颜色、大小、纸质一类的？"慧子又啜了一口咖啡，再次提及其他线索。

"没有……"理有些抱歉地拖长了音。

"从折法也没查出什么来吗？"牧本发出专家似的厚重声音。

"对。折法就是市面上卖的书里教的那种，并不是牧本先生的原创折法。"

"那上面残留的足迹呢？"慧子继续追问其他线索的调查情况。

"没有查到那是谁的足迹，而且跟留在地面上的还不是同一种，再加上没有凹陷，无法推测体重，基本上没有什么价值。"

"猜到了。因为那纯粹是为了还原小说里的场景，凶手肯定做了手脚，让人从足迹上查不到信息。"

秀之的话听起来像是在为理说话，慧子则叹了口气。

"弥冬小姐的人际关系，尤其是男女关系十分混乱，她跟很多男性交往过。"

堀大概是从一开始就知道，表情很平静，听到理说这句话时眉毛都没有动一下。即便所有人的视线都集中在自己身上，他也像没事人似的悠然地啜着咖啡。

"弥冬小姐与大部分交往过的男性都发生过亲密关系，其中有几人存在动机。而且有实例，其中一人曾经用睡袍上的绳子勒过她的脖子。"

"也就是桃色纠纷。"堀嘟囔着，语气就像是在说杂志上的花边新闻，一副事不关己的表情。

"对。能称得上是案子的就这么一件，除此之外还有很多小纠纷。"

既然是媒体吹捧的美女作家，引起一些冲突是很平常的事。即便有人对其起了杀心，秀之也决不会感到意外。

"有一点我要提前澄清，我跟弥冬之间不存在这样的问题。她有那么多男人，却独独把我邀请到别墅来做客，就证明我多会讨她欢心了。"

堀再次说出了自保的话。考虑到弥冬的确是大老远把他从大阪叫来的，所以这话也不无道理，但不排除刚巧只有他有空的可能性，或者是有重要的话要跟他说。至于堀是否存在杀害弥冬的动机，就只能等待警方的调查结果了。

"从大槻警部那里打探来的情报大抵就是这些了。"摇晃咖啡杯、让咖啡慢慢打转的理看着牧本平静地说道。

"谢谢。"牧本简短地道了谢之后，抱着胳膊靠在椅子上，呼地重重吐了口气。

"之后再查到什么我会通知大家。"说完，理用手撑着桌子站起身，将剩下的咖啡一饮而尽，用眼神示意秀之上楼。

椅子再次发出嘎哒嘎哒的声响，这次没有人出声阻止。秀之和慧子、理上了楼，一直到进入理的房间之前三人都没有说话。

进入漆黑的室内，理打开灯，又把窗户推开了一条缝。秀之跟理一起坐到床上，做了个深呼吸。

"结果什么都没搞清楚。"慧子把桌子旁边的椅子拉过来，边坐下边说。

秀之感觉"什么都没搞清楚"这句话从来到这里之后听到太多次了。

"是啊。"

理依然是一脸严肃，语气中带着无奈。他很少这样，平时的话，就算有烦恼或者生气，都会始终面带笑容。

"肖像画被换掉，猫被杀，尸体和现场那些奇怪的装饰，都是按照史织小姐留下的大纲实施的。可以解释为凶手是在忠实地还原小说中描述的场景。可是，为什么呢？为什么一定要按照小说的内容去杀人呢？"

理对慧子的疑问表示同意。"对，就是这个问题，就像我在晚餐前说的，只是换成了别的问题而已。模拟小说情节杀人的意义究竟何在？"

"凶手通过那些奇怪的礼物告知我们小说大纲的存在，就像是想让我们知道这起连环杀人案还原了死人留下的小说内容。这到底是怎么回事？"

送来的最后一个礼物直接揭开了谜底。凶手肯定是想让众人去检查时钟，看到藏在时钟里的史织留下的小说大纲。

"而且为什么要送那些奇怪的礼物呢？直接写信告诉我们'检查时钟'不行吗？为什么要搞得那么复杂？"

理摇了摇头，没有作答。或许不作答才是正确的选择。

"送礼物这件事小说大纲里完全没提到。要说正常倒也正常……"

秀之代替沉默的理说出了自己的想法。大概是已经把疑问都说了出来，慧子只是盯着这边，什么都没说。

"也就是说，计划是凶手自己想出来的。凶手想尽办法让人知道这几起凶杀案是模拟小说的内容犯下的。是这么回事吧？"

"嗯。"慧子点了点头。

"不如我们来思考一下，这么做对凶手有什么好处吧。我觉得肯定有某种意义。而且大纲中没有，凶手自己想出来的举动，肯定相当重要。"

听完这话，慧子眯着眼开始思考。"有道理。不过礼物也可能不是凶手送的吧？"

"不。"理否定道，"考虑到快递寄出的时间，送礼物的人跟凶手肯定是同一个人。不可能杀了人之后，才突然想起史织小姐的大纲，再开始寄礼物。"

秀之点点头。"我同意理的意见。奇怪礼物的意义已经明朗，可以如此断定了。"

"原来如此。"慧子露出信服的表情，点了点头，并没有继续说什么，而是低下头陷入沉思，视线落在自己的脚上。

理说得没错，有问题的点只是表面发生了变化，实际上都没有解决。虽然是秀之自己提出来的，但他完全想不通让他们发觉这是一起模拟小说情节的连环凶杀案的这个举动，对凶手来说有什么好处。就像慧子说的，如果就是想告诉别人，那直接在纸上写"调查时钟"，寄过来不就成了吗？就在他们一筹莫展的时候，传来了好几声敲门声。

"多根井先生，您有东西忘拿了。"

是久子的声音。她好像是特意来送理落在餐厅的东西的。

理从床上站起身，经过慧子面前去开门。久子站在走廊里，手上拿着一本小型通讯录。

"麻烦您了。"理微微点头，接过自己落下的东西。

"大概是您打电话的时候落下的。"久子微笑着说完就准备下楼。

理叫住了她，并邀请她进房间。"我想跟您聊聊史织小姐跌落山崖的那次意外，您有时间吗？"

大概来之前就猜到理会这么说，或者根本就是意料之中，回过头的久子脸上并没有惊讶之色。只见她慢慢转过身，默默地走进了理的房间。房间里已经没地方可坐了，慧子主动站起身，并做出请坐的手势让久子落座。久子先是拒绝，慧子再三请她坐下,最后她实在拗不过,才坐到椅子上。

"我还是认为,这次连环凶杀案的起点就是十六年前史织小姐遭遇的那次意外。因为案子从始至终都有已故的史织小姐的影子。"

理站起身,把床上的位置让给慧子,没有靠着墙,就那么站在那里对久子说道。他大概是忘了拿回通讯录的事,一直把它捏在左手里。

"史织小姐的那次意外……"

"对,结花小姐肯定跟那次意外脱不了干系吧。您能告诉我们吗?"

理的眼神就像是要捉住久子的视线,不让她逃避。但他的表达方式依然沉着冷静。

"是的。"

令人心旷神怡的微风顺着窗户的缝隙淌了进来。风中还残留着阳光的温度,平静而柔和。

"几位小姐都不在人世了。"久子将视线投向远处,深有感触地说道。看她的眼神似乎是在回忆往昔,其中还掺杂着一丝悔意。

"结花小姐果然跟那件事有关吗?"慧子眼神中带着期待询问道。其实从结花之前的态度就能看得出来。

"是的……结花小姐当年多么热爱绘画啊,那件事之后就再也画不出来了。应该是受了很大的刺激。"

久子没有正面回答慧子的疑问,但可以感觉得出来,她已经不打算隐瞒任何事了。

"她有好几次都想说,就相当于是她自己害死了史织小姐吧?"一直有这种感觉的秀之直截了当地说了出来。

久子丝毫没有犹豫，当即点头承认："我也有这种感觉。在史织小姐的葬礼上我亲耳听她本人这么说过，所以我可以肯定地回答，是的。"

"果然。"慧子大概也在想同一件事，看着秀之说道。

"知道详细情形的人大概只有我。不过另外两位小姐应该也隐约察觉到了。"

"能告诉我们吗？"理再次用平静的口吻拜托道。

久子清了清嗓子，说出了那次意外的真相："结花小姐和史织小姐虽然不睦，但其实经常一起待在画室。嘴上相互否定对方的画作，实际上都很认可对方的才华。结花小姐获得安冈奖后，二人的关系更糟糕了，唯独作画时会暂时放下敌意。两人一起待在画室时也从来没发生过什么冲突。"

理默默点头，示意久子继续说下去。

"而发生意外那天并不是这样。平时她们都会背对着彼此，专心画自己的画，那天却大吵了起来。当时好像问过原因，但已经不记得了。总之，生气的结花小姐推着轮椅把史织小姐带到外面，把她留在斜坡上自己走了。"

理的脸上没有吃惊的表情，平静地问："留在了没有人帮忙的话就回不了画室的地方吗？"

"是的。"久子点点头，"那里没有路，坡度比较陡，史织小姐一个人很难上坡或下坡。"

秀之记得，从画室回别墅的路上有好几处类似的地方。坐在没有像样刹车和车把的轮椅上，肯定只能在原地干着急。

"结花小姐把史织小姐留在野外，独自回到了别墅，是吗？"

"是的。而且结花小姐还提出马上要出门购物，让末男开车送她，直到晚上都没回来。这应该是她算计好的，为了不让人去画室查看情况。"

"可是史织小姐那么晚都没回来,就没人担心她的安全吗?"慧子微微眯眼,歪着头问。

"是的。因为史织小姐不喜欢被关在房间里,偶尔会在画室待到很晚。后来实在是太晚了,老爷吩咐打个电话过去问问。"

"这才发现出事了?"

"不,老爷吩咐的时候,小姐们正在打电话,等轮到我用电话的时候,末男也差不多开着车回来了。"

"原来如此。"理不住地点头。

"末男直接开着车去画室查看,才发现史织小姐不见了,等第二天早晨找到的时候,她已经成了一具冰冷的尸体。"久子大概是回想起了尸体的样子,语气很沉重。

"您的意思是说,是史织小姐自己发脾气,想活动轮椅,结果没控制好摔下了山崖。而结花小姐被气昏了头,把史织小姐丢在那里不管,才会引发那样的意外。"

久子将视线投向远处,移开了视线。"结花小姐是这么说的。"

秀之想起结花曾经说过,每次拿起笔来想作画,眼前就会浮现史织的死状,连一条线都画不了。不对,这话不是结花说的,是弥冬说的,还是听久子说的?不管是谁说的,结花都觉得自己要为那次意外负责,而她也的确因为史织的死扼杀了自己出众的才华。

秀之想不出别的问题,轻轻叹了口气之后慢慢抱起胳膊。慧子像弹钢琴一样有节奏地活动着放在床沿的手指。理也没有说话,用左手拿着的通讯录轻轻敲打太阳穴。那眼神就像是看什么看得入了迷,对周围的状况已经漠不关心了。

"我可以走了吧,下面还等着我收拾呢。"久子说完,没有等几人点头便从椅子上站起身,几乎没有发出声响地离开了房间。

微风吹拂的声音掩埋了突然降临的沉默。不知是不是错觉,刚刚还残留着暖意的风突然失去了温度。

☆　　☆　　☆

第二天午后,垣尾回到别墅,慧子直到快傍晚才得以来到他的房间探望。因为牧本想知道警方那边的情报,所以跟垣尾聊了很长时间,说是聊,但更接近于讨论。

通过解剖结花的尸体,警方搞清楚了几件事。首先,以礼物的名义寄来的胳膊上的切口和尸体上的切口吻合。其次,死者生前怀有身孕。推定死亡时间是四月一日傍晚到第二天早晨。于是,针对那两天在结花房间里的人究竟是谁展开了激烈的讨论,但最后也没得出结论。

"请进。"

回应敲门的声音比想象中要开朗得多,慧子有种得救了的感觉。看向理,他果然也露出了类似的表情。垣尾刚刚才得知结花被杀,之前慧子还在担心,这个时候去房间里打扰,像盘问似的问人家问题会不会不太合适。

不知垣尾是不是还没有彻底恢复,他这会儿坐在床上,腿上还盖着被子,脸色跟他赶到画室的时候比起来好了很多,甚至泛着油光。头发依然蓬乱,胡子也没剃,让人不太想靠近。住院的时候应该换过衣服了,但总感觉他穿的始终是同一身运动服。

"打扰了。"

打过招呼后,理走进房间。慧子跟在后面,然后是秀之。

垣尾看来还没有彻底恢复，只是脸朝向这边，并没有起床的打算。

垣尾突然移开像是考虑好了什么似的眼睛，假装没事发生，用听上去就觉得不干净，黏黏糊糊的声音说："这可真是稀客。"

清爽的风从敞开的窗户缓慢注入房间。今天白天阳光明媚，晒得很热，一点也不像是五月[①]初的天气。此时夕阳一直射入房间深处，虽然已经是傍晚了，房间里依然温暖。

理似乎觉得阳光有些刺眼，眯着眼，没有一丝犹豫，开门见山地说："我们来是想问问案子的事。"

听罢，垣尾没有露出厌恶和怀疑的表情。狡猾的眼神中没有失去结花的悲痛，满是算计之色。

"请把发现初音小姐尸体时的状况详细讲给我们听听。"慧子也不再客气，直接提出了要求。看到对方眼神的瞬间，进入房间前的愧疚之情便被抛到了九霄云外。

"好啊。"

垣尾并没有责怪几人的突然造访，爽快地答应了，接着就开始讲述当时的情况。看他的样子并不像是身体不舒服需要静养的患者。

先是跟结花两个人在房间的时候听到悲鸣，想进入初音的房间，却因为里面插着门闩，用万能钥匙打不开，后来从外面绕到窗户那边，发现窗户也锁着。回到别墅，想打电话结果发现电话线被人剪断，迫不得已只好用斧子破门，之后透过浴室的玻璃发现初音的尸体。浴室的门也从里面反锁，敲碎玻璃之前在上面贴了胶带，以防玻璃碎片溅得到处都是，浴室除了门

[①]原文如此，应为作者笔误。看时间应为四月。

没有其他出入口，也没人藏在里面，初音已经彻底没了气息。最后就是跑到画室通知所有人出事了。垣尾将以上情况毫无遗漏地讲述了一遍。

"差不多就是这样了。"

直到垣尾说完结束语，理依然眯着眼什么都不打算说。慧子决定针对密室提问。

"有几件事我想确认一下，可以吗？"

"想问什么就问吧。"垣尾撇着厚嘴唇答道。

听到这令人不爽的语气，慧子有些怀疑他不肯下床只是因为不想动了。

"首先是尖叫声。刚刚你说听起来是从初音小姐的房间所在的方向传来的，那有没有可能是从别的什么地方传来的呢？"

听到尖叫声的时间应该就是初音被杀的时间，但不能断定那就是初音发出的，也有可能初音当时已经遇害，叫声是别人发出的，这样一来凶手就有时间用某个装置锁门了。

垣尾摇头表示否定："我认为不可能。"

"为什么？"

"结花去拿万能钥匙的时候，我查看了四周的房间，并没有发现可疑之处。"

"其他房间里都没人？"

"对，所以叫声只可能是从初音小姐的房间传出来的。"

说话的腔调虽然很刺耳，但他的证言还是可信的。通过机械装置之类的操作上锁不可能不留下痕迹，看来只能放弃这个思路了。

"听到叫声之后，你有没有听到有人走出房门的声音？"一直保持沉默的秀之客气地问道。提出这样的疑问很正常，这对思考凶手逃脱路径来说是非常重要的一个点。

"没听见。当时我因为发烧有点迷糊，但我听得很仔细，如果有人开门走出来的话，我不可能听不到。"

"可是，窗户锁着，外面还装着连手都不知道能不能穿过去的铁栅栏，除了门就没有其他出入口了啊，凶手是怎么离开的呢？"慧子肯定很烦躁吧，其实并没打算追问，还是没忍住说了出来。

"我怎么知道！是不是有秘密通道一类的东西？"

垣尾用藏有污垢的指甲挠着鼻头，不负责任地说着自己的意见。即便是刚刚从医院回来，他那种脏兮兮的感觉也一点没有减弱。

"警方正在调查，应该没有这种可能性。"秀之否定道。

既然是密室杀人，警方肯定会对房间进行非常彻底的搜查。

"那就剩下两种情况了。凶手没有走出房间，或根本没有进入房间……"

初音的房间除了门窗没有其他出路。凶案发生之后没人从房间里走出来，窗户外面又安着铁栅栏，也只能得出这样的结论了。凶手要么一直藏在房间里，要么就是用某种方法在房间外面把人杀了。

"可是，尸体是在上锁的浴室中被发现的，从房间外面行凶不太可能吧？而且，尸体脖子上还留有勒痕，再考虑到比拟杀人的因素，凶手不可能没进入房间。"

慧子同意秀之的意见，点了点头。"是啊，而且还要在耳朵上扎针，凶手肯定进入浴室了。所以，杀人凶手并没有离开房间，而是一直躲在某个地方。"

闻言，垣尾用像是要故意刺激别人神经的说话方式否定了这个说法:"怎么可能呢。那个房间里什么都没有,你说人能藏在哪儿?"

的确,房间里的家具只有床、床头柜、衣柜和磨砂玻璃的书架,并没有能藏人的地方。因为先听到了叫声,进房间之后二人肯定确认过了吧。

"门后呢?"

"看过了。当时房间里开着灯,很明亮,要是有人肯定一眼就看到了。"

垣尾用破坏气氛的声音否定了凶手藏在房间里的可能性,狭小的浴室就更不可能了。

"门从里面插着门闩,窗户外面有铁栅栏,还反锁着,浴室的门也从里面落锁了,是这样吗?"虽然对这个完全没有突破口的密室之谜感到绝望,慧子还是继续确认情况。

"对,就是这样。"垣尾撩着蓬乱的头发说道。感觉他身上的汗臭味要飘到这边了。

"发现初音小姐倒在浴室里的时候,你确认她当时已经死亡,没错吧?"秀之没有气馁,继续提问。

"对,她的脸一直泡在浴缸里,怎么可能还活着。而且我将来可是要当医生的人,虽然没能确认瞳孔放大的情况,但我敢保证她当时已经没有了呼吸,心脏也停止了跳动。"

垣尾这么一说,慧子才想起他是一名医学生。既然他说已经确认死亡,可信度应该远比一般人要高。

"初音小姐当时是全裸状态,没有遮掩就没办法做手脚让人无法摸到脉搏,或是听不到心跳。手是直接放在胸口上的,根本不可能伪装心跳停止。"

"当时我正在发烧,才敢做出那么大胆的行为。要是放在平时，别说碰初音小姐了，恐怕连靠近都不敢。"

大概是回想起抱着全裸女人时的触感，垣尾撇着厚嘴唇，顿时眉飞色舞。他本人或许是在笑，但在别人看来他那丑陋的表情实在很难不让人讨厌。

"结果还是没搞清楚密室是怎么形成的。"秀之看着这边，叹气似的说道。

"我想，挂铃铛的人的确就是弥冬小姐，留在油灰上的指纹和掉落在浴室里的毛发都在告诉我们这就是事实……"

慧子话还没说完，门外突然传来激烈的敲门声。垣尾回应的同时，门开了，很明显是跑着上来的久子站在门口。

"出什么……"

无视开口询问的秀之，久子看着床的方向，大声对理说："多根井先生，您的电话。"

理脸上挂着依然在沉思的表情，看向久子。看起来不像是对声音起了反应，更像是思考的过程需要这样一个动作似的。

"是从警视厅打来的。那人自称大槻警部。"

或许是查明了什么重要的情况。从久子急着来报信的态度就可以看出。

"喂，理。"

秀之拍了拍理的肩膀，理这才搞清楚状况。看他的表情是希望久子再说一遍，但此时久子的精力都放在调整呼吸上。

"是大槻警部打来的啊。"

虽然在想事情，理还是听到了久子刚刚的话，迅速起身走出了房间。很快传来了他快速下楼的脚步声。

"我们也下去吧。"

慧子招呼秀之，向垣尾道过谢之后便转身离开，与肩膀依然在上下晃动的久子一同走下夕阳照射的楼梯。

餐厅里只有正在接电话的理，牧本和堀都回自己房间了。胡乱放着咖啡杯的桌子早已整洁如初，花瓶里的花儿随着窗外的和风轻轻摇摆。久子没有留下等理打完电话，说了一句要去准备晚餐便走进了厨房。

"明白了。"

理一反常态，在接电话的过程中始终表情严肃地应答，说完这句话后慢慢放下了听筒。慧子从未见过理如此清澈的眼神。

"是查到什么了吧？"秀之迫不及待地上前询问，大概是从理的态度中感觉到了什么。

"出结果了。"理的声音像是从嗓子里挤出来的，很深沉。

"什么结果？"

"暖炉里烧焦的尸体和切下来的拇指的比对结果。"理说的每句话都让人着急。

"结果如何？"

"比对结果不一致。"

慧子一瞬间恍惚了。DNA鉴定的比对结果不一致是什么意思？

"烧焦尸体的组织和拇指的组织属于两个人。"

"两个人？"

"对，死后切下来的拇指不属于尸体。也就是说，暖炉中那具烧焦的尸体并不是弥冬小姐。"

这一刻，风停了。慧子仿佛听到了某样东西轰然倒塌的声音。

给读者的挑战

　　我特意选择在这里中断故事，插入给读者的挑战。

　　本作品遵守传统本格推理小说的规则，基于公平游戏的精神创作而成。到这里，解谜所需的事实及线索已经全部呈现在了大家面前。通过这些内容能够从逻辑上推理出凶手的身份。那么，谁才是连环杀人犯呢？

　　要想彻底搞明白那些不可思议的现象或许需要一定的想象力，但并没有那么难。

　　请通过逻辑推理和心理层面的观察，思考谁才是凶手。衷心祝愿每位读者都能找到正确答案。

依井贵裕

最终章　没有偶然的余地

车辆行驶的声音打破了山中的寂静。不知是不是被越来越近的引擎的低鸣声吓到了，一大群鸟儿腾空而起，拍打翅膀的声音响彻云霄。

太阳落到了山的那一边，仅剩的天空变成了浅紫色，白天尚觉得昏暗的树林又蒙上了一层黑纱。互相重叠的树木变成黑影，慢慢失去了轮廓。带着树木清香的风不知何时变凉了，吹得人精神紧张。河本警部晃了晃身子，朝着车上下来的二人走去。

"先包围那座建筑。"

这是今天中午刚过，大槻警部在电话中说的话。声音中虽然没有迫切感，但直觉告诉自己，这是一项极其重要的指示。

三名受害人都住在东京，河本警部一直向警视厅请求支援。虽然最终没能与警视厅进行联合搜查，但因为跟大槻警部私下关系很好，就把所有调查细节都告诉他了。不久，他便根据情报找到了凶手的落脚点。他们苦苦寻找的凶手就藏在受到监视的这座原木小屋风格的建筑里。

"等你半天了。"随时留意周围情形的河本警部压低声音说道。

大槻警部轻轻点头，算是打过了招呼。他舒展开柔和的表情，笑道："我来晚了。"

看起来有些冷，缩着身子的内田警部补也微微低下头行礼。只见他一脸严肃，与大槻警部的表情形成了鲜明的对比。

"凶手就在里面。"

河本警部继续压低声音，指着透出亮光的原木小屋。此时已经部署了几名刑警在建筑物周围蹲守。

"终于把凶手逼进死胡同了。"

大槻警部眯着温和的眼睛，将视线投向比山间小屋稍微大一些的那座建筑。跟谁说话都很客气的习惯一点都没变。

"可我就是想不通啊。你是怎么知道凶手在这里的？你手上的情报应该不比我们多吧？"

开始行动前，河本警部提出了这样一个疑问。他只是听从命令包围建筑，不知道锁定凶手的过程，思来想去实在想不通。

"多亏了多根井君。他们提出了非常宝贵的建议。"

大槻警部故意含糊其词，并不打算将事情的原委和建议的内容说出来。大概是介意自己将搜查进度泄露给了外人。如果是这样的话，他肯定不会细说。

"你的意思是，在掌握的线索完全相同的情况下，他先我们一步推测出了凶手的身份？"河本警部还是难以置信，又追加了一个问题。

"没错。"满脸自信的大槻警部斩钉截铁地说。看样子，他百分之百相信理的推理能力。

看到对方不想再多说什么了，河本警部用手势给部下打了个暗号。八木刑警走出树影，从建筑物窗户的死角下穿过，没有发出一丝声响地跑了过来。

"开始吧。"

确认了几点部署后，河本警部下达了命令。八木刑警表情紧张地接下命令，朝着原木小屋风格的建筑走去。

"还很年轻啊。"八木刑警穿着类似工作服的服装，大槻警部看着他离去的背影小声说。

"嗯。不过很有气魄，是个优秀的小伙子。"

河本警部话音刚落，八木刑警就站到了原木小屋门前。

八木刑警敲了几下门，说："您好，我是查水表的。"

另外两名举着手枪的刑警机警地藏在附近的草丛里，时刻观察着情况，做好随时冲出去的准备。

就在八木刑警抬起手准备再敲一次门的时候，突然听到了开锁的声音。在寂静的大山中，金属音显得格外响亮。房子里的人一句话都没说。从河本警部等人所在的位置看得虽然不是很清楚，但可以肯定对方正透过门缝向外窥视。

"我是来查水表的，能让我看一下吗？"

说话的同时，八木刑警伸手去扶门框，然后突然把门推开。接到信号，藏在草丛里的两名刑警直接冲进了房间。

"走吧。"说完，河本警部朝着原木小屋风格的建筑物走去。

大槻警部和内田警部补不紧不慢地跟了上去。

几人可以说是不费吹灰之力就逮捕了凶手。在周围负责包围的大部分刑警大概是察觉到凶手已经落网，纷纷向建筑物靠近。八木刑警回过头看向这边，露出了安心的表情。河本警部为了确认凶手的身份，站在原木小屋的入口。

"这是……"

凶手紧紧攥着一个奇怪的物体，是从尸体上切下来的拇指，拇指的一端还绑着好几根头发。凶手的眼神已经不正常了，精致的五官配上由内而外的癫狂，显得尤为可怖。

"果真如多根井君所言。"来到身后的大槻警部低声嘟囔道。

内田警部补脸色苍白，惊愕的表情久久没有消退。

河本警部本打算说点什么，但最终只是舔舔嘴唇，这个时候说什么也没用了。相信内田警部补也是同样的反应吧。

看到立在房间里的画架，他们才终于反应过来，原来凶手手上的那个东西是画笔。而那双始终盯着画笔的杏核眼的主人，正是已经再也无法拿起画笔的悲剧的获奖者，片仓结花。

☆　☆　☆

"整件事情总算搞清楚了。"

把刚端上来的咖啡拉到自己面前，大槻警部抬起头，用温厚的眼神看着理。虽然他装作很平静的样子，但秀之从他稍稍抬高的声调感觉得出来，他比平时要兴奋。

"结花小姐招供了吗？"慧子边往红茶里放砂糖，边小心翼翼地询问道。

大概是连日来让自己夜不能寐的案件终于告破，慧子得到了充分的休息，原本就很好看的侧脸今天更添了几分神采。皮肤也恢复了年轻的光泽，水润得像果冻一样。她用纯白色的束发带把头帘弄上去之后，给人更加知性和聪慧的印象。

"是的。由于她精神状态非常不稳定，我们费了不少工夫，不过总算拿到了完整的供词。"

大槻警部说话还是那么客气。他把牛奶倒进手边的咖啡里，用勺子搅拌之后静静地啜了一口。

"她的精神状态果然已经不正常了啊。"理挠着左边的眉毛，平静地嘟囔道，平静的声音反而证明他心里很兴奋。

"河本警部说,虽然还不到无法追究刑事责任的程度,但她的精神的确已经不正常了。"大槻警部很注意措辞。

"实施了那么疯狂的计划,应该不是装疯。"

"是啊……"大槻警部严肃地点了点头,便不再说话了。也许是回想起结花手握缠着头发的拇指,目露异样光芒的样子了吧。

慧子轻轻点了点头,伸手去拿装牛奶的容器,默默用勺子安静地搅动着红茶。话题中断,很长一段时间耳朵里就只有身后放着的古典音乐。秀之端起可可慢慢送到嘴边。

在此之前,他们很久没有见面了。结花被捕,案件告破已经是两周前的事了。事后,秀之并没有顺便去泡温泉,而是跟理两个人直接回了东京的父母家,这是离开弥冬的别墅后第一次与慧子见面。而与大槻警部,由于时间太过久远,已经不记得有多久没见过了。

他们现在在八重洲地下街的一家雅致的小咖啡馆里。对面有家卖玩具的店,隔着窗户都能感受到外面的喧嚣。总感觉那些实际听不到的孩子的叫喊声和吵闹的音乐,随时会透过来。看到穿着猴子玩偶服的人正在敲锣,仿佛已经听到了那刺耳的声音。今天准备回大阪的秀之跟理一起来到了东京站。

"这是您点的布丁芭菲豪华杯。"

服务员的声音中充满朝气,把杯子放在了陷入沉默的桌子上。之前下单的时候,有一瞬间,服务员满眼好奇地看向这边,似乎在说:"真的要点这个吗?"

"理,差不多该告诉我们了吧?这个案子里有太多想不明白的地方了。"看着亲切的服务员离开,秀之打破沉默说道。

今天,四人聚集在这里的主要目的就是为了听理为他们讲解。

"细节我也只是靠想象。我还想请大槻警部讲一下只有凶手才知道的内情呢。"

听到理谦虚，大槻警部轻轻点头。"凶手的意图和杀人动机已经查明，那就由我来为多根井君的论证做补充说明吧。"

"拜托了。"

理低头表示感谢后，用勺子挖走了芭菲最顶上的布丁。不愧是豪华杯，分量十足，盛芭菲的容器就像一个金鱼缸，感觉至少要花三十分钟才能吃完。

"你怎么知道凶手是结花小姐？我到现在都觉得不可思议。有那么多的事实摆在眼前，你是怎么推导出正确答案的呢？"之前从未听过理解谜的慧子歪着脑袋皱着眉头。

"我不明白为什么结花小姐会是凶手。她不是在第三起凶案中被杀了吗？"秀之环顾四周，压低声音问道。当听说结花是这起连环凶杀案的凶手时，最先出现在他脑中的就是这个疑问。

"不。"理当即摇头，"第三起凶案中的尸体并不是结花小姐，相较来说这一点很容易就能想到。"

"相较来说很容易？"慧子不禁抬高了声调。

"是的。当得知第三起案件中的尸体生前曾怀有身孕的时候，我就已经确信，那不是结花小姐的尸体。"

"为什么？"慧子的眉头皱得更紧了，她完全听不懂。

"因为结花小姐不可能怀孕。"

结花怀孕这件事是大家都知道的，理却若无其事地将其推翻了。就连已经有过多次类似经历的秀之都没能立马接受这个说法。

"你是怎么知道的？"慧子满脸疑惑，似乎刚刚理说的是她完全听不懂的语言。

"理由有好几个。"理完全不为所动,不慌不忙地说道。

秀之催促道:"那你倒是说啊。"

"我是从结花小姐的言行举止判断出来的,她做了好几件怀孕的女性肯定会避免做的事。"

"例如呢?"

"最明显的就是吃药。她说感觉自己感冒了,身体乏力,就找久子太太拿了药。如果她真的是孕妇,肯定会怕影响胎儿选择尽量不吃药。"

"原来如此。"

秀之点点头,暂时接受了这个说法。用药和吸烟、饮酒一样,都是孕期女性需要特别注意的事项。身为孕妇,稍微有点不舒服就吃药,也太不负责任了。这样的常识连秀之都听说过,就算是第一次怀孕也不可能不知道吧。

想到这里,秀之发现了另外一种可能性,马上严厉指出:"理,我认为不能凭这一点就断定结花小姐没怀孕。如果她当时并不知道自己已经怀孕了呢?也许我们在楼梯平台那里听到她跟久子太太说话的那天早晨,她才刚知道自己怀孕呢?"

理把布丁都吃干净之后,没有表现出一丝的为难,答道:"的确有这个可能。也许正如你所说,她是在那个时候才发现自己怀孕了。可是,将近两个月没来月经,一般女性都会想到自己会不会是怀孕了吧。"

秀之无法接受这个说法。"谁会往那方面想啊。"

"当然会,"理摇了摇头,"想到要用验孕棒这件事本身就证明了这个事实。如果不是怀疑自己怀孕了,谁会特意去买那个东西。"

"是吗……"秀之想不出该怎么反驳。

"既然买了,那就证明,结花小姐已经想到自己可能怀孕了。"

实际上,早在买验孕棒之前,结花就已经开始怀疑自己是不是怀孕了吧。因为验孕棒这种东西一般都是犹豫很久才会买的。

"真正的购买时间应该是在来别墅之前。不过前提是如果是自己去买的话。"

这未必是假设。验孕棒跟头痛药不同,一般人不会明目张胆地拜托别人去买,都是自己偷偷买。而且,结花到别墅之后就再也没有出去过了。

"所以,即便不能肯定,但结花小姐在找久子太太拿感冒药的时候,应该就已经怀疑自己是不是怀孕了。"慧子眼中闪烁着聪明的光芒,说出了结论。

"对。既然存在可能性,就应该尽量不吃药。"

秀之还是不满意这个解释,摇了摇头说:"那也不是百分之百吧。"

"我觉得理是对的。"慧子支持理的意见。

"只有这一个例子,我也认为不能完美解释结花小姐没有怀孕这个事实。所以还有类似的事例。"

"还有?"

"对。例如,去坐云霄飞车。在画室聊天的时候,她不是提过两三天前去了迪士尼吗?孕妇是不能坐飞跃太空山那种设施的。"理一边给装饰在布丁周围的香蕉剥皮,一边继续举例说明结花没有怀孕的事实。

"经你这么一说,在游乐园经常会看到这样的提示。"

"就算没有提示,怀疑自己怀孕的时候也不该主动去坐云霄飞车吧?因为怕流产。小野小姐,您认为呢?"

慧子不住地点头,说:"我没有怀过孕,所以也只能通过想象。的确,孕妇不会主动去坐那么危险的游乐设施。"

理对慧子报以微笑后,再次看向这边,说:"蒸桑拿也是同样的道理。结花小姐说过,她在健身房蒸了桑拿,孕妇一般是禁止蒸桑拿的。"

跟云霄飞车一样,桑拿房的宾客须知上也会写明"孕妇禁止使用"。就算没有写,怀孕的人出于安全考虑,也不会主动去蒸桑拿。

"最后就是献血。虽然血站验不出怀孕状况,需要自己主动申报,但孕期女性是不能献血的。"

"是这样吗?"没有献血经验的秀之并不了解这一点,只能出声反问。不过从常识出发,的确没必要非得让孕妇献血不可。

"不只是孕妇,做完手术不足六个月的人、刚拔了牙的人、受伤的人,等等,也不能献血。"

大槻警部用沉稳的声音做了补充说明。之所以了解得这么清楚,应该跟他经常在百忙之中抽出时间去献血有关吧。

"就像我说的,这些妊娠期女性通常应当避免做的事,结花小姐都若无其事地做了。如果只做了其中一样还好说,她做了四样,用偶然就解释不通了。"

"有道理……"

虽然称不上完美,这下秀之也不得不承认了。因为实在想不出有女性会在明知有怀孕可能的情况下,还吃药、坐云霄飞车、蒸桑拿和献血。单考虑可能性的话,几乎为零。

不过,慧子还是提出了不同意见。"也许结花小姐并不打算把孩子生下来呢?如果一开始就计划堕胎,根本不在乎流产呢?"

理挠着左边的眉毛，语气变得极为严肃。"如果硬要这么说的话，我也不否认。那些孕期禁止的行为都是以生下孩子为前提制定的。但是，结花小姐还说过一句话，如果她真的已经有孕在身，这句话就有问题——就在牧本先生提起黄金周要去夏威夷的时候。"

"夏威夷？"慧子盯着远处，回想当时的场景。

"对。弥冬小姐邀请她一起去，她却以那段时间不太方便为由拒绝了。"

"嗯，我记得。之后她还说，那段时间没有安排。"

理重重点了点头。"对。可是，这不会让人觉得很奇怪吗？既然没有安排，怎么知道一个月以后不方便呢？可结花小姐就是知道，黄金周的时候她不可能去夏威夷游泳。"

"啊！"在理说之前，秀之完全没注意到。也因为当时没觉得有什么矛盾，所以根本没注意听。

"也就是说，结花小姐知道一个月以后会不方便。如果她说的是真话，只要她没有预知未来的能力，能想到的可能性就只有一个。"

慧子突然低下头，用了一个委婉的词："月事。"

"对。能提前一个月知道的身体状况，就只有女性的月经了。"

没有一丝避讳，清清楚楚地说完结论后，理一勺一勺舀着已经开始融化的冰激凌送进嘴里。之后他开始进攻草莓、甜瓜、橘子等各色水果。

"但也不能确定吧。"秀之承认，这个可能性很大，但其他可能性并不是零。他需要更加严谨的理由才能接受。

"的确。不过，除了怀孕，还有一件事可以证明第三起案件中的尸体不是结花小姐，就是以礼物的名义送来的胳膊。"理把樱桃核丢进烟灰缸里,看向这边说道。

"最后送来的胳膊吗?"

秀之回想起打开木箱时的情景,不禁皱起眉头。凶手完全可以用假的代替,却故意砍下真的送过来,是一份丑陋的礼物。

"就是从那具尸体上砍下来的吧?因为切口一致。"慧子也皱着眉头。

"对。因此,如果那条胳膊不是结花小姐的,那么尸体就不可能是结花小姐。"

"的确如此。"慧子随声附和道。

"送来的是肩膀以下、手腕以上的左右两条胳膊。除了切口之外没有其他外伤,很干净。但你们还记得吗?结花小姐来别墅前刚刚献过血,胳膊上应该有粗针头留下的针孔。可那两条胳膊上连蚊虫叮咬的痕迹都没有,不觉得奇怪吗?"

"对啊。"秀之不自觉地拍着大腿,保持着惊叫时的口型,停了几秒才合上。

"仔细观察就会发现,采血用的针比普通的针头要粗得多,针眼好几天之后才会消失。如果是定期献血,甚至会留下非常明显的痕迹。而送来的胳膊上根本没有。也就是说,那并不是结花小姐的胳膊。"慧子接过理的话,做了最终总结。她已经彻底接受了理的推论。

"是的。"理重重点头,"最后那起凶案的受害人不是结花小姐。只是凶手通过巧妙的策略让我们误以为是而已。"

慧子慢慢点头,盯着理的眼睛说:"这样的话,新的问题就出现了。那具尸体究竟是谁的?"

桌子旁的几人死死盯着理,就连坐在旁边的秀之也投来了令人窒息的火热视线。理丝毫也不惧怕慧子那像要把人吃掉的眼神，没有回答，拿起勺子一口冰激凌一口奶油，悠然自得地吃了起来。

偶然瞥到外面，不远处的玩具店前已经聚起了人墙。有着白皙纤细手指的魔术师，正在表演华丽的技巧。

"从结论上来说，我们误以为是片仓结花的那具尸体其实是片仓弥冬。"大槻警部喝了一口咖啡，看着慧子说道。那是能让人感觉到年龄的沉淀，富有魅力的沉稳语气。

"用第二起案件中留在现场的拇指做过DNA鉴定了吗？"

"是的。"大槻警部点了点头，瞥了理一眼。或许是在理的提醒下才进行了鉴定吧。

"尸体实际上是弥冬小姐的话，那怀孕的人就是弥冬小姐。"慧子稍稍探出身子，嘴快地说道。

"对。片仓结花知道姐姐已经怀孕，才先撒了这个谎。她骗了杉木久子，也骗了垣尾达也。"

"为了解剖弥冬小姐尸体的时候不露出马脚，所以撒谎说自己怀孕了，是吗？"

"是的。要想让人误以为被发现的尸体是片仓结花，这是必须要做的准备工作。"大槻警部继续用礼貌的语气说，"片仓弥冬没有去医院检查，用的应该是验孕棒。在别墅和东京的家里都没有发现挂号单。要是有挂号单，就能从另一个角度分析这几起案子了……"

"知道孩子的父亲是谁了吗？"慧子毫不客气地询问道。

"查出来了，就是受到邀请前往别墅的堀广一。片仓结花供述，她是从片仓弥冬本人那里得知怀孕一事以及孩子父亲是谁的，因为片仓弥冬原本计划把这件事当作愚人节的谎言说给堀广一听，然后再告诉他这其实是真的，让对方大吃一惊。"

这才是堀被邀请到别墅的真正理由。并不是因为他们感情好,而是为了向堀广一追究怀孕的责任。

"但弥冬小姐在说出真相前就被杀了,所以堀先生并不知道这件事。"

"是的,片仓弥冬始终没有将自己已经怀孕这件事说出来。"

秀之终于接受了这个事实。"而我们不但不知道弥冬小姐已经怀孕,还误以为怀孕的是结花小姐。"

"就是这样。"大槻警部不住地点头,"而且巧的是叫节花的小猫怀孕了,事情才变得如此复杂。毕竟警方不会对猫进行司法解剖,所以在杉木久子说出来之前,没人知道这事。"

秀之现在才明白,原来弥冬和久子当时说节花怀孕,其实说的是猫。虽然知道因为名字发音相同,容易搞混,但谁能想到会在这种事情上搞错对象呢。

"多根井君早就知道那具尸体是弥冬小姐的吗?"慧子看着正在跟冰激凌和玉米片奋战的理,提出了问题。

"我也不敢确定。只是从几点细节来分析,这种可能性很大,所以就拜托大槻警部去调查了一下。"

"几点细节?"

把勺子放在旁边,理重新开始他的讲解。"有一个大前提,她们几姐妹,包括史织小姐在内,都长得很像。"

"那四姐妹长得像吗?"

秀之对这句话感到意外。先把史织放在一边不提,神经质的初音,放荡的弥冬,萎靡的结花,这三姐妹给人的印象完全不同。初音戴着金属框架眼镜,留一头长长的披肩卷发。弥冬不戴眼镜,留着长直发。结花戴着黑框蛤蟆镜,齐肩的短发只有鬓角编成了麻花辫。不只是性格,外表也完全不一样。

只见理继续自信地说:"对。因为发型和眼镜不同,看上去才觉得不像,而实际上她们的容貌是很像的。要说有区别的话,也就是初音小姐的脸颊偏瘦,弥冬小姐的脸颊更柔和一些而已。"

秀之摇头。"我还是觉得不像。要是摘了眼镜,换成一样的发型还能比较一下,直接就说她们像,我实在是……"

"她们三姐妹跟挂在客厅里的史织小姐的肖像画都很像。我问画里的是谁,说是弥冬小姐也可以,说是结花小姐也可以。弥冬小姐就说,等我见到初音小姐又会觉得是初音小姐了,她承认几姐妹长得很像。这就证明,她们四姐妹的容貌的确相差无几,不是吗?"

经他这么一说,秀之才想起来。

"少女时期的确是挺像的。"

"嗯。如果戴上同样的眼镜,留同样的发型,甚至会让人认错吧。"

"原来如此。"秀之此时才意识到,自己或许根本没有仔细看过那三姐妹的长相,都是在用眼镜和发型区分她们。

"结花小姐以前在美容院工作过,修剪发型对她来说不是难事。"

"对啊。"秀之轻轻拍了一下手。在客厅里聊到结花和垣尾相识经过的时候提过。初音开车去接腿部骨折的弥冬时,在购物中心里摔碎了眼镜。因为害怕,她瘫倒在结花工作过的美容院前。当时是为了说初音的视力有多差,却也在无意间透露了结花会剪头发。

"剪成一样的发型,戴上一样的眼镜,再把针扎在眼睛上,就算没有双胞胎那么像也认不出来了吧。"理清了清嗓子,继续说,"接下来是我猜测最后一个案子的受害人会不会是弥冬小姐的四点理由。第一点,第一个遇害的初音小姐,通过对比指纹和后背的烧伤确认其已经死亡;第二点,通过对比牙印确认史织小姐已经死亡;第三点,第二个案子中被烧焦的尸体不是弥冬小姐的;最后一点,除了她们姐妹之外,再想找到跟结花小姐长相酷似的人并不容易。"

秀之感觉,根本不需要说得这么啰唆,这就是单纯的排除法,并不是根据不容置疑的严密论证推导出来的结论。不过,有了这些线索,已经足够拜托大槻警部去调查了。

"请允许我提一个不太礼貌的问题。警方为什么没发现受害人被调包这件事?"之前一直在思考的慧子,突然插嘴道。会有这样的疑问也很正常。

"凶手瞅准了调查的盲点。"大槻警部语气沉重,略带自责地说道。

实际上负责调查工作的是河本警部带领的静冈县警,可听大槻警部的语气,好像是他的失误似的。

"科学搜证的盲点吗?"

"是的。一般像这种在暖炉中发现的烧焦的尸体,都会进行牙印比对或通过DNA鉴定来调查死者身份,但如果一开始就知道被害人的身份,就不会做那么复杂的工作了,只会做指纹和血型比对这类简单的验证。"

"第三起凶杀案中的尸体,眼睛上虽然插着针,但依然能识别出死者身份。因为死者戴着蛤蟆镜,鬓角的头发编着麻花辫,让人一看就觉得是结花小姐。"理温和的语气就像是在安慰大槻警部。

"而且这起案件中的尸体,手腕和手都被剁碎了,无法对比指纹，血型又一致。"慧子的言语中也透着善意。

"是啊。"大槻警部点点头，"因为无法对比指纹，现在回想起来，应该更严谨一点。只是当时已经先入为主，认为死者肯定是片仓结花。而且正如垣尾达也所说，尸体生前曾经怀有身孕。"

理表示同意地点了点头。"我们也是一样。结花小姐的肖像画被换，小猫节花惨死，再加上寓意结花小姐名字的尸体上的装饰，这么多事实摆在面前，我们难免会认为那是结花小姐的尸体。"

听完这番话，秀之感觉眼前的雾突然散了。一直让他耿耿于怀的那些无法理解的点，一下子都解决了。"理，该不会凶手替换肖像画、杀猫、采用比拟杀人的手法，都是为了掩盖第三起案件被害人的身份吧？"

理的表情没有任何变化，平静地点了点头。"是的。在小说的比拟杀人手法已经失去意义的情况下，凶手依然照着其执行的原因，就是为了把弥冬小姐的尸体伪装成是自己的。看来，你们都已经接受了第三起案件中的被害人尸体被调包的事实。那么接下来，就开始讲解替换肖像画、杀猫和比拟杀人这一系列举动中最无法理解的点吧。"

秀之对此没有异议。

☆　　☆　　☆

"模仿小说杀人的好处，就是能潜移默化地灌输受害人的名字。凶手想让我们先入为主地认为，第三起案件中的尸体就是结花小姐。"理清了清嗓子，开始讲述比拟杀人的过程。此时他已经端正坐姿，表情比之前认真多了。

"我们也很轻易地就中了凶手的圈套，而分析案情最忌讳的就是先入为主……"大槻警部大概还在自责，说到最后声音越来越小。

理看了看大槻警部，又扭回头继续自己的讲解："对凶手来说，第三起案件才是关键。因为如果有人发现受害人被调包，凶手的身份就呼之欲出了。"

"所以结花小姐无论如何一定要把弥冬小姐的尸体伪装成是自己。一旦有人怀疑受害人并非结花小姐，一切就都完了。"

"对，关键就是不能让警方对尸体进行科学检验。对凶手来说，光是戴上蛤蟆镜和弄成一样的发型还不够。就算把手剁碎了，如果有人因为无法获取指纹而产生怀疑、提出比对牙印的话，就糟糕了。为了让人绝对不会怀疑受害人不是结花小姐，凶手必须提前给所有人戴上有色眼镜。"

理稍稍探出身子。受到他热忱讲解的感染，还没吃的冰激凌开始一点一点地融化。

"她想让人深信那就是结花小姐的尸体，根本不用调查确认，看一眼就可以肯定。对吗？"

"对。为此，凶手按照史织小姐留下的小说大纲开始实施犯罪。因为所有步骤都跟大纲中提到的一样，这样所有人都会先入为主地认为，最后一起案件中的死者就是结花小姐。"

"原来是这样。"秀之轻轻拍了一下手，"当所有人都认为结花小姐会是下一个受害者的时候，尸体适时地出现，大家自然而然就会疏忽大意，还会因为猜对了而感到莫名的安心。在这样的状况下，肯定会先入为主地把那具尸体看成是结花小姐的。"

"这样毫无疑问会大大降低我们对尸体身份产生怀疑的可能性。"

"的确如此。"

秀之表示同意。而实际上，在双手都被剁成碎肉而无法辨认指纹的情况下，警方也的的确确没有怀疑死者的身份，彻底相信第三起案件中的尸体正如表面上看到的那样，是结花，所以牙印比对和DNA鉴定都没做。从最后警方的确是带着成见去调查这起案件来看，凶手模仿小说大纲杀人的计划是成功的。

"如果只是一具脸被彻底毁掉的尸体，用这个方法毫无意义，因为只要调查指纹和牙印就能确认其身份。但用在乍一看就会被当作结花小姐的尸体上，效果就完全不一样了。已经戴上有色眼镜的我们根本想不到尸体会被调包。因为发生的一切都与大纲中写的一样，结花小姐的肖像画被换掉，小猫节花惨死，再加上尸体上寓意名字的装饰，谁还会去怀疑那不是结花小姐呢？"

秀之老实地点了点头。"的确如此。肖像画被替换，小猫节花被杀，再到发现被鲜花包围的结花小姐的尸体，我们理所当然地就会认为，结花小姐跟初音小姐、弥冬小姐一样，以同样的形式遇害了。"

"嗯，凶手给所有案子制定统一的流程是有意义的。这个流程就是肖像画一旦被替换，猫就会被杀，一旦发现猫的尸体，与猫同名的人就会遇害。"理用水在桌子上画下圆圈和箭头进行说明。

"条件反射吗？"

"看到肖像画被换就会担心猫会不会被杀，发现猫的尸体就会担心与猫同名的人会不会遭毒手。凶手就是这样让我们预测下一起案件的发生，产生了先入为主的错误观念。"

"也就是结花小姐的肖像画被换，小猫节花被杀，那么下一个受害人肯定就是结花小姐这个错误的预测。"

"对。我们那个时候不是不明白换画和杀猫的理由吗，对于尸体和现场的装饰也完全摸不着头脑。虽然不明白，但能看出凶手在用同一个流程杀人。所以我们就会下意识地确信，结花小姐将是下一个受害者，而且她会以同样的形式遭到杀害。"

"这一系列的举动都是为了这个目的服务吗？"秀之说完，脸朝下叹了口气。他的样子不像是在感叹凶手的计划有多么缜密，更像是被搞得头痛。

"对。同时，采取比拟杀人的手法还会起到强调受害人名字的作用。"

"强调受害人的名字？"秀之不明白理的意思，重复着这句话反问道。

"嗯，想必凶手恨不能给每具尸体贴上名牌吧。为了让别人对这具尸体就是结花小姐这件事深信不疑，凶手不仅不想让人调查尸体的身份，还很想积极地传递这个信息。但如果真那么做了，就此地无银三百两了。所以比拟名字杀人就是包裹一连串莫名其妙谜团的糯米纸，而这一切都是为了给尸体贴上名牌。"

这样的比喻让秀之觉得非常有说服力。"有道理。之前因为无法理解比拟杀人的好处，所以始终想不通凶手为什么要那么做，居然是为了强调受害者的名字。正因为挂名牌挂得不是那么明显，才能如此自然地让所有人认定那就是结花小姐的尸体。"

理清了清嗓子，说："带着这样的成见去看受害人，也难怪警方会无视无法确认指纹这一点。因为只有对尸体的身份抱有怀疑时才会觉得蹊跷。"

"与其说是警方没有深入调查，不如说是凶手棋高一着吧。"

听到秀之的话，大槻警部没有抬头，默默盯着自己叠放在桌子上的手。

"这就是凶手照着小说大纲杀人的主要目的,而且这么做还能让人误以为凶手是弥冬小姐。因为一般人会认为比拟杀人这种麻烦事也就只有推理作家才会付诸实际,凶手就是利用了这种心理。"

"你的意思是,结花小姐想陷害弥冬小姐?"一直只是倾听的慧子慢慢抬起头,问道。

"是的。按照小说大纲杀人虽然能暂时把注意力引到史织小姐身上,但她应该早就料到,要不了多久,史织已死这个事实就会曝光。所以我认为,她真正想要陷害的,是弥冬小姐。"

"她不是第二个就把弥冬小姐杀了吗?"慧子微微歪着头,表示不解。

"结花小姐应该很清楚,以现代的科学技术,警方很快就会查明暖炉中的焦黑尸体并非弥冬小姐,所以她故意把弥冬小姐的拇指切下来留在现场。这样一来,人们就会认为那是弥冬小姐布下的障眼法,更加确信她才是凶手了。"

的确,当得知暖炉中的尸体并非弥冬的时候,大家对弥冬的印象已经不是糟糕那么简单了。更何况还是在检验过拇指,确定那就是弥冬的拇指的情况下。一个不惜切掉自己的拇指也要把别人的尸体伪装成是自己的人,凶手不是她还能是谁。可见结花已经把人们的心理都研究透了。

"不过,多根井君,片仓结花如此大费周章地比拟每个人的名字将其杀掉,不单单是出于这个对自己有好处的理由。从心理层面和精神层面出发,她都需要这么做。"大槻警部在抬起之前落在叠放双手上的视线,理的讲解告一段落之后说道。

"是结花小姐供述的吗?"

"是的。片仓结花只是想画画，只是想再次拿起画笔而已。"

理没有说话，轻轻点了点头，仿佛在说，接下来就有请大槻警部继续为大家讲解。自己则拿起勺子戳进融化的冰激凌里，一口一口地开始往嘴里送。

大槻警部看着慧子，开始讲述结花供述的内容。

"自片仓史织意外跌落山崖之后，片仓结花就再也画不了画这件事，你们都知道吧？片仓史织凄惨的死状始终在她脑中挥之不去。也正因为如此，她才会给人非常无力、虚脱的感觉。时间一久，她渐渐地产生了一个可怕的想法，只要能再次拿起画笔，就算把灵魂出卖给恶魔也无所谓。"

"我能理解她的心情。"慧子附和道。

"就在这时，她发现了片仓史织留下的三幅画。画就藏在客厅的肖像画后面，画中描绘的正是大纲中提到的三姐妹遇害的场景。这几幅画令片仓结花受到了极强的冲击，她开始固执地认为，只要在现实中还原这些场景，就能给自己留下更加强烈的印象，或许就能冲淡脑中对片仓史织死状的记忆了。不知是片仓结花的精神已经出了问题，还是片仓史织的画的确拥有某种魔力，总之，片仓结花最终没能摆脱这个妄念，照着画中场景装饰了现场和尸体。"

为了逃脱史织死状的诅咒而比拟杀人，精神上已经被逼入死胡同的结花会产生这样的想法有着充分的说服力。在现实中看到画中所描绘的场景，用更加强烈的视觉刺激或许就能抵消史织的死状给自己留下的梦魇。只要再也回想不起当时的场景，自己或许就能画画了。她就是受到这样的妄想所驱使犯下了罪行。一方面是史织的画的确具备这样的魔力，另一方面，结花自己也因为心里压抑早就变得不正常了。或许不单单是这两个因素。生前不得志的史织的心情经过时间的沉淀，刺激到了结花的神经，也是有可能的。

"这应该就是她最初的想法。想在现实中看到画中场景的欲望是出发点。"理停下舀冰激凌的手，看向大槻警部。

"片仓结花是这么供述的，否则她也不会实施这个容易失败又麻烦的杀人计划。"

"嗯，制订计划的过程中肯定发生了某些变化。因为她发现，比拟名字杀人有几个好处。"

"片仓结花的确说过，计划开始后才发现有利可图。"大槻警部对这个问题进行了简洁的补充。

"因为在进行比拟名字杀人的同时，她还必须做替换肖像画和杀猫这一系列准备工作，所以肯定得考虑到实际的益处。"慧子插嘴道。

"不过，对结花小姐来说，那些都是次要的，能重新拿起画笔这个心理层面的理由才是主要的吧。"理放下勺子说道，感觉是在维护大槻警部的颜面。

秀之感觉，讨论实际利益和治愈心理创伤哪个是主哪个是次没什么意义。那不过是结花的主观想法，解释为是出于这两方面的考虑才犯下这样的罪行更为妥当。

"不过，凶手通过送礼告知我们史织小姐留下的小说大纲的存放地点，证明她很希望我们能发现这是一起模仿小说情节的杀人案，所以更注重的应该是现实利益。"理也考虑到了慧子的心情。

"这一点片仓结花也供述了。在第三起案件发生之前，她必须让人察觉到这是一起模仿小说的凶杀案，否则会降低比拟杀人的实际价值。"

"就因为这个想到了送礼物吗,送那些奇怪的礼物?"秀之觉得蹊跷,反问大槻警部。

"对。送最后一份礼物时,她还直接把答案写了出来。扰乱调查的同时,也是为了传递信息。"

秀之无论如何都接受不了这个说法。"扰乱调查吗……"

"送礼物和杀猫都是彩濑瑞穗想出来的。她原本打算用片仓史织那件事勒索片仓家的人,送礼物和杀猫就是她计划用来恐吓的手段,想吓吓那三姐妹。而得知这件事的片仓结花把她的想法用到了自己的计划中。"

恐吓的事还是头次听说,但这并不能解开秀之的疑问,他下意识地摇了摇头。如果想告知稿子放在那里,直接写"调查时钟"不就成了吗,根本没必要送奇怪的礼物,给调查的人提供更多的线索。写留言卡,出门寄包裹都需要冒一定的风险。秀之无法接受扰乱调查这个理由。

"胳膊。"

秀之正打算说出自己的疑惑,吃完冰激凌的理简短且一针见血地说道。

"什么?"

"胳膊。结花小姐真正想寄的只有胳膊,就是最后送来的那两只胳膊。"

"胳膊?"

"对。她把真的胳膊塞在箱子里寄了过来,其实完全可以像之前的鸽子,用玩具代替。"

那真的是一个恶趣味的、令人作呕的礼物。秀之回想起了打开盖子时闻到的臭味。

"我也觉得奇怪。送假的就好了,为什么要送真的来?"慧子大概也想起了那股恶臭，皱着眉。

"对，没错。因为凶手想处理掉那两只胳膊，当礼物送出就不用剁碎了。"

"为什么？"秀之没听明白话里的重点，追问道。

"好好回想一下第三起凶案中的尸体，就能明白凶手当时的状况了。"

"第三起凶案吗？"

秀之按理说的，在脑中回想当时凄惨的画面。尸体被鲜花包裹，虽然挡住了一部分，但还是能清楚看到手腕以下被切得很碎，已经没有了原来的形状，眼睛里插着针，简直就是地狱里的场景。

"我们已经知道那具尸体是弥冬小姐。不过现在要以那是伪装成结花小姐的弥冬小姐的尸体为前提去思考。"

"我知道。"秀之有点不高兴，冷冷地回答道。

"现在明白凶手为什么必须把手切碎了吧？那是为了让人看不出那是手，切得粉碎的理由。"

"因为没有拇指。"

秀之立即给出了答案。慧子和大槻警部也轻轻点头表示同意。

"没错。因为凶手把弥冬小姐的拇指丢在了第二起凶案现场的暖炉旁，尸体自然就没有拇指了。要想把那具尸体伪装成是结花小姐的，唯一的方法就是把手指和手掌切碎。"

"因为凶手绝不能让人发现尸体没有拇指。要是被发现了，拿掉在暖炉旁的拇指去比对，调包的计划就泡汤了。"

理慢慢点了点头。"对，还有指纹的问题。把手彻底剁碎是一件非常累人的工作，本想只剁一只手，但如果用剩下那只手的指纹去做比对,计划也同样会失败。为了避免这样的结果,把手腕以下全部剁碎是最理想的方法。"

"有道理。相当于是把小说大纲中的内容做了拓展,假装是在还原大纲中提到的'右胳膊被胡乱砍了很多刀'。"慧子放下抱在一起的胳膊,插嘴道。

"嗯,这种程度的拓展不至于引人怀疑。只是从右胳膊变成了两只胳膊,剁碎也可以说成是乱砍了很多刀。"

"是的。为了把胳膊当成礼物寄出,把手指和手掌剁碎也不会让人觉得不自然。但如果不砍下胳膊,只把手腕以下剁碎呢?还能说是照着提纲上杀人吗?"

秀之摇了摇头,说:"提纲上写的是右臂,只剁碎手腕以下肯定会让人起疑,觉得不像是在还原小说大纲的内容,更像是为了掩盖某个不能被发现的秘密。"

"对。为了让别人认为这的的确确就是在照着小说大纲中的描写犯罪,凶手必须连同胳膊都剁碎。可这项工作相当消耗体力和时间,不是手腕和手能比的。所以凶手必须想一个办法,不用剁碎就能把胳膊处理掉的办法,只剁碎手腕以下也不会让人起疑的办法。"

慧子轻轻敲着桌子说:"就是礼物。"

"当作礼物送出去就能处理掉,就不用剁碎了吗?"秀之又开始觉得头疼了。

"对。胳膊已经当礼物送出去了,只剩下手腕以下。所以,凶手才只将这部分按照小说中的描述砍了很多刀。"

"原来是这样……"秀之在叹气的同时说了这么一句,声音有些嘶哑。

"想到这个借口的时候,凶手就已经决定将胳膊当礼物了吧。其他礼物充其量是为了送出胳膊的铺垫。"

"也就是说，不是先想到时钟这个答案，而是先想到了胳膊这个提示？"慧子的眼睛睁得很大，显得非常吃惊。

"是的。决定了提示是什么之后，时钟才成了有些牵强的答案。要想让我们发现那个藏东西的秘密墙洞，提示画或者肖像画更容易理解。"

理说得没错。实际上理当时调查了别墅里的所有时钟，什么都没有找到，甚至一度怀疑自己是不是猜错了。那不是理的责任，而是答案有问题。因为提示是固定的，凶手只能硬着头皮想出这么一个并不切题的答案。

"这下应该都明白了吧？关于凶手为什么要送奇怪礼物的理由。"这段比较长的讲解终于告一段落，理重重吐了口气。

"嗯。不光是这点明白了，比拟名字杀人和模仿小说大纲杀人的理由也都搞清楚了。"慧子轻轻点头看着理。

看到慧子眼神中流露出尊敬之色，秀之突然想向理提出几个刁钻的问题。

"可是，理，我想回到最初的问题。就算第三起案件中的尸体是被结花小姐偷龙转凤的弥冬小姐的尸体，也不能断定结花小姐就是凶手吧？也有可能第二起凶案中的尸体是结花小姐，凶手为了让结花小姐做自己的替罪羊，故意将尸体换来换去把事情搞复杂呢？如果说因为第三起案件中的尸体不是结花小姐，就断定她是凶手的话，那第二起凶案中的尸体也不是弥冬小姐，按照你的理论，弥冬小姐才是凶手咯？"

刚才闭着眼睛没有说话的理，睁开眼睛看着秀之，似乎想到了什么有意思的事，笑了。"我之所以想到结花小姐是凶手，并不是因为第三起案件中的尸体被调包，而是第一起案件中的尸体就已经被调包了。"

"第一起？"秀之的声音很大，差点儿引得周围所有人都回头看。有一个瞬间，秀之甚至怀疑自己是不是听错了。

理的表情充满了自信，简短地说了一句："我来解释给你听。"

他的声音沉着冷静，与秀之形成鲜明的对比，让人觉得有些可恨。

☆　　☆　　☆

外面不知何时已经人山人海。有着一双灵巧纤细双手的魔术师不停展示着各种华丽的技巧。观众不知是不是哪里的团体，有些人像是商量好了似的拿着一本薄薄的小册子，封面上有三只小动物，猜不到里面是什么内容，还有一个"掌"字，大概是杂志的名字吧。

"第一起案件中的尸体也被调包了。解释起来有点复杂，从结论上来说，就是初音小姐的尸体和弥冬小姐的尸体被调包了。也就是说，结花小姐和垣尾先生发现的尸体不是初音小姐，而是弥冬小姐。"

就在秀之的注意力被玩具店吸引的时候，理开始了他的讲解，导致秀之一时间没搞清楚其中的复杂关系。

"你的意思是，结花小姐他们发现的尸体和之后警方进行调查和尸检的尸体不是同一具？"

理斩钉截铁地点了点头。"对，接下来我就来证明。我会举例说明结花小姐他们看到的尸体并非初音小姐的。"

不只是烧死在暖炉中的尸体和被鲜花包裹的尸体，连在浴室里发现的尸体也被调包了。这让人怎么能轻易相信呢？慧子也有同样的疑问，始终歪着头。整个案件过于复杂，秀之感觉头比刚才更疼了。

"例子有很多，我就先来说第一个。隐形眼镜。初音小姐视力非常差，平时都会戴金属框架眼镜。她的视力差到什么程度呢？没有眼镜的话别说开车，连走路都成问题。所以，她洗澡的时候应该会戴隐形眼镜……"

秀之摇了摇头，打断了理的话："是初音小姐告诉你的吗？"

"不，这是我根据恐吓信上的内容和浴室的情况推导出来的事实。"

"我想起来了，初音小姐浴室的排水沟里装着网眼孔径小的网，从那上面找到了属于弥冬小姐的毛发。"慧子频频点头插嘴道。

经她这么一提醒，秀之才想起这件事。

"对，听说那样可以防止隐形眼镜被冲走。"视力极好的理用不到这样的知识，所以用的是"听说"。

秀之并不认同这番言论，果断选择反驳："可是也不能因为装着小网眼的网就断定她洗澡的时候戴着隐形眼镜吧？也有可能是为了防止别的什么东西被冲走装的啊。"

"你说得对，仅凭这个侧面事实什么都证明不了。"理并没有据理力争。

"那你怎么断定她就戴着隐形眼镜呢？"

"就是我刚刚提到的恐吓信。初音小姐说过，有人直接放到了她的房间里。她说自己洗澡的时候看到史织小姐进了她的房间。在弥漫着水汽的浴室里还能看清闯进房间里的人穿的什么衣服，就证明初音小姐在洗澡的时候戴着隐形眼镜。框架眼镜的镜片在浴室里会起雾，什么都不戴的话又几乎看不见东西。"

"对啊。"秀之像泄了气的气球，不甘地轻轻咂了一下嘴。

理总能从一些细节上发现别人发现不了的信息，秀之对此望尘莫及。

"还能从这个角度分析啊。我满脑子想的都是恐吓信是谁带来的，内容又是什么意思，完全没考虑到初音小姐当时的状态。"

理并没有因为慧子发出的感叹而露出得意的笑容，继续自己的讲解。

"还有一件事，就是发现猫的尸体的时候，从这件事也能分析出这个答案。初音小姐打算去洗澡，当时她没戴框架眼镜，却清楚地看到了小猫出音的尸体。由此可知，她洗澡的时候会摘下框架眼镜，戴上隐形眼镜。"

"我们调查后发现，片仓初音的确使用隐形眼镜。"

大槻警部做了简洁的补充。理对大槻警部点头示意后，看回这边继续解说。

"现在请回想起初音小姐的尸体和现场的状况。你们之前为我形容现场的时候说，眼镜放在床头柜上，跟看起来像是恐吓信的东西堆放在一起。那么，当时尸体戴着隐形眼镜吗？"

秀之慢慢摇了摇头。"没有这样的报告，尸体上要是有这类特征，解剖的时候肯定会发现。"

"嗯。我听说因为尸体的耳朵上有针眼，所以在验尸的时候格外仔细。验尸报告上并没有戴着隐形眼镜的记载。"大槻警部用深沉的声音断言道。

"习惯在洗澡的时候摘下框架眼镜，戴上隐形眼镜的受害人，在死前虽然摘下了框架眼镜，却没有戴上隐形眼镜。这意味着什么？意味着初音小姐并不是在洗澡过程中遇害的，而是在戴着框架眼镜的状态下被杀，之后才被凶手搬进了浴室。"

秀之不禁大叫出声。不用问，理肯定在得知验尸报告内容的时候，就已经推导出这个结论了。

"可是单凭这点也不能说明尸体被调包了吧？顶多能分析出凶手是一个并不知道初音小姐会在洗澡的时候戴隐形眼镜的人，不是吗？"慧子的语气很温柔，提出的问题却很尖锐。

"对，您说得没错，所以这点不能单独拿出来分析。虽然我早就想到了，但当时并没有起到任何作用。后来听垣尾先生详细讲述发现尸体时的情况之后，再结合这点来分析，就不得不考虑尸体是不是被调包了。"

"明白了。"慧子轻轻点了点头，示意理继续。

"那我就来说第二点，被晒黑的皮肤。"确认过慧子没有疑问之后，理再次面向这边讲述他的论证。

"晒黑的皮肤？"

"对。初音小姐背上有小时候烫伤留下的伤疤，这个大家都知道吧？牧本先生说要去夏威夷的时候提到的。"

"记得。当时牧本先生还担心初音小姐会不会不愿意游泳。"

理点点头。"实际上她很喜欢游泳，并不是很在意疤痕的事，不过还是会尽量选择能遮住疤痕的泳衣款式，不会穿皮肤露得比较多的比基尼。"

"嗯，从女性心理角度出发，只要不被看到就无所谓的话，肯定要选能遮住疤痕的泳衣。"作为几人中唯一的女性，慧子用年轻女性代表的身份支持理的意见。

"而反观结花小姐和垣尾先生看到的尸体，晒黑的背部留有一条白色的带状痕迹。透过长发的间隙看到了穿比基尼的痕迹。"

秀之记得很清楚，从医院回来的垣尾的确这么说过。当时只觉得，晒黑的皮肤跟神经质的初音不太搭，但转念一想，她喜欢游泳，也许是在游泳的时候晒黑的吧。

"不会穿比基尼的初音小姐的背上不可能会留下这样的晒痕。因此，垣尾先生他们看到的尸体并不是初音小姐。"

"这一点我们也疏忽了，没有细致地去分析垣尾达也的证词。谁都没想到目击者看到的尸体和接受尸检的尸体居然不是同一具……"

看了看声音因自责而变得沉重的大槻警部，理再次看向慧子，说："接下来是第三点，眼镜没有发出声音。垣尾先生为了找胶带和锤子，把床头柜弄翻，东西都掉落到地上时，只听到了没有什么重量的纸发出的'唰啦'声。"

听到惨叫，发现尸体的垣尾为了进入反锁的浴室，去找胶带和锤子。但因为他当时发着高烧，一个没走稳就碰倒了床旁边的床头柜。床头柜上的东西掉到了地上，只发出了"唰啦"声。之后垣尾把东西都捡起来放回了原处。秀之在现场看到的床头柜上放的东西，应该就是垣尾碰倒床头柜撒了一地的那些。

"在之后的调查中，放在床头柜上的东西经过确认，分别有写着预定事项的薄记事簿、装在白色信封里的恐吓信、装着明信片类文件的快递、收据、笔记以及银框眼镜，对吗？"

大槻警部抬头表示肯定。

秀之回忆着现场的情况，点点头说："对，我看到的就是这些。"

"但试想一下，如果眼镜一直放在床头柜上的话，垣尾先生把上面的东西全弄到地上的时候，眼镜肯定会发出声音。除了轻飘飘的'唰啦'声，应该还会听到金属与木头接触的'咔嗒'声，因为地上铺着木地板。"

没错，就算有记事本和恐吓信做缓冲，也不会只发出"唰啦"声。

"如果直接掉在地上，镜片还有可能会摔碎呢。"

"是的，但当时却没有类似的声音，镜片自然也没有摔碎。也就是说，床头柜被碰倒的时候，眼镜并没有放在上面。是垣尾先生把所有东西捡起来放回去之后，也就是尸体被发现之后，某人才把眼镜放上去。"

逻辑清晰。理非常擅长把小细节归拢到一起得出结论，秀之这次没有反驳的余地。

"在这栋别墅里，洗澡时把眼镜放在床头柜上是初音小姐的习惯。所以，如果她是在洗澡过程中遇害，垣尾先生碰落的物品中肯定会有眼镜，可当时并没有眼镜掉落地板的声音。由此可知，初音小姐并不是在洗澡的时候遇害的。凶手为了伪装成她是在洗澡时遇害，才在事后将眼镜放在了床头柜上。"

"跟上一点的情况一样，初音小姐是在平常状态下被杀，之后才被人转移到浴室。"慧子依然是那么敏锐。

"是的。不过这次是为了证明垣尾先生看到的尸体并非初音小姐。接下来请思考，既然凶手不是在初音小姐洗澡的时候杀死她的，那是什么时候把她搬进浴室的呢？"

"什么时候？"

"我们假设，尸体是在结花小姐和垣尾先生发现尸体前，也就是案件浮出水面前被搬进浴室的。也就是说，垣尾先生看到的尸体的确就是初音小姐的。这个时候凶手应该已经拿到了银框眼镜，为什么没把眼镜放在床头柜上呢？即便是因为没有提前预料到垣尾先生会把床头柜碰倒，但万一他记得床头柜上没有眼镜的话也会坏事。所以凶手应该在把尸体搬进来的同时，将眼镜放到床头柜上。"

的确如此。把银框眼镜放在床头柜上又不是什么需要耗费体力的事，有个几秒钟就能搞定，实在想不通凶手为什么没有那么做。

"按照这个思路一下就明白了，这个假设是错的。这是反证法吧。尸体不是在案件浮出水面之前被搬进浴室的，而是在两人发现浴室的尸体之后才搬进去的。也就是说，垣尾先生看到的尸体不可能是初音小姐。"

慧子双眼闪闪发光，陷入沉思。看她的样子不是在思考逻辑上是否正确，而是在反复回味通向结论的过程，乐在其中。

"这一点我们也疏忽了。"大槻警部依然低着头，嘟囔了一句。

在秀之看来，这只是海量证词中的一个拟声词而已，不能怪看漏的警察。

停顿了一会儿，理清了清嗓子说："接下来是最后一点。跟刚刚说的情况相反，这次是脏衣篓发出了声音。"

"脏衣篓？是放在浴室旁边的那个塑料筐吗？"

"对。就是为了不让人看到里面的内衣裤，结花小姐挪去垣尾先生看不到的地方的那个筐。"

慧子惊讶地问："那个筐发出声音了吗？"

"是的。那是个塑料筐，按理说挪动的时候根本不会有声音，可当时却发出了小小的沙啦沙啦声。也就是说，声音并不是筐本身发出来的，而是里面放着什么东西。可后来调查的时候警方并没有在里面找到能发出声音的东西。里面放的衣服和内衣都很朴素，也不可能发出声音。"

"这证明他们二人发现尸体时和之后警方调查时，里面放的东西是不一样的。"跳过中间的推理过程，慧子先一步说出了结论。

"是的。凶手是在尸体被发现后，才把脏衣篓里的衣服换成了初音小姐的。而当时放在那里面的，是倒在浴缸里的弥冬小姐的衣服。"

就算脏衣篓里放的是弥冬的衣服，也不用担心被垣尾看到。那是年轻女性的房间，而且两人当时还正打算进入浴室，此时挪动放着内衣的筐根本不用担心引起别人的怀疑。垣尾会尽量避开视线的。只是凶手没料到，挪动的时候发出了塑料制品根本不可能发出的声音，以及垣尾竟然能把这件小事记得清清楚楚。

"根据我的猜测，发出声音的应该是项链或手链。既然已经发出了声音，最好的解决办法就是把东西留在里面。只是上面大概刻着弥冬小姐名字的首字母，所以凶手不能那么做，一面只能祈祷垣尾先生能忘掉这件事，一面连同衣服一起带走了。"

慧子把抱着的胳膊放在桌子上，重重吐了口气。"脏衣篓里面的东西换了，浴室里的尸体也被调包了。"

"嗯。"理点点头。

"可是，理，单单因为筐里没有发出声音的东西，就说里面的东西被换掉了，会不会太牵强了？假设初音小姐身上的服饰中也有发出沙啦沙啦声响的东西，但那个东西对凶手来说不应该存在，跟计划有冲突，所以只把那样东西拿走了也是有可能的吧？"虽然接受了这个将几处细节组合起来而得出的结论，秀之还是提出了反驳。

"的确，如果单从这个线索出发的话，你的解释也不无道理。不过，实际上是拿走所有东西，还是只拿走发出声音的东西都无所谓，最终都能证明尸体被调包了。"

"无所谓？"

"对。跟分析前两点时一样，我们假设凶手已经把尸体搬进了浴室。垣尾先生看到的尸体就是初音小姐。"

看来又要用反证法。秀之没有说话，等着理继续说下去。

"凶手也是在二人发现尸体后把发出声音的东西拿走，就像之前说过的眼镜。但是，她为什么要做这么冒险的事？把尸体搬进浴室的时候顺便拿走不就行了吗？把脏衣篓藏在不需要移动的位置不是更好？这样就不用担心被垣尾先生看到了，更不会因为挪动物体时发出声音而留下证据，不是吗？假设垣尾先生看到的尸体就是初音小姐，就会发生这样的矛盾。因此，二人发现的尸体和接受尸检的尸体并不是同一具。"

"对啊。"秀之又重重吐了一口气。

"这样第一个命题就证明完了。结花小姐和垣尾先生发现的尸体并不是初音小姐，而是别人的尸体。之后才换成了初音小姐的尸体。"理的声音洪亮有力。虽然说了很长时间的话，但暂时还没有感觉到疲累。

"可是，你怎么知道那具尸体就是弥冬小姐呢？"慧子耐着性子继续提问。

"我并不知道。或者说，没有必要知道。"

"什么意思？"

"确定凶手的身份不需要知道那具尸体究竟是谁。重要的是，能调包初音小姐尸体的人是谁。"

慧子重重点头，表示自己明白了。"能做到这件事的人，只有一个。"

"对,没错。凶手必须是那个能把眼镜放在床头柜上的人,必须是那个把脏衣篓挪到垣尾先生看不到的地方,并将里面的东西换成初音小姐的衣物的人。"

秀之忍着强烈的头痛,嘟囔道:"所以凶手就是结花小姐吗?"

"对。所有人从画室回到别墅的时候,别墅的门都被反锁了。堀先生跟久子太太去找弥冬小姐的时候从里面确认过,而我也从外面确认过了。当时,别墅里只有结花小姐一个人。为了能一个人留在别墅里,以联络为借口逼垣尾先生去画室的人,除了结花小姐就没有其他人了。"

慧子表示非常同意。"没错。当时我就觉得奇怪,为什么发着烧的垣尾先生会一个人走着来画室。一般来说,在那种情况下,结花小姐应该跟着一起来。"

"是的。从垣尾先生的角度出发,他或许认为与其两个人都冲进大雨里,不如他一个人冒险前往,但女方应该想跟着一起去吧。垣尾先生当时发着烧,随时都会昏倒;更何况杀人凶手可能就藏在别墅的某个地方。她却要一个人留下,这显然有问题。也许是出于某种隐情,但她明明开过车,却对垣尾先生撒谎说自己不会开车。在去画室联络这件事上,结花小姐没有表现出任何积极的态度。"

理这么一说,秀之才想起来。聊起弥冬滑雪时腿部骨折,拜托初音送自己去医院的时候,这一点曾被提到过。中途说要去购物中心买东西而下车的初音摔碎了眼镜,别说开车了,连动都不敢动,整个人陷入了绝望。当时只把这件事当作结花和垣尾相识的故事来听,但现在细想起来,既然他们之后是开车去的医院,那么结花肯定是会开车的。因为初音没了眼镜,弥冬的腿骨折了,下车的时候二人都要扶着结花的肩膀才能移动,所以当时开车的人肯定是结花。

"既然结花小姐会开车,一般来说两人应该是一起开车去画室。或者至少也应该是结花小姐负责送信,垣尾君留在现场。她肯定是为了留下来调换尸体才撒了谎。"

慧子语气强硬地下了结论。虽然跳过了论证过程,但秀之对这个结论没有异议。

"看来你已经接受结花小姐就是凶手这个事实了。"理也安心地吐了口气,然后重新摆好鱼缸一样的容器,拿起勺子准备吃掉剩下的芭菲。

"可是,理,还有个地方我不明白。不,应该说是有很多地方不明白。"

"哪里不明白?"理冷冷地问了一句,捞起泡在最下层糖浆里的橘子放进嘴里。橘子的量很大,感觉至少放了一整罐的橘子罐头。

"第一起案子很复杂,就算看过片仓结花的供词也不是一次性就能说明白的。凶手的想法和实际发生的事并不吻合,这才导致了如此奇怪的状况……"爱低头的大槻警部抬起头解释道,大概是在代替忙着吃芭菲的理回答了这个问题吧。

"结花小姐他们发现的尸体真的是弥冬小姐吗?"慧子立马追问道。

"现在已经无法确认了,但应该没错。浴室里的指纹和毛发可以从侧面证明这一点,而且跟片仓初音相似到足以欺骗垣尾达也眼睛的也只有片仓弥冬了。"

结花当时还活着,史织早在十几年前就死了,也就只有弥冬这个妹妹的尸体能以假乱真。再加上指纹和毛发,那具尸体必是弥冬无疑。

"弥冬小姐是直发，凶手改变了她的发型吗？"

"是的，这是为了令弥冬看起来像初音。凶手在美容院工作过，烫个披肩卷发对她来说不是什么难事。凶手供述，她提前准备了简易工具。"

这么说来，弥冬的尸体曾两度被拿来伪装成别人的尸体。第一次是初音，第二次是结花。每次都会被改变发型，先是从长长的直发变成披肩卷发，之后又被剪成齐肩短发，鬓角编成麻花辫。虽然结花掌握着相关技术，但如果不是这个顺序，就没法来回来去改变弥冬的发型，从而利用她的尸体了吧。所以结花肯定花了很长时间诱导初音和弥冬留成那样的发型。

"可是最根本的问题还没有说清楚。凶手为什么要让人误以为弥冬小姐的尸体是初音小姐？为什么不惜大费周章调换两人的尸体也要这么做？"

秀之也跟慧子抱有同样的疑问。在几个不明白的点中，这一点是最无法让人理解的。

"这里最难理解，就算听了解释也很难。"

大槻警部发出苦恼的唔唔声，然后陷入沉思。代替他回答的自然是理。那么多橘子他基本上已经吃完了。

"有那么复杂吗？"

"嗯。弥冬小姐的想法，结花小姐的计划，以及实际发生的事全都不一样，所以案件才会变得如此复杂。结花小姐不得不调换尸体，才制造了表面上绝对完美的密室……"

"多个偶然复杂地一环扣一环，相互交织在了一起。"

理一脸为难地点了点头。"不过，我还是来说明一下吧，弥冬小姐怀着怎样的想法，结花小姐又有着怎样的打算，实际上都发生了什么。以及，结花小姐是如何处理，密室又是怎样形成的。虽然这一切都是我自己的想象……我会按照顺序都讲出来。大槻警部，请适时做出订正，拜托了。"

大槻警部没有说话，只用眼神回应了理。

☆　　☆　　☆

每个人又重新点了饮料。占了这么久的位子，总不能只点一杯咖啡。

服务员为几人下单。看着对方的背影消失在厨房深处，理才重新开始说明。

"首先要说的不是结花小姐，而是弥冬小姐。弥冬小姐拜托结花小姐帮自己在愚人节这天捉弄人应该就是整件事情的诱因。"

案子过去了那么久，已经差不多要遗忘了，预计开派对的那天正是四月一日。秀之这才想起来，垣尾赶到画室的时候，自己最初就怀疑那是不是他提出来的整人点子呢。

"对于那些不受自己诱惑的男人，片仓弥冬向来不会轻饶，所以她十分讨厌不是对自己、而是对片仓初音示好的垣尾达也。"大槻警部微微皱着眉说道。

"好险啊，多根井君。"慧子笑着调侃道。

理只是微微一笑，没有回应。

"那是个相当过分的玩笑。片仓弥冬想让垣尾达也以为片仓初音已死，借此吓唬他。就算是愚人节，也不该以凶案为题，凡事都该有个度。"

理表示同意地点了点头。"我们几个推理迷会受到邀请也是这个原因。弥冬期待我们把事情搞得一团乱。"

"原来是这样啊。"慧子似乎已经对那个自己曾经崇拜的推理作家没有了任何幻想，声音里没有失望，只有冷漠。

"她大概是看到自己脖子上留下的瘀青后想到的这个点子。只要把绳子放在旁边，其他人就会误认为人已经被勒死了。"

秀之记得，弥冬之前曾因为感情纠纷跟自己的情人吵架，结果被那人用浴袍的绳子勒住了脖子。勒痕是活着时留下的，只要人没被勒死，就会在脖子上留下一圈瘀青。从弥冬一直系着围巾来看，痕迹应该挺严重的。见惯了尸体的法医学家或许还能看得出来，但一般人看到勒痕就会误以为人已经被勒死了。

"只要把长直发烫成披肩卷发，戴上银框眼镜，弥冬几乎就可以以假乱真。之后再假装倒在初音小姐的房间，垣尾先生应该就会误以为初音小姐被什么人杀害了。"

"应该会。"慧子表示同意。

"但要想成功，就需要有人在适当的时机，将垣尾先生一个人引至初音小姐的房间，因为现场不能被太多人看到。而且再怎么说垣尾先生都有个当医生的父亲，他自己也就读于医大，只要通过摸脉搏或看瞳孔马上就能断定那个人是生是死，所以也需要有人阻止他接近弥冬小姐。于是，弥冬小姐就去找结花小姐商量这件事，让结花小姐帮自己欺骗垣尾先生。"

另外一个服务员将刚刚几人点的饮料送来了。热咖啡，香蕉果汁，冰奶茶。理点的是雪顶可可，撤走他面前的容器时，服务员没有掩饰自己的吃惊，大概之前没见过能把布丁芭菲豪华杯吃得如此干净的客人吧。

"而结花小姐这段时间正发愁不知道怎么才能在浴室里勒死初音小姐。杀人之后还要在现场的天花板上挂铃铛，伪装成像是比拟名字杀人，同时还要让弥冬小姐做自己的替罪羊。因此，当弥冬小姐找上门，这个机会对她来说可谓求之不得。因为这样一来，就能在现场留下弥冬小姐的指纹和毛发了，而且只要把叫声当作进入房间的暗号，那么自己就有了案发时的不在场证明。真是想什么来什么。"

慧子喝了一口香蕉汁说："当时双方的利害一致。"

"是的，提出在浴室实施骗局的人应该是结花小姐。她大概是这么跟弥冬小姐解释的，全裸的话，垣尾先生就不会轻易接近并碰触尸体确认死亡。虽然实际上垣尾先生因为当时发着高烧，壮起胆子摸了尸体的脉搏，但如果是平常，他根本没有胆子抱着尸体和把尸体翻过来，这一点垣尾先生自己也承认。不穿衣服还有其他好处，除了不需要准备衣服和眼镜，只要不是紧盯着脸看，就很难发现尸体并不是初音小姐的。"

"片仓结花供述，全裸这个提议说到了片仓弥冬的心里，她当即就答应了。"大槻警部用勺子搅着咖啡，皱着眉头说道。

看来他看不惯这种对脱衣服没有抗拒心理的女性。

"她还让弥冬小姐同意往天花板上挂铃铛这件事。具体是用什么理由让弥冬小姐答应做这么奇怪的事，就不得而知了……"

"她说垣尾达也讨厌铃铛的声音，挂上铃铛他就不会接近尸体，片仓弥冬自然答应。"

怪不得浴室里会有弥冬的毛发，挂铃铛的油灰上留下的也是她的指纹了。这一切都是弥冬自己做的。天花板上的铃铛是伪装成初音的弥冬挂上去的。她到死都不知道，自己所做的一切都是为了完成比拟名字杀人的准备工作……

"接下来我说的，应该就是她们二人商量好的整人计划。首先，两人把初音小姐偷偷转移到弥冬小姐的房间，等参加派对的客人都出发去画室后，剪断电话线，目的在于断绝与外界的联系，只留下直接去画室救援这一条路。弥冬小姐把发型换成披肩卷发,在初音小姐的浴室里挂好大量铃铛,把绳子放在旁边之后,全身赤裸地趴进浴缸里。结花小姐把垣尾先生叫到自己房间,为了不让他见到初音小姐,拉着他说话。话说到一半的时候,弥冬小姐发出惨叫,以此为信号,结花小姐把垣尾先生带到初音小姐的房间,让垣尾先生在浴室发现尸体的同时,留意不让其碰触弥冬小姐,再让他去画室通知大家初音小姐已死。等垣尾先生离开后,弥冬小姐再恢复原来的样子。"

秀之摇了摇奶茶,嘟哝道:"计划还挺周密。"

"是的,结花小姐应该是在这个整人计划基础上完善了比拟杀人计划。她没有把初音小姐带去弥冬小姐的房间,而是将其监禁在自己房间的浴室里;同时让弥冬小姐挂好铃铛,留下指纹,掉落毛发,目的是留下物证,让其做自己的替罪羊。之后弥冬小姐发出惨叫的信号,结花小姐就此得到不在场证明,在让垣尾先生误以为初音小姐被人勒死之后,让他去画室通知其他人。事后,她将完成任务的弥冬小姐约到停放自己偷偷开来的车的地方,将其勒死,装进后备厢中暂时藏起来。最后再把脱光衣服的初音小姐运到房间的浴室里,在耳朵上扎针,用绳子勒住脖子留下勒痕,还不忘把衣服放进脏衣篓里……"

"为什么要先扎针?先勒死再扎针不行吗?"秀之打断理的讲解询问道。

理喝了一口雪顶可可,移回视线之后才回答:"因为用针,调包的事更不容易暴露。要是用绳子勒死,会出现很多特征。例如淤血、勒痕的方向与位置等,表情也不一样。还有可能会大小便失禁。所以她选择先把人杀死再留下勒痕。"

"原来如此。她并不是单纯地照着大纲里写的内容去做,扎针这个行为本身是有意义的。"

"在第一起案子里是的。"

正因为大纲里写着在耳朵上扎针,她才下定决心将二人调包的吧。如果只写了勒死,结花肯定会制订另外一个计划。

"如果能按照这个剧本执行,这将是一次完美的犯罪。一个烫着卷发的女人倒在初音小姐的浴室里,任谁都会认定那个人就是初音小姐吧。弥冬小姐跟初音小姐是姐妹,本身就长得相像,结花小姐当场叫出初音小姐的名字,就会加深垣尾先生的错误认知。脖子周围有勒痕,旁边掉落着绳子,谁都会认为人已经被勒死了。再加上之前听到的悲鸣,自然而然就能联想到是有凶手闯进房间把人勒死的。之后把人调包,从结果上来说,那的的确确是初音的尸体,就算验尸也不会有任何问题。至此,结花小姐不仅能拿到完美的不在场证明,还能在现场留下弥冬小姐是凶手的证据。对自己这么有利的计划可不多见。"

交换了撑在桌子上的胳膊的位置,慧子慢悠悠地说:"但中间出现了纰漏。"

理重重点了点头。"是的。也正因为如此,才形成了完美的、无法破解的密室。"

慧子用眼神示意理继续说下去。始终没有插话的大槻警部用沉默证明理说的都是正确的。

"弥冬小姐在挂铃铛之前,担心初音小姐会在中途进来坏事,便把房门和窗户都反锁了,连门闩和浴室的门也都没落下。因为她并不知道,此时初音小姐已经被监禁在结花小姐房间的浴室里了。她还以为初音小姐正睡在自己的房间里,不知道什么时候才能醒呢。"

"是啊。"慧子没有任何异议。

"结果弥冬小姐挂铃铛挂到一半的时候,突然脚下一滑从浴缸边缘上摔了下来。是一次真正的意外。当时垣尾先生所听到的乐器声就是铃铛摇晃发出的,那声悲鸣也不是什么暗号,而是弥冬小姐受到惊吓发出的真正的尖叫。心脏不好的弥冬小姐由于受惊过度突发心脏病,就这么死了。"

之前在画室里聊到过这个话题,弥冬说自己遗传了父亲脆弱的心脏。秀之还记得,她说自己坐不了云霄飞车。

"是意外死亡吗?"

"是的。意外发生时,铃铛还没挂完,所以放着铃铛的袋子才会留在现场。这就是为什么天花板上会有空白的地方。"

在完美密室中发现的尸体基本都是自杀或意外死亡。只是尸体脖子上的勒痕和放在旁边的绳子,让看到的人产生了"人是被勒死的"这个先入为主的观念。尖叫和那些垂下来的铃铛进一步坚定了曾有第三者在场的想法。再加上之后被警方带回去验尸的那具尸体的脖子的确曾被勒住,在这么多的客观事实面前,谁都不会去想这有没有可能是一次意外。

"结花小姐自然不可能知道发生了这样的意外,只当那声尖叫是暗号,跟垣尾先生一起朝着初音小姐的房间赶去。当时发现门不只上了锁,还插上了门闩,她应该很苦恼吧。好不容易冲破房门进入房间,浴室又从里面反锁了,她当时肯定相当焦躁不安。而且她原本应该阻止垣尾先生,结果没能成功,当垣尾先生碰触弥冬小姐的时候,她大概以为这次计划彻底失败了。因为只要确认弥冬小姐还活着,这个计划就不成立了。看到垣尾先生出乎意料的行动,结花小姐肯定非常慌张。"

大槻警部重重点了点头,说:"她没想到,摸过脉搏、听过心跳的垣尾达也当场宣布初音已经死亡。"

"是的。那个瞬间,结花小姐的大脑开始飞速运转。虽然不知道弥冬小姐为什么会突然死掉，但既然死了，计划就能继续进行。垣尾先生以为那是初音小姐的尸体，虽然跟原计划不同，但也只是弥冬小姐活着走出浴室和死了被搬出浴室这点区别而已。所以结花小姐当即决定，按计划让垣尾先生去画室。"

弥冬的死对凶手来说也是一次无法预测的意外。只是，垣尾已经确认了弥冬的死亡，消除了这是一次整人计划的可能性，使得整件事变得更加离奇。

"大家从画室回到别墅，大概花了四十分钟的时间。结花小姐把初音小姐的衣服扒光，搬到初音小姐房间的浴室里，用长针扎耳朵的方法将其杀害，然后用放在旁边的绳子勒初音小姐的脖子留下勒痕，最后让她以同样的姿势趴在浴缸里。之后，她按照原定计划，把弥冬小姐的尸体搬到自己偷偷准备好的车上，装进后备厢里。这具尸体还要用来伪装成结花小姐自己，现在需要做的只是把右手的拇指切下来，但这件事不急，晚一点再切也来得及。只要那辆车不被找到就不用担心。以上应该就是结花小姐必须在那四十分钟里完成的所有工作。"说完，理像是在做深呼吸似的长长地吐了一口气。

"藏车的地点已经找到了，就在发现误以为是结花小姐尸体的现场附近。那里距离别墅有一段路程，加上当时的目的也不是找车，所以在搜查途中并没有发现。要说是疏忽的话，也算是疏忽……"大槻警部用低沉的声音说着，说到最后没了声音。

如果把这件事也看作搜查中犯的错，那就太严厉了。

"基本上，密室是意外死亡的弥冬小姐和被他杀的初音小姐的尸体经过调包之后才形成的。多个因素堆积在一起才形成了最终我们看到的这个无法想象、不可理解的现场。"理马上转换了话题。

"弥冬小姐和结花小姐商量好的整人计划也在其中？"秀之揉着生疼的脑袋说道。

"是的。现场是初音小姐的浴室，看到弥冬小姐的尸体首先就会想到死的人是初音小姐，更何况弥冬小姐还改变了发型，特意装成初音小姐的样子。再加上结花小姐从旁协助，就更容易造成误会了。所以没人想到，垣尾先生看到的跟接受尸检的会是两具尸体。"

理虽然想到了正确答案，肯定也不是一下就想到的。他也是在听了垣尾描述发现尸体时的情况后，才一点一点推导出了这个结果。

"勒痕和绳子也起到了很大的作用。垣尾先生发现的尸体看起来像是被勒死的，才没有察觉尸体被调包。因为那具意外死亡的尸体看起来的确像是死于他杀。"

"弥冬小姐的悲鸣是真的，还有铃铛从天花板上垂下来，怎么看都是曾有第三者闯进浴室的样子。"

理点点头。"而且垣尾先生当场确认了那具尸体已经死亡，就更让人摸不着头脑了。如果他没么做，还可以解释为那是初音小姐和结花小姐的恶作剧，实际上等垣尾先生离开后，结花小姐才勒死了初音小姐。"

这么看来，确认死亡这件事是最为重要的一点。这个对凶手来说是极大败笔的意外情况，却制造出了极其不可思议的状况。

"多根井君，关于密室的形成，我倒是觉得最后的部分稍微有些牵强。"一直默默聆听的慧子终于提出了反驳。

"请讲。"

"你刚刚说，搬运初音小姐和弥冬小姐尸体的人是结花小姐，她真的能做到吗？从一个房间到另一个房间还好，可当时外面下着大雨，她应该没有力气扛着尸体去池塘对面吧？"

理把雪顶可可的奶油放入嘴中，平静地答道："是的。扛着肯定不行，所以她用了工具。小野小姐，您不是说在斜坡那里看到了车辙印吗，是水印……"

"史织小姐的轮椅！"慧子几乎是在尖叫。

理点点头，继续说："对。初音小姐和弥冬小姐的尸体都是用轮椅搬运的。按理说，弥冬小姐尸体上的水珠也会滴落在房间里，但因为结花小姐和垣尾先生曾出去查看窗户，弄湿了地板，所以连擦干尸体这道工序也省了。"

秀之这才想起来，初音房间的地板、走廊的地毯等，到处都湿答答的。

"弥冬小姐的尸体被发现的地方是个斜坡，所以推着轮椅去也没问题。"

"是的。虽然稍微有点远，但搬运起来还是很轻松的，花不了多少时间。幸运的是，当天还下着暴雨，把车轮上的泥都冲干净了，轮椅回来的时候只是被淋湿了而已。这也是为什么斜坡那里只留下了车轮的雨水印。"

"就是我看到的那个。"慧子这下明白了，不住地点头。

"当天要是没下雨，留下的或许就是车轮的泥印或者土印了吧。不过，如果弥冬小姐不是突然死亡，就不需要把她的尸体运到停车的地方，也就不会留下这样的证据了。"

房间和走廊也不会到处都是水，因为原计划只需将失去知觉的初音搬到浴室里而已。

"由于外面下着暴雨，地板已经湿了，结花小姐才会毫无顾忌地搬运尸体吧。也正因为如此，斜坡上才留下了车辙印，不然她肯定会把弥冬小姐的尸体擦干再放到轮椅上，在别墅内部移动的时候也会先把车轮擦干净。因为她之前已经犯过一次这样的错误了，在斜坡那里留下了车轮的泥土印。"

慧子看着理说："弥冬小姐带我们参观别墅的时候看到的车辙印，果然是搬运尸体时留下的吗？"

"是的，是为了把瑞穗女士的尸体放进史织小姐房间的暖炉中时留下的。"

"瑞穗女士？"秀之条件反射地反问道，头因为自己发出的声音而感到一阵一阵的刺痛。

"嗯，第二起案子其实是最先发生的。接下来我按照凶手杀人的顺序说明吧。密室已经说完了。"

"好。"关于密室已经没有什么疑问了。秀之忍着头痛点了点头。

"杀人顺序由大槻警部来说比较合适。这中间有太多只有凶手才知道的细节。大槻警部，可以请您按照产生杀人动机、制订计划、具体实施的顺序大概讲解一下吗？"

理不喜欢全凭想象来猜测，便把这个任务委托给了知道凶手供述内容的大槻警部。关于具体的动机等情况，的确由他来讲解更为妥当。

"好，那就由我来为大家说明吧。"

大槻警部抬起头，用深沉的声音说道。接着就像是有点舍不得似的慢慢喝光了仅剩的那点咖啡。

☆　☆　☆

"先来说说凶手的动机吧。"大槻警部把视线从玻璃窗外的景色上收回，看着慧子温和地说道。

之前在玩具店前围观的人们不知何时已经散去，只剩下手指灵活的魔术师还在摆弄着硬币。

"整件事基本上可以归结于片仓结花强烈想要还原画中场景的想法。发现藏在肖像画中的大纲和三幅画之后，她便产生了只要照着画中的样子杀人，自己就能重新拿起画笔的想法。被妄想支配的片仓结花还在机缘巧合之下，发现了通往已经被封起来的片仓史织房间的秘密通道。只不过她很犹豫，再加上大纲写的第三个受害人是自己，她始终没有付诸行动。"

慧子看着大槻警部的眼睛，轻轻地点了点头。"犹豫是肯定的，就算关系再不好，那两个也是自己的亲姐姐。"

"是的，但彩濑瑞穗的恐吓让片仓结花下定了决心。也就是说，片仓结花对三名被害人痛下杀手的原因，正是几姐妹过去的继母彩濑瑞穗。"

理用长长的勺子吃着雪顶可可里的冰激凌。大槻警部讲述的内容大概跟他猜测的差不多，所以始终没有插嘴，就只是静静听着。

"片仓义弘去世，随即与三姐妹断绝联系的彩濑瑞穗被男人骗财骗色，分得的财产也挥霍一空，甚至背上了债务，生活就此陷入谷底。前不久，她偶然得知自己曾经的女儿成了有名的推理作家，就想敲诈一笔钱财。而她用来敲诈的筹码，正是十六年前意外跌落山崖的片仓史织的死，她以片仓史织相当于是被她们三人杀死的来恐吓片仓弥冬。"

"三人……"

秀之歪着头，没有继续说下去。久子不是说，史织会发生意外，是结花把轮椅推到斜坡上就离去造成的吗？结花出于内疚才画不了画。虽然寄给初音的恐吓信上写着要向三人复仇，但正如弥冬所言，秀之当时也认为那是因为当初史织与三姐妹几乎是对立的关系，是出于憎恨才那么写的，而意外的责任全都在结花身上。

"可是，那次意外不是结花小姐造成的吗？"慧子也有同样的疑问，直接问了出来。

"不仅如此。实际上，片仓史织坐着轮椅从被丢下的地方回到了画室。具体她是怎么回去的，只能全凭想象，例如像电车那样走Z字，慢慢爬上了斜坡。总而言之，回到画室的片仓史织用电话联系了别墅那边，打了无数次，让他们来接自己。"

慧子抢先说道："却全都被无视了……"

"是的。当时在别墅里的三人不停地拒绝片仓史织的请求，逼着她自己想办法回来。她们明知道独自一人坐轮椅回来等同于自杀行为，甚至心里盼着她能在回来的途中死于意外。而那三人正是本次连环凶杀案的受害人，彩濑瑞穗、片仓初音和片仓弥冬。"

大槻警部说到这里，重重吐了一口气。大概是这件事真的很费神，从而让人产生了强烈的疲惫感吧。

"史织小姐那次意外，不是结花小姐的错。"慧子自言自语地小声嘟囔了一句，像是在从结花的角度出发，揣摩她的心情。

"而片仓结花得知了这个真相。"

听到这句话，秀之暗自叹了口气，像在逃避什么似的眼神飘向窗外。

地下街里的人群就像是商量好的，每个人都行色匆匆，几乎是以秒为单位迈着步子。不可能听到的脚步声化成时钟的嘀嗒声飞入秀之的耳中。看着窗外那令人眼花缭乱的光景，仿佛是在看快放的电影。

"彩濑瑞穗太久没见过三姐妹了，一时之间分不出谁是谁，她把片仓结花当成片仓弥冬，把那次意外的真相和盘托出。大概是觉得本人出面恐吓的效果会更好吧。片仓结花顺水推舟，装成姐姐听完了整件事，给了钱之后让对方先回去。"

那之后，结花也以弥冬手下的身份一直跟对方保持着联络吧。肯定也不会忘记尾随对方，查清她的住址。一开始还小心谨慎的瑞穗，随着时间的推移或许渐渐松懈了。再加上结花不是直接恐吓的对象，这或许也是瑞穗对她放松警惕的原因。

"即便知道史织小姐的意外责任并不全在自己身上，结花小姐也不可能就此修复心理创伤，重新拿起画笔吧。"慧子露出遗憾的眼神。

"当然。她开始固执地认为，要想重拾梦想，只有让彩濑瑞穗代自己去死，在现实中重现画中场景这一条路。恐怕她当时已经丧失了正常的判断力。片仓结花在精神上被彻底逼进了死胡同，导致她没能摆脱这个只能称之为妄念的想法。"

大槻警部用不掺杂任何感情的声音如此回答道，只是在说话的过程中视线从慧子的眼睛上稍稍挪开了一下。

"于是，她开始制订这个计划。"

看着慧子认真的眼神，大槻警部重重点了点头。"片仓结花最先思考的是如何调包。幸运的是，第二起案件中的死者是被烧死的，也就是看不到脸的尸体，这一点可以充分利用。那就让继母彩濑瑞穗来填补这个空缺，把片仓弥冬的尸体用到第三起案件中，就这样通过调换三具尸体来完成这个计划。"

"好复杂啊。"连推理迷慧子都叹气了。

"片仓结花认真做过调查，她知道如果尸体烧得不够彻底，就还能验出血型，也知道通过牙印和DNA鉴定就能判断出部分身体组织是不是属于同一个人的。于是，她想到了把片仓弥冬特征明显的拇指从尸体上切下来，放在暖炉前这个办法。"

发现史织留下的小说大纲后，结花就看了很多推理方面的书籍吧。不单单是弥冬的书，或许还研究了包括法医学在内的各类图书。

"通过让人印象深刻的手指形状和指纹，警方就会断定尸体是片仓弥冬。因为暖炉里的尸体没有拇指，拇指又是死后切下来的，之后又会因为血型不符，判定拇指并不属于尸体。如此一来，任谁都会认为片仓弥冬是凶手。因为她不惜切下自己的拇指也要把暖炉中的尸体伪装成是自己的。想让手指上查不出活体反应又很简单，肯定有很多人怀疑片仓弥冬是凶手吧。"

事情也的确是照着结花所想的那样发展的。要是没有理，恐怕警方现在还朝着凶手是弥冬这个方向进行毫无意义的调查。

"而且她料到警方不会调查第三起案件中尸体的身份。她知道，在发现尸体时一眼就能看出是片仓结花的情况下，不要说对照指纹了，牙印对照和 DNA 鉴定都不会进行。"

"杀死小猫节花，移动尸体，都是为了达到这个目的吧？"一直默不作声的理第一次插话道。

"为了达到什么目的？"慧子立即反问。

"为了让尸体能被及时发现。第三起案件的现场是藏车的地方，也就是比较隐秘的地方。凶手担心要是一直找不到尸体，一眼看不出死的人是谁就麻烦了。因为要是看不出来，警方就会对照牙印和进行 DNA 鉴定。"

"嗯。可是，尸体那么重，又不能到处搬。"

"没错。所以才用猫的血迹做路标，引导人们找到尸体。史织小姐的大纲中也提到了池塘边，找的话总能找到，而且还能保证在那具伪装成结花小姐的尸体变得看不出是谁之前就被发现。这就是杀死小猫节花的理由。"

"不光能达到自然地强调受害人名字这一个目的。"慧子不住地点头，然后把玻璃杯拉到面前，一口气喝光了香蕉汁。

"事情发展到这里，片仓结花才察觉到比拟名字杀人的好处。原来替换肖像画、杀猫、比拟名字杀人，这一系列的举动都是为了在不知不觉中将受害者的名字植入我们大脑。"大槻警部继续解释道。

"为了在现实中重现史织小姐留下的画，她自己一个人想出了这么多办法啊。"

"是啊。欺骗垣尾达也说自己怀孕了；把切下拇指的尸体的手剁碎；最绝的是为了省事，居然想出送奇怪礼物这样的办法。片仓结花被片仓史织留下的小说大纲的魔力所驱使，结合实际情况改变了杀人计划。"

大纲中，史织自己是凶手，设定的情况是把自己伪装得不像凶手。现实中，凶手变了，伪装成凶手的对象也另有其人，所以结花的计划自然会跟大纲有一定的出入。

"第一个案子和第二个案子的死者遇害顺序颠倒，也是片仓结花想出来的。彩濑瑞穗的尸体必须是第二个发现的，而第一起案件发生后，警方肯定会到别墅来调查，要想让彩濑瑞穗神不知鬼不觉地进入别墅几乎是不可能的，所以片仓结花决定在参加派对的客人到齐之前把她杀掉。把尸体放在片仓史织房间的暖炉里就不用担心被人提前发现了，那里没人会去，警察也不会去调查。"

使用史织的房间，换掉肖像画，用轮椅搬运尸体，制造史织复活的假象。结花知道，这样一来她就能自动得到末男的帮助。末男是史织的信徒,绝不会让人调查那个房间,甚至还会做出一些包庇自己的举动。以史织的名义寄恐吓信肯定也是考虑到了这一层关系。

"杀猫主要就是为了混淆杀人顺序。按照出音、迷东、节花的顺序杀死猫,我们就会认为三姐妹也是被凶手以这个顺序杀害的。"

"而且杀死小猫迷东还能掩饰味道。"理为大槻警部的说明做了补充。

"在暖炉里烧尸体的味道,对吧?"

"对,是的。我们抵达别墅的时候烟囱里冒出了烟,空气中还残留着微弱的臭味,末男先生从史织小姐房间里出来的时候,我们闻到了更强烈的异味。结花小姐为了掩饰味道,用焚烧炉烧死了小猫迷东,为了让所有人以为恶臭是烧死的猫散发出来的。"

秀之闭上眼睛,又叹了口气,一阵阵的头疼没有好转,还在继续。血液流动的咕嘟咕嘟声始终徘徊在耳边。伴随着令人心烦的声音,大槻警部的说明再次传来。

"就在片仓结花制订这项缜密的计划期间,片仓弥冬来找她商量愚人节的事,具体内容就和刚刚多根井君在解释密室时说的一样。片仓弥冬提出的整人计划简直正中片仓结花下怀,因此,小猫出音的死又多了一层意义——为了让片仓初音不愿用自己房间里的浴室。"

"因为初音小姐那个人很神经质……"

"是的。更何况,亲眼看到自己疼爱的小猫的尸体漂在浴缸里,没有哪个人还会毫不在乎地继续用那个浴缸泡澡吧。"

细想起来的确如此。初音自己主动进入那个浴室这件事本身就很奇怪。就算打扫得再怎么干净，心理上还是会觉得很脏。当时被现场状况欺骗，没觉得可疑，如果能冷静下来分析就会想到，神经质的初音怎么可能还会用那个浴缸呢。

"浴缸用不了之后，片仓初音就会拜托片仓结花到其房间里洗澡。而实际上也的确如此，片仓结花就是趁着片仓初音洗澡的时候袭击她，把她监禁了起来。而且片仓结花还料到杉山久子肯定会把片仓初音的浴室打扫得干干净净。之前留下的大部分指纹和毛发等痕迹会被抹掉，片仓弥冬的指纹就会被认定为是在犯案的时候留下的。"

"真是滴水不漏啊。"

慧子也大大叹了口气，或许跟秀之一样在头疼吧。

"是啊。计划虽然复杂，但为了在现实中还原片仓史织留下的画，她一点也不嫌麻烦。接下来就剩下具体怎么实施计划和犯案的步骤了。"

大槻警部应该也累了吧。他大概是觉得口渴，拿起玻璃杯，喝水的时候发出咕咚咕咚的声音。

秀之也把冰奶茶一饮而尽。冰凉的触感似乎稍微缓解了头痛。

"我按照时间顺序来说明吧。事情最早发生在三月三十号的前几天。片仓结花先给管理员夫妇放了一个礼拜的假，管理员夫妇就借着假期去旅行了，三十号之前不会回来。所以在三十号之前别墅里都没有人。"

大槻警部重新开始说明，喝了水之后声音也恢复了一些力气。

"给第二个案子做准备。"

"是的。片仓结花用轮椅把彩濑瑞穗的尸体运进片仓史织的房间。小野小姐看到的车辙印就是那个时候留下的。她把尸体放进暖炉里，切下拇指，把长针插到嘴里之后，点火焚尸。最终这具尸体将被认定为并非片仓弥冬的，因此不需要担心推定死亡时间的问题，烧到从外表看不出是谁就行了。然后把提前叠好的雪花折纸铺满整个地面，准备工作就结束了。"

"折纸的出现也能说明凶手是在我们来之前能出入别墅的人。短时间内折那么多雪花也是一件非常耗费时间的工作，单单是把折纸弄进史织小姐的房间里就已经相当麻烦了。"吸着雪顶可可的理插嘴道。

"的确如此。"慧子微笑着随声附和。

"接下来就是准备奇怪的礼物。找一家可以指定配送时间的快递公司，投递提前预备好的东西。每个礼物用的快递公司当然都不是同一家，在接触的时候也得很小心地不让人记住自己的样子。"大槻警部继续讲解道。

"只有胳膊不是一批？"

"嗯，胳膊要在装饰完第三个案子的尸体之后再投递。"理再次插嘴，回答了这个问题。

"通过投递胳膊这件事，也能缩小嫌疑人的范围。因为自发生命案后，应该没人能离开别墅去发快递。"

准确地说，不是缩小嫌疑人的范围，而是能排除不是凶手的人。当时在别墅里的人都不可能是凶手。

"重新说回三月三十号。三姐妹预计在这一天前往别墅，片仓结花必须先把姐姐的车开到藏匿地点，再打车回到家里，然后跟两个姐姐一起出发前往别墅。没人知道她已经开车去过一趟别墅了。"

"就是后来藏匿弥冬小姐尸体的那个重要位置。"慧子不住地点头。

"是的。这一天需要做的事不多，只需在焚烧炉里烧死小猫迷东。因为燃烧尸体的味道没有完全消失，为了掩盖那股异味，必须先杀猫。小野小姐听到的叫声应该就是猫被杀死时发出来的。"

"那个临终前的叫声……"

"三十一号杀死小猫出音的时候，小野小姐也听到了悲鸣吧？"

慧子捂着耳朵，没有回答大槻警部。大概是猫被杀时发出的叫声在脑中不断回响，慧子轻轻摇晃着脑袋。

"三十号把小猫迷东丢进焚烧炉，三十一号把小猫出音扔进初音小姐的浴室。"

沉默了一会儿之后，理用轻松的语气说出了残酷的事实。他虽然讨厌猫，却似乎毫不在意谈论杀死黑猫这么可怕又不祥的话题。

"那个声音……当时的那个声音果然是猫被杀时发出的悲鸣吗？"慧子把手从耳朵上拿开，说话的声音还有些激动。

"是的。接下来是片仓结花在三十一号那天做的事。这一天，她要趁着片仓初音洗澡的时候，悄悄进入房间，留下恐吓信；然后必须等所有人都睡熟之后，替换掉肖像画；接着再把勒死的猫扔进初音小姐房间的浴室里。以上，就是第一个案子的准备工作。"

已经能从大槻警部脸上看出疲惫之色了，但他依然继续着说明。

"四月一号就是突发意外，不得不变更计划的日子，对吗？"慧子尽量抑制着自己的声音。

"对。多根井君解释密室的时候已经讲过了,这部分我就略过了。只提一下拇指,拇指是在把尸体藏进车后备厢里时切下来的,为了防止血溅出来,装进塑料袋带了回来。然后丢到那个封起来的房间里的暖炉前,就此,结花完成了第二个案子的所有准备工作。"

"这样就不用担心警方搜查史织小姐的房间了?"

"嗯。片仓弥冬的肖像画在那个时候已经替换完成,猫也早就在焚烧炉里被烧死了,一切准备就绪。"

结花早就料到,如果把史织伪装成凶手,末男就会协助自己。所以警方应该不会调查封起来的史织的房间。她也考虑到了末男不会采取行动的情况,所以做了两手准备,为的是无论事态往哪个方向发展都不用担心。

"到了四月二号,因为那天是自己的'死亡日',所以片仓结花必须藏起来。她整日躲在房间里,就算有人敲门,也只能用听不出是谁的声音回答。"

"死亡日?"慧子没能马上明白这个词的意思,反问道。

"对。第三起案件中发现的片仓结花的尸体,实际上是之前藏在汽车后备厢里的片仓弥冬的尸体。而正如大家所知,片仓弥冬的死亡时间是四月一日傍晚。"

"死亡推定时间是四月一日的傍晚,要是结花小姐在四月二日还活生生的话,大家马上就会察觉第三起案件中的尸体并非结花小姐。"

那一天,几人还争论过结花小姐房间里的人是弥冬还是史织。房间里的人不肯露面,声音也不清不楚,任谁都会怀疑那不是结花本人。而实际上闭门不出的正是那个房间的主人。秀之当时并没有想到结花会出于某种理由必须躲起来。

"晚上等所有人都睡熟了,她再去藏车的地方完成第三起案件的装饰工作。大纲中写的是刺死,但这次必须用绳子勒死,因为片仓弥冬的脖子上还残留着勒痕。脖子上明明有瘀青,却死于胸口的刀伤,很容易让人联想到片仓弥冬被人用浴袍上的绳子勒住那个案子,一旦有人起了疑心,就有可能发现调包的事。所以她只能伪装成想要将弥冬勒死时,对方却突发心脏病而死。"

在大槻警部说明之前,秀之没有发现这个案子跟大纲有矛盾的地方。过度的装饰掩盖了这项事实,导致人们都忘记思考其中的含义了。

"行凶后,结花先把弥冬的胳膊砍下来,装进防水袋里,放到车上,留着之后当作礼物寄出。再把尸体的头发剪成齐肩短发,鬓角编成麻花辫,戴上蛤蟆镜,伪装成自己的样子。接着给尸体全身缠上鲜花,把长针刺入眼中,手腕以下的部位剁成肉泥。尸体的装饰完成后,她再把猫杀死,划开猫的脖子,用滴滴答答流出来的血当路标,朝着别墅的方向往回走。把猫的尸体丢在池塘边,洗掉手上的血渍之后,她再把自己的肖像画替换掉,一切准备工作就完成了。"

就像是在等着大槻警部把话说完,服务员此时走过来,给空玻璃杯倒满了水。服务员手中的水瓶里放着冰块,看起来很凉。大槻警部肯定也渴了,举起杯子一饮而尽。亲切的服务员笑容满面地再次给玻璃杯续满水。

"结花小姐想重新拿起画笔,制订了如此复杂的计划并付诸实施了。"过了一会儿,慧子用有些落寞的声音小声说道。

"是的。"讲完了整个犯案过程,大槻警部终于松了一口气,点了点头。

"那她现在能画了吗？完成比拟杀人，看到地狱般的杀人现场，结花小姐重拾她的梦想了吗？"

秀之听说，结花被逮捕的时候，手上握着已经被烧干了的拇指，拇指上还缠着头发。手指应该是瑞穗的。结花在自己偷偷建造的画室里拿着笔，肯定是在作画。

"梦想吗……画是能画了，但算不算重拾梦想就说不好了……"

大槻警部给出了这个暧昧的答案，说话声音越来越小。肯定是不想回答这个问题。

慧子似乎也敏锐地察觉到了，没有继续追问。她微笑着看向秀之，询问他接下来有什么安排。

"开往大垣的慢车还要很久才开。"

穷学生没钱坐新干线。秀之打算跟平时一样，和理两个人坐连睡觉的地方都没有的硬座，一路摇摇晃晃地回去。

"我对那个玩具店挺感兴趣的。看那个魔术师的手法，应该不是一般人。"自打经历了魔术师的案子，理就对魔术产生了兴趣。

"我也是。"处理过同一个案子的大槻警部似乎也有兴趣。

理站起身，喝光剩下的饮料，眼睛里闪着光芒，说："那就去看看吧。我想问问那个魔术师叫什么名字。"

慧子闭上眼睛，又慢慢睁开，拿起放在膝盖上的包。她的侧脸看起来有些落寞，也有可能只是秀之的错觉。

终　幕

　　远处传来停车的声音。结花停下手里的画笔，静静地听着。
　　大概是有人来了。一想到这里，身体突然变得僵硬。心脏跳得比平时快，呼吸也随之变得急促。
　　闭上眼睛，把注意力都放在耳朵上，什么都听不到了。刚刚是幻听了吗？谨慎起见，结花站起身看了看窗外。没有人也没有车。肯定是因为兴奋变得有点神经质了。
　　不知不觉太阳已经下山了，外面越来越暗。在树与树的缝隙间若隐若现的天空开始渐渐褪去透亮的蓝色。这里是荒山野岭，没有住家的灯光，要不了多一会儿就会被漆黑包裹吧。结花把窗户打开一条缝，这样如果有动静会更容易听到，冷风瞅准机会钻进房间，没想到外面的风这么凉。
　　结花安慰自己，不会有人找到这里。自己反复推敲的计划是天衣无缝的。谁会找到这个偷偷建造的画室呢？警方断定弥冬是凶手，此时肯定正在进行毫无意义的调查呢。
　　结花放下心来，重新拿起笔画了起来。那是用瑞穗的拇指和弥冬的头发特制的画笔。白色的画布上描绘的好像是结花自己。说好像，是因为结花觉得不是自己在画，她始终被这种无法理解的不可思议的冲动驱使。

现在回想起来，犯下一系列案件也不能说是出于结花的本意，说是受到无法抑制的冲动的驱使更贴近现实。因为她必须照着描绘地狱场景的画杀了夺走自己梦想的三个人，才能解恨。

从不能画画的那天起，她的心就死了。她不想让两个姐姐察觉到自己的变化，所以表面上，她仍然过着一如既往的生活。可实际上，她没有一天不被强烈的无力感和虚脱感侵袭，每天都为杀死史织而内疚和后悔，从心底渴望着能从这种痛苦中解脱。

结花的愿望始终没能实现，反而是才华不如自己的姐姐们过上了如愿的人生。初音加入乐团，虽然赚不到什么钱，但每天都过得很充实。弥冬成了有名的推理作家，凭着运气越来越受欢迎。看着她们，结花只能咒骂自己不幸的命运，如果还能画画，她肯定是最成功的那个。

正因为如此，她才想要珍惜当下。就像莫扎特听着神的音乐书写乐谱，手中的笔也像是受到神的启示般自如地在纸上游走，自己根本没有动脑子，构图就完成了。之前每次想动笔，史织的死状就会出现在眼前，挥之不去，而这次不同，图画渐渐浮现在了画布上。

可是，这里究竟是什么地方呢？结花在作画的过程中觉得不可思议。这个房间，应该位于半地下，很是昏暗。混凝土裸露在外面，看起来像是没有装修的仓库一类的地方。房间很宽敞，却没有放任何东西。只有几个西装革履的男人背对着墙站在那里。西装的样式很老旧，像公务员的工作服，男人们神色紧张地排成一列。

啪嗒，啪嗒，啪嗒。

是鸟拍打翅膀的声音。在被寂静支配的深山里显得格外的响。

出什么事了吗？发生了什么会惊吓到鸟儿的事吗？

结花再次不安起来，放下笔站到窗边。外面比之前更黑了，什么都看不见，根本不知道发生了什么。除了鸟拍打翅膀的声音，没有听到什么特别的动静。唯有刺骨的冷风顺着窗户的缝隙一个劲儿地往里钻。

结花劝自己，别那么神经质。这不是常有的事吗？以为有人来时就会隐约听到门铃响，其实门铃根本没响。之所以会听到各种各样的声音，都是因为害怕被警察抓。结花觉得有点冷，关上了窗户，为了鼓励自己，再次站到画布前。

用自制的笔，蘸上用松节油调开的颜料。瑞穗的拇指已经干瘪，也没有做过防腐措施，却一直保持着干尸般的状态。大概是适应了，拿起这支笔就觉得很安心。能再次作画或许也跟这支特制的笔有关。

肯定是有关的。如果瑞穗没有出现，自己恐怕不会像现在这样充实。在这件事上，结花是感谢瑞穗的，光是感谢甚至不足以表达她的心情。因为是瑞穗告诉她，史织根本不是她害死的。而且为了完成计划，无论如何都需要一具尸体，瑞穗适时地出现，贡献了自己的身体。

当瑞穗衣衫褴褛地出现在自己面前时，结花完全无法把她跟以前的那个继母联系起来。时间的确在她身上留下了痕迹，但远不及境遇对她的摧残，以至于彻底改变了她的容貌。大概是为了壮胆而喝了酒，身上能明显闻到酒味。她根本不会想到把结花错认成弥冬所说的那些话，将为自己招来杀身之祸吧。瑞穗把史织意外跌落山崖的真相，原原本本地说了出来。

多亏如此，自己才能像现在这样作画。画笔仿佛摆脱了人的意识，被某种东西控制着在画布上游走。

渐渐能看出画的是什么了，是结花在房间中央。细节还没有画出来，看来看去穿的都像是俗气的制服。一个男人蹲在脚边，拿着一根细绳子想要绑住什么；另一个男人跟结花站在一起，调整着从上方垂下来的某个东西。

就在这时，脚步声传来。声音很大，不用开窗户也能听得很清楚。

这次肯定没听错。因为这次还有踩地的声音。正在靠近。脚步声没有故意放轻，稳健地朝着画室而来。

结花发疯似的继续作画。穿着西服的男人站在庄严的房间门口，不允许任何人出入。背对着墙的男人们露出悲痛的表情，让人联想到殡仪馆。大概是因为他们之中有个做僧侣打扮的人吧。脚步声越来越近。没时间了。

究竟在画什么呢？继续被操控着运笔的结花还没看明白。五个穿着灰不溜丢制服的男人把手放在看起来是按钮的东西上。看他们的表情应该是在等信号，眼睛盯着的不是结花，而是墙边的男人。那是故意抹去感情的眼神，一切都是为了例行公事。

咚咚。

敲门的声音。不是幻听，的的确确是敲门声。

是有人查出这个画室的所在了吗，还是……

"您好，我是查水表的。"

听声音是个年轻的男人。结花拿着笔，站起身。

警察不可能找到这里。可是，水表公司的人会在这个时间跑到山中唯一一户人家来查水表吗？结花犹豫着打开了门锁。这个时候她依然在想，自己画的画究竟是想表达什么呢？

"我是来查水表的，能让我看一下吗？"

透过细细的门缝，刚要抬头看看查表员的脸时，男人猛地把门推开。结花后悔不该打开门锁，但当她看到从草丛里走出来的两个人手里的枪，她明白，就算不把门锁打开结果也是一样的。

结花没有抵抗。被抓之后她才意识到，从最一开始她就知道自己会是这样的结局。

"这是……"

小声嘀咕的警官盯着结花的右手看。那个瞬间，结花终于明白那幅画想表达的是什么了。

身边的那两个男人，跪着的正在用绳子捆结花的腿，防止她把腿叉开。脚下踩的不是混凝土地面，而是那五个男人按下按钮后就会打开的踏板。站在墙边的男人一给信号，结花就会掉下去吧。而站在旁边的男人，正在调整的东西就是从天花板上垂下来的绳圈。套脖子的位置已经发黑，令人毛骨悚然，是执行死刑用的绞绳。

"果真如多根井君所言。"

没见过的男人好像在小看自己，但结花一点也不关心。警方是不是借助了多根井的力量已经无所谓了，因为她终于明白那幅画里画的是谁了。不只是画，照着小说大纲里的内容杀人究竟是谁的主意也搞清楚了。

就在这时，不知从哪里传来了史织的尖笑声。结花死死盯着手上特制的画笔，目不斜视。

"PORTRAIT" by TAKAHIRO YORII
Copyright © 1995 Takahiro Yorii
All Rights Reserved.
This Simplified Chinese Language Edition is published by arrangement between TAKAHIRO YORII and New Star Press Co., Ltd. under the care of East West Culture & Media Co., Ltd., Tokyo
Simplied Chinese edition copyright: 2023 New Star Press Co.,
著作版权合同登记号：01-2022-4997

图书在版编目（CIP）数据

肖像画 /（日）依井贵裕著；赵滢译 . -- 北京：新星出版社，2023.5
ISBN 978-7-5133-5119-5

Ⅰ．①肖… Ⅱ．①依… ②赵… Ⅲ．①推理小说 – 日本 – 现代 Ⅳ．① I313.45

中国国家版本馆 CIP 数据核字（2023）第 016761 号

午夜文库
m
谢刚 主持

肖像画
[日] 依井贵裕 著；赵 滢 译

责任编辑	王 萌	策划编辑	赵笑笑
责任校对	刘 义	责任印制	李珊珊
装帧设计	王柿原		

出 版 人　马汝军
出版发行　新星出版社
　　　　　（北京市西城区车公庄大街丙 3 号楼 8001　100044）
网　　址　www.newstarpress.com
法律顾问　北京市岳成律师事务所
印　　刷　北京天恒嘉业印刷有限公司
开　　本　910mm×1230mm　1/32
印　　张　8.75
字　　数　143 千字
版　　次　2023 年 5 月第 1 版　2023 年 5 月第 1 次印刷
书　　号　ISBN 978-7-5133-5119-5
定　　价　49.00 元

版权专有，侵权必究。如有印装错误，请与出版社联系。
总机：010-88310888　传真：010-65270449　销售中心：010-88310811